小黃豆大發家 3 完

風文創 863

雲也 著

目錄

第五十二章　漫漫的水上生活

下了兩夜一天的雪，三十這日一大早，黃豆和趙大山先起來堆雪人。幾個小孩子一起來幫忙，後來就連孫武、馬文幾個都跑過來幫忙。很快地，前院及後院的積雪都被剷除，堆成了大大小小的雪人。黃豆本來還想順著圍牆堆一條長龍呢，剛準備動手，被趙大山瞪了一眼，這才反應過來。真是無知者無畏啊！

早飯是湯圓、稀飯、菜包子。吃完後，孫武媳婦就和馬文媳婦開始準備中飯了。大年三十，中飯可以簡單，晚飯一定要吃好。

包餃子的餡是黃豆調的，她現在越來越懶了，大部分時候只需要動嘴。菜是馬文媳婦切的，肉是孫武媳婦剁的，鍋是孫武的娘承包的。就連剝蔥、洗薑都不用黃豆動手，冬梅和雲梅都能做了。黃豆需要做的就是把已經攪拌好的肉糊倒進盆裡的菜餡，放進鹽和調料就行，連打幾個雞蛋都不用她動手。等放好調料，她說行了，孫武媳婦就接過去開始攪拌均勻。

黃豆拍了拍手，無聊地看著忙得不亦樂乎的眾人，她還是去找趙大山玩算了。同樣沒事做的趙大山，乾脆拉著媳婦出去踏雪尋梅了。

昨天，他帶黃豆租了車出去轉了一圈，看了雪中的麥苗，看了湖裡的冰層，還看了在冰雪中的殘荷，黃豆興奮得大呼小叫的，他就知道她喜歡這些。

雪下得太厚，兩個人也沒跑多遠，就在桂花巷附近轉了轉。桂花巷隔壁是杏花巷，各個巷口，都有一塊古色古香的木牌，上面刻著巷子的名字，用黑漆塗抹。

光這個牌子，黃豆就歪頭研究了半天，字刻得好，牌子也做得好，掛在巷子口，說不出的好看。看完牌子，再看看一條條住著人家的巷子。

桂花巷裡有桂樹，杏花巷裡有杏樹，那麼其他巷子呢？

黃豆拉著趙大山順著大街走，看著一個又一個的牌子，桂花巷、杏花巷、梨花巷、桃花巷……他們還找到了一條梅花巷，順著巷口往裡走，雪中竟然真的有盛開的梅花！長得好的，隔著院牆就能看見，還有調皮的從院牆上伸出頭來，看著院牆外的一對璧人。

嗯，有機會，一定要在花開的季節好好鑽鑽這些巷子，看看它們花開滿巷子的美景。

現在，黃豆可以肯定，不是因為巷子有桂花樹才叫桂花巷的，而是先有了這些名字，這裡的住戶才習慣地把這些花樹和果樹種到了庭院裡。

走了一段路，黃豆就覺得累了，在雪地裡走路真是件耗費體力的事情。她蹲下身，小聲說：「我累了，你揹我。」

趙大山哪敢揹她？不是不願意，而是不能。這滿大街的眼睛，要是他揹著黃豆走一圈，那簡直是……拖著走吧，自己的媳婦自己疼。趙大山認命地拖著黃豆往回走，就這樣，一路還是招來了不少目光和指指點點。

袋，就是整整鼻子。

進了院子，黃豆覺得自己又滿血復活了。衝過去跟每個雪人挨個打招呼，不是摸摸腦

吃完中飯，黃豆跑到東廂房給幾個孩子說故事、教他們認字，寫得好的就獎勵零食。

趙大山去了貨行，越是年關休息，那邊越是要有人看著，像是門窗有沒有關嚴？燈火有沒有遠離？易燃、易爆的物品有沒有分類放置？注意潮濕等等。夥計做事他還是不放心，每天必須去盯一會兒，才感覺踏實。

等到趙大山回來，黃豆已經在廚房歡快地包著餃子了。

黃家必須給黃老爺子守孝，不能貼春聯、不能放煙花，但趙家不用，張家也不用。趙大山早早囑咐了張小虎，晚上他要放煙花，讓黃桃把孩子看好，別抱出來，小心驚著了。

即使趙大山不說，張小虎沒想到，張小虎的爹娘也想到了。這新春佳節，附近總有人家要放鞭炮的。

晚上，吃了年夜飯後，黃豆決定帶著零食回房裡守夜，這樣睏了就可以睡一覺，醒了繼續守。要是醒不了，反正有趙大山在，到時候他肯定會叫醒她。

趙大山看她忙忙碌碌地把吃的喝的準備好，就脫鞋子打算上被窩，連忙攔住她。

「走，我帶妳放煙花。」

「煙花？你買煙花了?!我怎麼不知道？」黃豆驚奇地問，這實在是屬於奢侈品，也不是

有錢就能買到的東西。

「嗯，有管這個的朋友，買了一些。」趙大山說的還是很含蓄了。

「那還等什麼？走！」說著，黃豆一下子蹦下了床。

兩個人走出屋門，孫武和馬文已經在西側的空地擺好煙花。西側這邊空一點，也離張小虎家遠一點，趙大山還是怕驚擾了孩子。

拿著點燃的香，黃豆試探地湊近煙花，想點燃，但剛剛碰到，她就慌裡慌張地跑了，跑得太急，連香都丟了。等了一會兒，沒響，她又湊了過去。這樣反覆兩三次，最後還是趙大山攬著她，握著她的手，點燃了第一個煙花。

絢麗的煙花直飛天際，黃豆仰頭看向天空，真是美麗。沒有那麼多的花樣，就是一束煙花，在天空中炸響，然後散開，灰飛煙滅，依然美得讓人心懷感嘆。

點了兩、三個煙花後，兩個人就站到了屋簷下，看著孫忠春帶著幾個小的，一個一個歡快地輪流去點煙火。

黃豆側頭看向正仰頭看著天空的趙大山，這個男人是她選的，不管將來如何，此刻此時，她知道她沒有選錯。

「怎麼了？」趙大山低下頭來看著黃豆。這一年，黃豆的個子都竄到他肩膀上頭了，此刻正仰頭看向自己，笑顏如花。

「就是想看看你。」黃豆臉不紅、心不跳地說。

「傻瓜！」趙大山笑著刮了一下她的鼻子。這個丫頭，從來不知道害羞，說起情話來，他都臉紅。

伸手攬著趙大山胳膊的黃豆，只是把頭倚靠在他的肩膀上，靜靜地看著夜空中的煙火，這個夜晚，她一生都不會忘記。

一共十個煙花，剩下的在幾個孩子珍惜又珍惜、節約又節約的燃放下，還是很快放完了，大家興高采烈地被大人喚回屋子。

黃豆讓他們回自己的屋暖暖，晚上不用陪著他們守歲。

等兩家子人踢踢踏踏地走回後院，夜變得更安靜起來。

看著打了個哈欠的黃豆，趙大山連忙問：「妳睏了嗎？」

「嗯，有點想睡覺。」黃豆老實回答。

「那就睡覺吧，等到時候我叫妳。」

「那你幫我把被子捂暖，不然太涼了。」黃豆不客氣地推著趙大山上床，她自己則轉進淨房洗漱起來。

等黃豆從淨房出來，趙大山已經脫了衣服躺進被窩裡，黃豆也快手快腳地脫鞋上床。

「妳手怎麼這麼涼？」被黃豆冰了一下的趙大山忍不住大叫出聲，即使這樣，他也沒捨得把黃豆推開，而是把她冰涼的身體捲進懷裡暖著。

很快地，黃豆的手腳和身體就變得柔軟而溫暖起來。她開始不老實地動來動去，趙大山只能無奈地按著她的雙手，把她禁錮在自己的懷裡。

「你抓疼我了。」黃豆輕輕扭了扭身子。

趙大山連忙放鬆力氣，看看被他握紅的手腕，又是心疼、又是好氣。「妳不亂動我會抓疼妳嗎？」趙大山沒好氣地瞪了她一眼，說著抓過她的手來吹了吹。

黃豆眨巴著大眼睛看著趙大山。「趙大山，我好看嗎？」

正半抬起身子的趙大山低頭看向黃豆，因為被窩的暖和，黃豆的小臉蛋紅撲撲的，一雙大眼睛濕漉漉的。他好像從來沒有看見過黃豆這麼好看過，她的唇比平時更紅潤，眼神更明亮，就連小臉湊近了都能聞到隱約的香氣。「……好看。」趙大山嚥了口唾沫，喉嚨乾澀地說。

「哪裡好看？」黃豆雙手抱上趙大山的脖子。

「哪裡都好看。」

「你看過哪裡？你怎麼知道哪裡都好看？」黃豆噘著嘴，露出「你騙我」的神情。

「反正就是好看。」趙大山的臉越來越紅，他覺得腦袋都開始暈乎乎的了。肯定是晚上酒喝得有些多了，他覺得他現在有點控制不住自己的感覺。

「我給你看看好不好？」黃豆把嘴巴湊近他的嘴角，「吧唧」了一下。

看著吊在他脖子上笑得跟花朵一樣的黃豆，趙大山僵硬地把黃豆推開，坐起身子，轉個身看向窗外。

後窗可以看見外面天色有些微微發白，那是一個冰天雪地的世界，而此刻的趙大山覺得自己需要離開這個溫暖的被窩，去雪地裡走一走、跑一跑。

「趙大山，你回頭。」身後響起黃豆的聲音。

趙大山轉回頭，大紅的錦被上，是潔白無瑕的玉人兒，他的小姑娘已經長成大姑娘了，烏黑的髮絲散亂地披在她的肩頭上。

還沒有等趙大山做出反應，黃豆已伸出雙手攬上趙大山的脖子，親了下去。

外面的風越來越大，呼嘯著從桂花樹下竄過，引起吊在樹枝上的銅鈴一陣亂響。滿天的大雪在風中翻飛起舞，已經分不清是風帶著雪，還是雪擁著風。它們就這樣沒頭沒腦地亂撞，像個懵懂的孩童，帶著好奇，發出各種奇奇怪怪的聲音。

此刻，屋裡燈火朦朧，暖色漸起……

大年初一，鞭炮聲傳遍了東央郡的大街小巷，屋裡的黃豆睡得極為香甜。

一直睡到中午，孫武媳婦她們把中飯都準備好了，神清氣爽的趙大山才心疼地把媳婦從溫暖的被窩拖出來吃飯。

看她還一副沒有睡醒的樣子，趙大山連忙小聲地哄著。「先起來吃個飯，吃完飯再睡好不好？」

黃豆在趙大山的殷勤協助下穿好衣服，趙大山還幫她穿好了鞋，巴巴去給她拿梳子，準備伺候她梳頭。

剛起身站到地面的黃豆，只覺雙腿一軟，她連忙一手撐著床沿才穩住身形。沒來得及走過來的趙大山生生被嚇出一身冷汗！「沒事吧？」趙大山小聲地問。

「噓！」黃豆轉轉眼珠，把手指湊近嘴巴，心裡想著：我才不告訴你有事沒事呢，自己想去！

飯菜是馬文媳婦送過來的，兩個人面對面，桌子上除了雞就是魚和肉，只有一個菠菜蛋花湯算是素的。

菠菜還是孫武媳婦她們自己在院牆外整的小菜地種的，今天一早，兩個人去後面雪地裡扒出來的，因為知道黃豆愛吃素的，一頓飯沒有點綠色，她就吃不飽飯。

就這麼點菠菜，還不敢給大家吃，只做了一碗湯給他們端了過來。

孩子們更愛吃肉，趙家就兩個主子，黃豆從來不在吃穿住上面刻薄，自然也不會讓下人跟著吃糠嚥菜，總是他們吃什麼，大家就吃什麼，最多孫武媳婦和馬文媳婦會自作主張給他們兩人加點新鮮的菜餚。

馬文媳婦來收拾碗筷的時候，果然看見那碗菠菜雞蛋湯喝得乾乾淨淨的。

黃豆吩咐馬文媳婦，晚上準備點菠菜，泡點木耳、香菇，再準備點凍豆腐、粉絲，她想做個小火鍋吃。她不想頓頓吃肉，雖然除了她，大家好像都喜歡。

黃豆還給兩家的幾個孩子包了紅包，包括最大的孫忠春。已經成年的大春從黃豆手裡拿紅包時，臉脹得通紅；幾個小的倒是很高興，歡呼雀躍著拿了紅包就往外跑，準備去花掉。孫武媳婦想追，被孫武狠狠瞪了一眼，旁邊的馬文媳婦一眼看見，準備邁出去的腳又收了回來。

回到後院，孫武就說了媳婦幾句。「大過年的，妳沒點眼力嗎？那是給孩子的，妳當著趙娘子的面把錢拿過來，不是讓人不高興嗎？」

「我……我也沒想那麼多。」孫武媳婦也覺得理虧。

「以後多想想！主家和以前的主子不一樣，他們做事方式也不一樣，我們做奴才的也要警醒著點。」孫武沈聲吩咐著媳婦。

「嗯嗯，我知道了。」

兩口子正說著，出去買完東西的孩子又跑了進來，他們每個人只去街口買了一串糖葫蘆，剩下的錢又送了回來。

「當家的，你看看。」孫武媳婦把三個紅包排在孫武的面前。

「嗯，收起來吧。」孫武看完，抿了抿嘴，把目光投向了窗外。看來，他要重新定位趙郎君和趙娘子了，這兩個人，不能以普通人來定論。

馬文兩口子拿了孩子的紅包，也是面面相覷，相顧無言。

小倆口一下午也沒事做，在房裡膩膩歪歪地翻了半天的書。

窗外大雪紛飛，孩子們的歡笑聲、奔跑聲傳進屋子裡，黃豆懶懶地倚靠在趙大山的身上，翻著手裡的遊記。

吃了晚飯後，黃豆早早爬上床，她心裡還是有點吃不準趙大山的，只能掩飾地催著趙大山給她暖被窩。

趙大山聽話地暖好被窩，看黃豆要睡覺，連忙讓到外面一床被子裡去。

看著老實地躺在外面的趙大山，黃豆輕輕吐了一口氣，她還是有點害怕的。

等黃豆睡著後，趙大山輕輕靠了過去，攬著黃豆，把頭靠著她。

夜安靜了下來，外面的風似乎也消停了許多，只有落雪無聲無息地飄落著。

年初二，回娘家。黃桃還沒滿月，只能張小虎帶著禮物，跟著恩恩愛愛的趙大山小倆口一起去岳父母那邊拜年。

因為對小閨女及女婿的誤會，讓黃三娘心生愧疚，決定初二這天一定要好好款待款待兩位女婿，就連黃豆想意思意思地表現一下，都被黃三娘給推出了灶房。今天閨女可是嬌養的親戚，上門是要吃現成、喝現成的，怎麼能讓她動手？

吳月娘讓黃豆幫忙看著孩子，她是媳婦，不能和閨女比，即使婆婆說了不需要她做，她也不能去房間待著。

看見平安，黃豆就興奮，平安也喜歡這個三姑姑。兩個人脫鞋上床玩了小半天，玩得不亦樂乎，吳月娘抽空過來餵完奶，平安就睏了。

黃豆把他抱在懷裡輕輕晃悠，他的小臉緊緊貼在她胸口，小手無意識地塞進嘴巴裡，努力地吸吮著。看著他睡著的小小睡顏，黃豆的心都化了。

趙大山的眼睛隨著黃豆的身影進進出出，往後他們也會有孩子……說不定黃豆現在已經有了。想到前晚，趙大山不自然地咳嗽了一聲，努力鎮定心神地看著手中的牌。

黃德磊、趙大山和張小虎在堂屋陪著黃老三玩牌，也不賭博，四個人都不是好賭之人，主要是實在閒得沒事做。

黃寶貴和黃德落都回了南山鎮，要是他們也回南山鎮，這個年肯定熱鬧。不過，在東央郡這裡也有在這裡的好處。

吃飯的時候，趙大山能喝酒，黃德磊和張小虎也不差，加上黃老三，四個人竟然喝多了。

回去的路上，當著張小虎的面，趙大山一定要揹著黃豆走，張小虎簡直沒眼看兩個人恩愛，幫他們提了東西，先在前面大步走了。

趙大山揹著黃豆一路往家裡跑，路上有目光看過來，兩個人都不在意。

這個冬天，因為彼此相愛，意外的溫暖如春。

春節過後，送走了急著回家種地的爹娘，黃豆就開始準備打點行裝了。

三月初六，船廠三艘大船就可以交貨了。可以說，這是船廠最忙碌的一個春節。這還是因為他們這幾年陸陸續續備齊了很多材料，不然，想一年出三艘大船，那只能說作白日夢。

趙大山定好的行船日子是三月十六，也就是說，船到手後，他們還有十天的準備時間。從去年開始，趙大山、孫武、馬文三個人就開始為行船做準備。

趙大山春節後又去牙行買了五個二十歲左右的壯小夥子，這樣，連孫忠春一起，他們就有九個壯勞力來控制三艘大船，沿途還可以雇傭當地的民夫。

這段時間，朝廷競爭越發嚴峻，朝代眼看著要更替，許多家族都受到了波及。

牙行買來的這五個年輕人，還是牙行內部收了張小虎的好處，特意給趙大山留下來的。五個人都來自商賈之家，跟著主人跑過船、善水性，對行船有豐富的經驗。這樣的奴才，到了東央郡這個有著水陸碼頭的地方是用搶也未必能搶到的，價格高也不怕沒人要。

家裡的事情都要一一安排，張小虎的火鍋店，去年底給了黃豆好大一份分紅，黃豆準備拿去做啟動資金。過完春節，三月初一，張小虎又送來了今年的分紅，被黃豆鎖了起來。趙大山的錢也都在黃豆手裡，現在的黃豆是一個十分富足的小富婆了。

年前，黃豆的金磚被誠王府的幕僚安康先生拿走了。這是不給也要給，給當然更好的事情。當幕僚找上門，明確說出趙大山今年在哪家店以一金磚換一船貨物的事情，還篤定地說出趙大山手裡肯定還有金磚時，趙大山就知道，這家店應該是誠王府的了。當時趙大山說，這磚他只有三塊，是在海外意外所得，一直沒用，存了起來。

趙大山這麼說，安康就這麼信，反正過程不重要，大家只在乎結果。

趙大山他們四人出海帶回十箱琉璃，這件事情不難打聽，至於他們賣了多少錢，又賣給了誰，卻不太容易打聽。但不管他們賣給誰，只要有金子就行。

誠王爺人不錯，但是他窮、他缺錢。他要想有點作為，那麼就必須得有錢。

而現在，就是看趙大山有沒有誠意的時候了。成王敗寇，不管以後誠王會不會坐上那把龍椅，起碼現在他是皇子龍孫，趙大山能搭上他，已經是天大的臉面了。

和黃豆商量過後，趙大山把剩下來的兩塊金磚都獻給了誠王。而誠王也很爽快地給了趙大山一塊玉珮，讓他等待時機，拿這個來和他交換東西。

對於黃豆來說，她寧願趙大山及方舟貨行都不要摻合進這種閻王打架，小鬼遭殃的事情當中，但是，這也不是她想拒絕就能拒絕得了的。

三月十六，風和日麗，黃豆從碼頭出發，踏上了大船，從此開始了她漫漫的水上生活。

第五十三章　偶遇八弟趙大鵬

江南好，風景舊曾諳。日出江花紅勝火，春來江水綠如藍。

通州碼頭，熱鬧非常，五艘大船停泊，依次排隊等著卸貨。

一輛輛大車有序地進入碼頭，開始上貨，這些貨，將很快進入方舟貨行的倉庫。那邊是通州現在最大的貨物倉儲基地，每日貨物來來去去、進進出出，從全國各地來，再發往各地。

「豆豆，我們在這裡歇兩天，我帶妳去逛逛通州城。」甲板上，一名身材偉岸的男子正彎腰看著船艙。

隨著他的聲音，一個女子從船艙彎腰鑽出來，站到甲板上。

風吹過她的衣裙，撫過她的髮絲，男子明亮的笑一下子照亮了她的眼睛。

歲月在她身上精心打磨，使她從一名懵懂的少女，變成了一位成熟美麗的女子。

「我們去吃火鍋吧，順便替二姊夫看看他這邊的加盟店開得怎麼樣了？」黃豆仰頭看向身邊的男子。

「好，走吧。我剛才叫了車，已經到了。」趙大山習慣性地拉起媳婦的手，扶著她小心翼翼地踏上甲板。

冬梅和雲梅兩個小姑娘趕緊提裙追了上去，一左一右地跟在他們身後，小心地伺候著。

通州城裡很熱鬧，這份熱鬧和碼頭的熱鬧不同。碼頭更多的是為了生存而忙碌，而城裡是為了生活在忙碌。

神仙醉火鍋二店開在東市，東市是通州最大的集市，這裡有幾十上百家店鋪林立。趙大山和黃豆下了馬車，信步往裡走，後面的兩個小丫頭好奇地張大眼睛，左右偷看。

進了通州城的神仙醉火鍋店，店裡只有一桌客人，大概是來得太早，還不是飯點。

趙大山訂了兩桌雙人座的，黃豆和趙大山入座後，兩個小丫頭想過來伺候，被趙大山攔住了。「妳們去吃妳們的，我們自己來。」

兩個小姑娘應該是受家人叮囑過，很聽話地回到了自己的位子上。冬梅小些，顯得活潑許多，雲梅大點，就顯得穩重許多。

黃豆看著兩個小姑娘嘰嘰喳喳地挑選喜歡的菜餚，互相給對方添料燙菜。她這麼大的時候在幹麼？她在南山鎮，剛剛認識趙大山，她和趙大山還在為每日的溫飽而努力。

「吃飯，看什麼呢？」趙大山敲了敲桌子。

「看那兩個小丫頭，看著她們，感覺我都老了。」說著，黃豆摸了摸自己的臉。

「嗯，我覺得確實是。看妳的臉，被風吹得都起皮了。」趙大山伸手在黃豆臉上摸了一把。

「哎呀！」黃豆連忙把他的手拍開，還慌裡慌張地看了看周圍，有沒有被人看見。

趙大山看著黃豆羞紅臉的樣子，不由得朗聲大笑。「吃飯吧！」

兩個人邊吃邊聊，一邊研究神仙醉的湯料底料怎麼樣，一邊又把這裡的服務評價了一遍。

店裡的客人漸漸多了起來，吃得差不多的時候，趙大山去了一趟淨房，黃豆一個人靠著窗子而坐，悠閒自得。

「三嫂?!」

正看著窗外的黃豆被這一聲驚得一哆嗦，連忙轉頭看向身後。

黃豆身後側面的過道上，一個高大黑壯的漢子，正一臉驚喜而不可置信地看著黃豆。

「呃……」黃豆覺得他可能認錯人了。

「三嫂，我是大鵬啊！趙大鵬！」壯漢看黃豆漠然地轉過頭去，連忙緊走幾步，站到了黃豆的桌邊。

呃，這個名字，應該是趙大山他叔叔家的堂兄弟。可是……我們不熟啊！黃豆不知道該說什麼，只能微笑地點點頭。

趙大鵬一屁股坐在趙大山剛才的位子，熱切而興奮地看向黃豆。「三嫂，妳怎麼一個人在這裡？我三哥呢？」

「喔，他去淨房了。」黃豆禮貌地看著他。

感受到了黃豆注視的目光，趙大鵬更興奮了。「沒想到能在這裡碰見你們！上次你們回去時，我剛好跟船了；等我回來時，你們又走了。三嫂，你們現在船也在通州嗎？真是太巧了！怎麼樣，有貨裝了沒有？」

「我也不清楚，這個得問大山。」黃豆說著，轉頭看向左邊，正好看見趙大山從後院過來。

看見趙大山，趙大鵬很開心。「三哥！我沒想到會在這裡碰見你們！」

趙大山走過來，順手拖了一張凳子，在黃豆身邊坐了下來。「大鵬，你怎麼也到通州了？」

「我這次跟的貨主剛好有一批貨到通州，貨卸完了，還在等貨，我就和船上幾個兄弟出來玩了。看見神仙醉，想著這不是我們南山鎮張家的店嗎？就和他們進來了。」趙大鵬指了指不遠處一張桌子旁坐著的幾個漢子。

「嗯，你去吃飯吧，回頭到碼頭了，去船上找我。」說著，趙大山站起身，拍了拍趙大鵬的肩頭。「叫方舟號，你去碼頭一打聽應該就知道。」

「哎，行。那我回去找你！」趙大鵬也站起了身。

趙大山牽著黃豆走到掌櫃那裡，把自己的兩桌和趙大鵬的一桌帳都結了，怕他們不夠吃，趙大山特意多丟了點錢，囑咐如果有剩，就給那個最高、最壯的漢子。

黃豆兩個人帶著小丫頭出了店後，趙大鵬立刻就被幾個同來的夥伴包圍起來。

「大鵬，那是你哥和你嫂子啊？不像呀！」

「就是就是，你就吹牛吧！你哥雖然高，人卻長得氣宇軒昂的，哪像你，又黑又壯又粗！」

「嘿嘿，那是我大伯家的三哥，親的！他現在已經有五條大船了，這家店就是他連襟開的什麼加盟店。」趙大鵬得意地說。

「那個漂亮夫人是你嫂子？」有人湊近趙大鵬問。

「是啊，我三嫂，就是南山鎮黃家的姑娘！」趙大鵬驕傲地說。

「乖乖，真漂亮！這樣的女人別說做媳婦，睡一覺，死都值得了！」

「你他娘的說什麼？信不信老子弄死你！」趙大鵬一聽，竟然說黃豆，立刻就火了。

「別別！幹麼呢？都是自家兄弟啊！狗子，你小子嘴上也沒個把門的，別說是大鵬的嫂子不能說，就是黃家姑娘你也說不得！黃家每年的稻種救了多少人的命啊，一年畝產多一百多斤稻子呢！」有南山鎮的人推了那個叫狗子的一把。

「我這不是嘴巴賤嘛！」狗子說著，搧了自己一巴掌。「大鵬兄弟，你大人有大量，別和兄弟我一般見識！看你三哥真是不像個凡人呢！」

「當然！除了船，還有各個府城的方舟貨行、方舟貨倉也都有他的，那可是他和他大舅哥他們開的呢！」趙大鵬又開始得意了起來。

「你哥要真這麼厲害，你怎麼不跟你哥幹，跟著錢家的船幹麼啊？那錢癟子他娘的真不是個東西，這次又被他扣錢了！」

「唉，誰說不是呢？真是黑心，古話說的一點都沒錯，瘸狠瞎毒！」

幾個人很快就把話題從趙大鵬的哥哥轉移到了錢家一個管事錢瘸子的身上。

等到這五個人吃飽喝足，準備結帳，才知道帳已經被趙大山結了，竟然還找了趙大鵬一兩多銀子，看得他們後悔不迭。早知道剛才就放開來吃了，一兩多銀子啊！

下午，趙大鵬過來的時候，趙大山正在幫黃豆擦頭髮。聽說有個自稱他兄弟的人來找他，趙大山就讓大春把他帶上船。

趙大鵬也跟著錢家的船到處跑了幾年，卻還是第一次見到把個睡覺的船艙給佈置得這麼舒服的。

看著東張西望、好奇不已的趙大鵬，趙大山也沒說什麼。他這個弟弟比他小幾歲，從小到大交集不算多，就知道是個惹是生非的淘氣孩子，本性卻也不差。

「八弟，你跟的是錢家的船吧？」趙大山順手給趙大鵬倒了茶。

黃豆也把半乾的頭髮攏起來，端了兩碟點心過來。「八弟，嚐嚐點心。」

「是啊，已經跟了兩、三年了。」趙大鵬看看頭髮只用一根髮帶繫在身後的黃豆。「謝謝三嫂。」美人就是美人，怎麼樣都美。

「錢瘸子還是錢串子？」趙大山拍了拍身邊的位置，示意黃豆坐。

黃豆乖順地靠在趙大山身邊坐了下來，拿了一個針線籃子在旁邊研究。

「是錢瘸子。」趙大鵬說道。

「這個人不太地道，這兩年據說心狠手辣，你跟著他跑船有點吃虧。」趙大山皺起了眉頭。

「那也沒辦法啊，錢家待遇還算可以，而且錢多多少爺平時會抽查，所以現在錢瘸子也不敢太過放肆。」趙大鵬拿了一塊點心丟進嘴裡，剛咀嚼兩下就眉開眼笑，覺得味道不錯，連忙匆匆嚥下，又扔了一塊。

「那還好，你要是覺得不好就和我說，我想辦法給你找人換一條船。」趙大山看趙大鵬吃得高興，便把碟子往他面前推了推。「喜歡就多吃點，你嫂子做的。」

趙大鵬一聽，立刻就覺得這點心美味不少，也不客氣，接連又吃了兩塊才停下來。「不用，太麻煩了，你別管這些小事。他還不能對我怎麼樣，且船上那幫兄弟都是熟悉的，大家還不錯。」

「嗯，這樣我就放心了。上次回去看見你兒子了，虎頭虎腦的，像你小時候。」

聽趙大山提起他兒子，趙大鵬高興得眉飛色舞。「淘著呢！媳婦跟我說，三哥和三嫂給他買了糖果，還做了新衣服，他可高興了，我回去就是一通顯擺。」

趙大鵬家的兒子三歲不到，話都說不太清楚，也不知道怎麼在他老子面前顯擺的？

聽到這裡，趙大山朗聲大笑。他是很喜歡小孩子的，當年二叔和三叔雖然不地道，不過這麼多年過去，他也沒放在心上了。

「三哥三嫂，我就先回去了，以後有機會再聊。」趙大鵰怕打擾他們，起身準備走。

趙大山站起身將他按了回去。「走什麼走？吃了飯再走。」

趙大鵰不好意思地撓撓頭，又端起茶杯喝了兩口，和趙大山開始聊一些船上的見聞。

黃豆坐在一邊研究半天針線籃子也不知道做什麼，索性把它推到一邊，起身把今天剛做的點心裝了兩盒，準備趙大鵰走的時候讓他帶著。

趙大鵰看著黃豆在屋裡走來走去，只覺得滿室生香。他不由得想起狗子今天說的話——這樣的女人別說做媳婦，睡一覺，死都值得了！他不由得噓了一下唾沫，又狠狠在大腿上擰了一把。趙大鵰，你真不是個東西！那是你嫂子，長嫂如母！趙大山是長房長子，黃豆就和長嫂一般，你怎麼能想起這麼齷齪的話？

趙大鵰覺得自己實在是坐不下去了，又站了起來，吞吞吐吐地看著趙大山。「三哥、三嫂，我得回去了，我才想起來，船上還有點事，以後有機會一定再聚！」

趙大山看著臉色有點發紅的趙大鵰，想想也許他真有事，便也不強留，起身送他出去了。兄弟倆剛走到跳板旁邊，就見黃豆拿著一個包裹匆匆走來。

「這個帶著吧，都是家裡做的。」

兩盒點心是黃豆和孫武媳婦她們一起做的，鞋子和衣物都是孫武媳婦她們做的，黃豆沒有動手。黃豆只是剛才坐在一邊時看見趙大鵰的鞋都破了，露出了黑乎乎的大腳趾，有點不忍心，估摸著兄弟倆身材差不多，高度也差不多，就把趙大山做事的春衫拿了一套新的，鞋子也翻了一雙出來，給趙大鵰帶著。

趙大鵰接過來打開一看，連忙推回去，臉脹得通紅。「我不要、不要！」

「拿著吧，你嫂子的一點心意。」趙大山一把按住包裹，又推了回去。

於是，趙大鵰捧著包裹，傻乎乎地上了跳板，走下船，回頭往大船上望去，兩道身影正站在大船上看著他，男的偉岸，女的俏麗，他們是那麼般配，像一對神仙眷侶。

回去後的趙大鵰拿出一盒點心給幾個兄弟分了，還有一盒他捨不得吃，每天吃一點、每天吃一點，吃了好幾天，都壞了也捨不得扔。

那套新衣服和新鞋他美美地穿上身後，又捨不得地脫了下來，疊好，放在枕邊。

第二天，趙大山的船就裝滿了貨物，第三天一早，五艘大船就離開了通州碼頭，其中三艘跟著孫武去了海口，另外兩艘跟著趙大山往鞍山而去。

方舟號離開碼頭的時候，錢家的大船上站著一個瘸腿男人，雙眼惡狠狠地盯著方舟號消失的方向，咬牙切齒地說：「黃豆，妳給我等著，下次別讓我再遇見妳！」

離開通州的黃豆和趙大山當然對此一無所知，他們這次去鞍山，是要送一批貨過去，而且還因為那邊春茶已經下來了。

鞍山最有名的就是茶葉和綠松石，鞍山上森林覆蓋面積達到百分之九十五，終年雲霧繚繞，陽光漫射，茶林在得天獨厚的氣候條件下，形成它特有的自然品質。鞍山綠眉以其香濃、味醇、色翠、形美而深受各地茶商的喜愛。

鞍山綠松石是最古老的玉石之一，春秋時代的稀世珍寶「和氏璧」就是由綠松石雕琢而成。

當地的方舟貨行已經早早準備好，預訂了大批茶葉和綠松石，只等這兩天趙大山開船過來運送出去，銷往各地。

鞍山比通州小了很多，卻更生動起來。通州近海，鞍山卻靠山。一直生活在南山腳下的趙大山和黃豆還親自爬上山，去茶園看了看。

鞍山茶園有幾百公頃，從山頂往下看，只覺滿目都是蒼翠，讓人不由得心曠神怡。

「大山哥，我們以後也買這樣一片山地好不好？做個莊園，不再飄來飄去，每天養養雞鴨、栽荷種花，多好！」黃豆站在趙大山身邊，看著遠方，心懷遐想。

「好，南山那邊的小蒼山就不錯，離南山也不過半炷香的車程。」趙大山一聽黃豆說，腦子就轉開了，想了想南山附近大大小小的山頭。

「好啊，給它改個名字，叫豆豆山莊！真土氣！」說著，黃豆忍不住「格格」地笑出聲來。她覺得自己的名字真是土到了極致，好在她已經習慣了。

「行，妳喜歡就好。」趙大山並不覺得黃豆這個名字有多土，反而有一種很親切的感覺。「妳想好了，我就給大川寫信，讓他先把山頭買下來。以後有空，我們回去看過山體再決定怎麼修建，行嗎？」

黃豆斜眼看向趙大山。「別人會不會覺得你傻，買個破山頭住著？」

「自己活得開心就好，管那麼多。」趙大山伸手摸了摸黃豆的手背，還好不涼。「走吧，山上風大。」

「嗯。暫時別買，我還沒想好是在東央郡買一片水域做地主，還是回南山鎮買一個山頭做山莊。」黃豆伸手扯著趙大山的衣袖，跟著趙大山往山下走。

「那就兩處都買，想住山莊住山莊，想做地主做地主。」趙大山覺得這都不是問題。

「哈哈，土財主大哥，請收下小女子膜拜的膝蓋！」黃豆忍不住大笑出聲。

看著笑得這麼開心的黃豆，趙大山覺得不管做什麼，只要黃豆喜歡，就是值得的。

回家的路上，趙大山特意帶黃豆去嚐了嚐當地的特色菜，還喝了一點當地名酒運漕酒。

黃豆的酒量一般，平時卻也喜歡陪趙大山小酌幾杯。

「這個五加皮有一點藥味。」黃豆喝了一口酒，含在嘴裡細細品味。

「小娘子，這是中藥材炮製的酒，當然會有藥味。」小酒館老闆娘笑吟吟地搭話。

他們坐的這家小酒館不大，卻很有當地的特色，前面是路，後窗是河。黃豆特意挑了個臨河的窗邊坐，推開窗戶，就可以看見屋後是一條烏篷船來往不斷的河流。

有那賣花、賣酒的小姑娘，撐船路過，看見黃豆伸頭看向她們，還會喊一句「娘子可要鮮美的魚乾、蝦乾？好吃得很」、「娘子，妳看這花多新鮮！買兩朵插吧，郎君一定喜歡」，黃豆竟然還真的招手讓她們搖船過來，買了花，也買了她們自己做的魚乾、蝦乾。

喝了兩杯的黃豆面色紅潤，未語先笑，頭上的花朵映得小臉更加嬌豔好看。

趙大山一看就知道壞了，她有點上頭了。

兩人準備結帳走人，黃豆卻覺得難受想吐，趕緊問明店裡的老闆娘，繞到小酒館的後門去。

這家店臨河而建，後門出去就是十幾級臺階，臺階下面是河，剛才賣花、賣魚乾的姑娘就是從這臺階上來，在後窗把東西遞給黃豆的。

趙大山拍著黃豆的背，看她竟然把晚上吃的東西都唏哩嘩啦吐了，不由得心疼，早知道就不讓她喝酒了。

趙大山回轉進小酒館，拿杯子倒了一杯茶出來準備給黃豆漱口。走出後門一看，河邊的臺階上哪還有黃豆的身影？

茶杯頓時「嘭」地一聲落地，摔得粉碎！

第五十四章　無故失蹤的黃豆

黃豆醒來的時候，天已經黑了。

過了好一會兒，黃豆才逐漸適應眼前的黑暗。這是間普通的屋子，屋裡只有一張黃豆躺著的床、一張靠窗的桌子。黃豆努力仰頭看了看，後面還有兩個木箱，摞在一起。

這應該是當地的普通宅院，沒有什麼明顯的特徵。

外面傳來說話聲，很快地房門被打開，進來三個身影，走到床邊，傳來打火的聲音。閉著眼睛的黃豆，只覺得眼皮一亮，一隻冰涼的手已伸過來，撩開她散亂的髮絲看了看，接著火光熄滅，一個熟悉的聲音響起——

「嗯，沒錯。路大，給錢。」

只聽見掏錢袋的聲音、走路的聲音，然後一陣腳步走出屋子，應該是看錢去了，看完又走了進來。

「你們走吧，別從河道走。」

「嗯。」那個熟悉的聲音又響起。「路大，帶她走。」

黃豆被人拖起，又扛到了肩膀上，這個肩膀比剛才的肩膀明顯粗壯了許多。

出了屋子，出了院門，黃豆被丟上一輛馬車。馬蹄聲「得得得」響起，去往哪裡、會怎麼樣，黃豆一無所知。

大概行了沒多久，黃豆就覺得她聽見了熟悉的聲音，這個聲音，這幾年她天天聽見，太熟悉了！她被人帶到了碼頭！

隨即，一個人進了車廂，用一個麻袋把黃豆套了起來，紮好口，又扛上了肩膀。

碼頭上這個點人還很多，扛著麻袋上船的並不稀奇。上了船後，黃豆被人從麻袋裡倒到了船板上，而後是關門、鎖門的聲音。

黃豆把嘴巴放在地上蹭，試圖把嘴巴裡塞的布蹭下來，一會兒後，她的嘴唇周圍就傳來火辣辣的痛。布掉了，黃豆張大嘴巴暢快地喘了兩口氣，看向四周。

這是船上放雜物的小房間，除了黃豆蜷縮的地方，四周到處都是雜亂的東西。

剛才那個男子的聲音，有點熟悉，卻又不是很熟悉，到底是誰呢？黃豆絞盡腦汁開始想。她沒得罪過什麼人，至於趙大山，她就不能保證了，畢竟這三年方舟貨行擴張得那麼快，遭人妒恨是很正常的事情。

不一會兒，黃豆就迷迷糊糊地睡著了，等她再次醒來，就聽見船在水面上行駛的聲音。這是離開碼頭了？這表示她離趙大山也越來越遠了。

想著想著，黃豆就不再想了，而是又昏昏沈沈地睡著了。

當她醒來時，天已經亮了。臥在地上的她只感覺冷，小腹還傳來隱約的痠痛感。壞了，不會是月信要來了吧？

趙大山現在不知道會急成什麼樣子，她離他這麼近，卻沒有辦法通知他。不知道這個人綁走她是為了什麼？如果是為錢還好，就怕不是！

耳熟的聲音，那必定是認識的，認識的人下手，一般就不可能有生路了！難道就這樣死了？不會被扔進河裡或者海裡淹死吧？想到這裡，黃豆不由得打了個冷顫！

碼頭走了幾艘船是很正常的事情，但是對趙大山來說，這就意味著黃豆有可能會隨著這些船被帶往別處！

昨天晚上黃豆突然失蹤，趙大山立刻通知鞍山當地的方舟貨行。方舟貨行立即派人守著鞍山大大小小的主要路口，並通報當地的官府，請求幫忙查找。

方舟貨行在當地商賈中有很大的話語權，官府立刻派了巡捕，由方舟貨行協助一起查找。但巡捕全部派出來，也不過十二人。方舟貨行在當地的正式工人和可召集的臨時工人也不過五、六十人。這幾十人，分到各個路口閘口，不過是杯水車薪。

他們停留的運漕有四十八道閘，七十二條巷，方舟就是再有通天的本事，也沒辦法在這麼複雜的地勢上把黃豆給翻找出來！

看著遠離的船隻，趙大山覺得自己快瘋了！

很快地，馬文給他拿來了所有離開的船隻記錄。

從昨天晚上黃豆失蹤到現在為止，一共離開了四艘大船、兩艘小船。趙大山緊緊盯著四艘大船旁的備註，昨天晚上走的兩條船，其中竟有一條是錢家的！錢瘸子，一定是他！

趙大山握緊了手中的紙張，一口牙咬得咯咯作響。「給我查！掘地三尺也要把錢瘸子給我挖出來！給錢多多去信，告訴他，黃豆被錢瘸子劫持了！」

很快地，方舟貨行發的消息以最快的速度向外傳播開去——

方舟貨行在查找南山鎮錢家的貨船，有消息者重賞！

錢瘸子是吃了早飯才過來雜物間的，平時雜物間的門根本不鎖，方便夥計們收拾東西，現在卻鎖上了，因此早上一連幾個人過來詢問，但都被錢瘸子忽悠過去了。

原本按照錢瘸子的想法，直接弄死丟江裡算了。

但是路大說，這麼漂亮的小娘子扔江裡太便宜她了，不如找個青樓楚館賣了，讓她生不如死。其實，路大根本沒看清楚人。他只是覺得，真要是殺人，錢瘸子肯定會讓他動手的。他雖然老實聽話，卻還沒做過殺人放火的事情。

路大在外面放風，錢瘸子進了雜貨間。

迎著光線看，不是很清楚，黃豆再瞇眼細看，整個人驀地愣住了。

「研墨?!」黃豆覺得這太驚人了，這個瘸著腿、滿臉陰狠的人，怎麼會是研墨？

「黃豆，妳還認識我啊？多謝妳，我才有今天！」錢瘸子蹲下身子，看著狼狽不堪的黃豆。

他的這條腿，是因為幫著錢老太太瞞住錢多多做事，被打殘的。打板子的人和他有怨，故意打傷了腿，錢多多當時並沒有理會，還是提筆發現不對勁，給他找了大夫。可能是他命裡該有這一難，都好了的腿，卻因下雪摔了一跤，又斷了！再找大夫接回去，就不穩當了。

他其實並沒有背叛過錢多多，可是錢多多卻認為是他隱瞞了錢喜喜出嫁的內情，才導致黃港碼頭被封、黃老爺子去世、黃豆毀容受傷。

錢老太太看他對錢家還算忠心，就乾脆讓他跑了船，做個小管事，省得戳到錢多多眼前，惹錢多多不痛快。

這幾年，他一直在船上，因海上潮濕，腿越發的不好了，整個人的脾氣也越變越壞。大家都說他心狠手辣，背後叫他錢瘸子，而不是錢研墨。

他之所以會變成這樣，全都是因為黃豆！

「研墨，你想怎麼樣？」黃豆不知道研墨經歷了什麼，但是她知道，既然研墨能把她捆綁在這裡，就不會讓她好。

「不想怎麼樣。妳等著吧，我會送妳去一個好地方！」研墨站起身，準備往外走。

「你給我鬆一下綁，我要去淨房。」黃豆盯著自己的鼻尖，臉不紅、心不跳地提出生理需求。

研墨很想說「妳就拉這裡吧」，但想想如果真弄髒了這裡還要打掃沖洗，也是麻煩。

「路大，帶她去淨房。」研墨走到甲板上看著，這個時候是飯點，夥計們都在前面吃飯。

大家平時方便的地方就在雜貨間後面的一個小間裡，船上沒女人，有時候嫌棄裡面味道重，乾脆就都站在後船舷上往河裡尿。

被解開了繩索的黃豆，輕輕晃動著手腕和胳膊，已經被綁了一夜，都麻木了。她緩了半天才爬了起來，還是路大幫忙扶了一把。

路大扶著她慢慢往後面走去，路上，風吹開黃豆凌亂的頭髮，路大驀地皺眉，緊緊盯著黃豆看。

黃豆察覺了，但無所謂。看吧，生死都不知道了，看看又不會少塊肉。

便溺的小間裡雖然天天沖洗，還是發出陣陣讓人覺得噁心的尿騷味。黃豆強忍著，關門蹲了下來。

剛整理好衣裙，她就迫不及待地衝了出去，趴在船舷上吐了起來。昨天晚上已經吐過，也沒什麼可吐的了，只能是一口接一口的酸水。

錢瘸子害怕被人撞見，打著手勢讓路大趕緊把她拖進雜物間。

路大猶豫了一下，輕輕拍了拍黃豆的胳膊。「走吧。」

黃豆抬頭看看路大，又看看不遠處指手畫腳的錢瘸子，抹了抹嘴，主動走進了雜物間。她還不想死，現在就算從大船上跳下去，她也游不到河岸，只能走一步看一步了。最糟糕的是，她月信應該要來了，底褲上都有了隱約的血跡。

進了雜物間後，也不知道是路大忘記了，還是特意的，他沒綁她，只是鎖了門，就跟著錢瘸子走了。

路大第一次帶著黃豆去淨房時，就認出這個被錢瘸子綁來的女子竟然是趙大鵬的嫂子！那天在通州神仙醉火鍋店裡，他就看見過黃豆。只是他想不明白，錢瘸子為什麼要綁趙大鵬的嫂子，而且還想弄死她？

當天晚上，他回到宿舍睡覺，看著對面把一盒已經變味的點心又翻出來的趙大鵬，看見他細細摸了摸盒子裡的點心，又洗了手擦乾淨後，把一套新衣及一雙新鞋拿出來也摸了摸。

這是趙大鵬每天都要做的事情，剛開始大家還會笑話他，後來也不奇怪了。誰不想家？像他們這種一走幾個月或一年半載的是常事。哪像人家趙大鵬，剛回家一趟，現在又碰見了哥嫂。

路大很想對趙大鵬說「你三嫂就在我們船上」，可是他不敢，他怕錢瘸子，他也怕這件事情會不會對他帶來什麼影響？

旁邊的狗子看見趙大鵬把衣服翻出來，就忍不住調侃起來。「大鵬，又看新衣服啊？那是你嫂子給你的，你就穿唄！」

「不穿，我等回去再穿，穿給我爺奶看看，再給我大伯娘看看，告訴他們，我碰見我哥和我嫂子了！」趙大鵬把衣服仔細疊好，壓到枕頭邊，躺了下來。

「你說你嫂子家怎麼那麼厲害呢？弄那個什麼稻種，產量多了不少呢！」狗子不死心地湊了過去。

趙大鵬一把將他推開。「滾遠點，什麼不少？是翻了一翻！本來一畝地只能出二百多的稻子，我嫂子弄那什麼插秧法，現在她家畝產五百斤！就是我們家，一畝地如今也能產四百多。」

「這麼神奇？你嫂子弄的？」旁邊叫冬至的聽了也湊上去問：「這事我也聽說了，就是不知道是誰弄的。」

「當然，就是我嫂子想出來的！我爺說，我嫂子還在找優質的麥種，說要培育出高產的麥子。不知道這幾年她在外面跑，找到沒有？」趙大鵬仰躺在狹小的床上，想起那個漂亮的女人，她是他心裡的仙女啊！

「這可真的算活菩薩了！一畝地多了一倍的糧食，一家子要多吃多少飯呢！要是你嫂子把麥子再弄出來，那她這個人，簡直就是我們莊稼人的恩人了！」冬至說完，湊近趙大鵬問：「大鵬兄弟，你能不能幫我也買點你嫂子家的稻種？聽說都被襄陽府給管控起來了，不能流出去。」

「不好弄，襄陽府多大的地方，就我三嫂家那點種子根本不夠用。何況，東央郡每年還分去一半。我們家還是因為我三哥的關係，也不過每年得二十斤種子，算是孝敬爺爺、奶奶的。就這二十斤，知道我家一年多產多少稻穀嗎？」說著，趙大山伸了一隻手翻了一下。趙大鵬遺憾地咂咂嘴，要是多弄點，家裡日子不知道多好過呢！就這樣，莊上誰不羨慕？每年莊上都是到他家換稻種，雖然沒三嫂家的效果高，不過也比往日強了許多。

「得讓你嫂子多開點地，多種出點種子啊！」冬至也覺得遺憾。「那今年你家稻穀給我留點種糧吧，多個幾十斤也是好的。」

「行！你好好種，幾十斤肯定不止，能上百！」趙大鵬肯定地說：「莊子上種的我家的種子，一畝最少也能多個七、八十！」

「那太好了！一定要給我留著啊，秋收後我就去拿！」

看冬至要到了稻種，其餘幾個人也紛紛湊上去。

「大鵬，我家也要，得給我分點！」

「大鵬，還有我，我家也要！」

「大鵬……」

船上都是家裡有地的，不過是地多地少而已。

趙大鵬一一答應下來。「行，不過回頭看見我三嫂得問問她麥種的事情，要是有希望，那一年再弄個二十斤麥種來，起碼荒年也不心慌了。」

路大看著得意的趙大鵬，想起自家那幾畝水田。他爹累死累活，一年就收個兩百斤左右，若運氣好多個二、三十斤，他爹能歡喜得跟發了大財似的，要是一畝地多收個兩百多，他爹得激動成啥樣？他說不定連媳婦都能說回來了！他比別人也不差，還不是家窮……

路大簡直不敢想，他竟幫著錢癟子害人，害的還是趙大鵬的嫂子，她和她家郎君還請他們吃過飯呢！他不是人，那是個活菩薩啊！他要被天打雷劈，不得好死啊！

一夜沒睡好的路大，隔天一早看錢癟子沒吩咐他送饃，就偷偷摸摸把自己的一個饃省下來給了黃豆。他其實想把兩個都省下來，可是又怕身邊的人注意到。

下午下起了雨，風大浪急，按照正常情況來說，今天晚上肯定走不了。那麼，說還是不說呢？

吃了晚飯，路大又看著趙大鵬把那一盒子點心翻出來挨個看看，洗了手後將新衣服和新鞋子也摸了一遍。

狗子和冬至他們在玩牌，不賭錢，就貼紙條。

「大鵬，這次到了通州你請我們再吃一次神仙醉唄！」貼了一臉紙條的狗子轉頭看向趙大鵬，一說話，吹得紙條忽忽直搧，還掉了兩張。

「滾！老子沒錢。」趙大鵬把衣服疊好放在枕頭旁邊後，又細細理了理。

「你哥上次請客不是還有剩一兩多嗎？再添點就夠了。」狗子腆著臉，又說了一句。

「有本事叫你哥請去！」趙大鵬翻身上床，躺了下來。

狗子的哥叫小狼，名字狠但人慫，也在這條船上，此刻正在上鋪躺著，聽見趙大鵬說起他，連忙說：「我沒錢、我沒錢！別叫我！」

狗子都嫌棄他哥的窩囊勁了，看人家趙大鵬他哥，那才是真正做哥哥的樣子！

「趙大鵬，你出來一下，我找你有點事情。」路大站起身。

「不去！大晚上的，就這裡說。」趙大鵬有點看不起路大，那就是錢瘸子身邊的一條狗。

「趙大鵬，你他娘的就是個懦夫！」說著，路大一腳踹上了趙大鵬的床框。

趙大鵬上鋪的小狼嚇得大叫一聲，趴了下來。船上空間狹小，除了管事，他們這些打雜的夥計就六個人住一間屋。三張床就占了三面牆。中間的空地只夠開門、關門的。

趙大鵬一看路大找事，騰一下從床上翻了起來。他大伯趙勤會功夫，小時候雖沒教過他，但教過他上面的哥哥，他自然跟著哥哥們也學了三兩招。他還是個狗熊脾氣，說爆就爆，為人卻又很仗義，做事也能吃苦，一般在船上，就連錢瘸子都不會輕易招惹他。「路大，你翅膀硬了，跟著錢瘸子長能耐了？」

「我有很重要的事，你不聽可別後悔。」說著，路大好像洩了氣一樣，準備走回鋪上躺著。他盡力了，不能怪他。

趙大鵬看看奇奇怪怪的路大，他平時很慫，除了聽錢瘸子的，基本上也沒什麼太出格的地方。於是，趙大鵬站了起來。「走，正好去撒尿！」

兩個人走出船艙，趙大鵬站在船舷上往江水裡撒尿，夜裡安靜，只能聽見呼呼的風聲，和趙大鵬往江裡撒尿的嘩嘩聲。

看著趙大鵬撒完尿，抖了抖，把褲子提好，路大才湊了過去。「你三嫂被錢管事綁來了！」

「什麼玩意兒？」趙大鵬莫名其妙地看著路大，他說的每個字他都懂，合在一起他怎麼就不懂了？

「你三嫂被捆在雜物間呢！」路大看了看周圍，又小聲地說了一句。

「什麼?!」趙大鵬跳起來就準備往雜物間的方向衝，被路大一把攔腰抱住。

路大對著他的耳朵低吼。「你這樣會害死她！」

趙大鵬被路大一句「害死她」驚到了，突然清醒過來。「你說說，到底怎麼回事？」

「錢管事恨你嫂子，想弄死她，從通州就盯上了，大致就是這樣，你別多問。她人在雜物間，我得進去了，要是被錢管事看見就完了！」說著，路大轉身就走。

「不行，最後問一句！你告訴我，你想幹麼？」趙大鵬拉著路大，不許他走。

「晚上你想辦法帶她走吧，她是活菩薩，不能死。」路大掙脫了趙大鵬，往船艙走去。

趙大鵬在甲板上站了很久，他不相信這是真的，他甚至懷疑這是一個圈套，可是套他有什麼用？

走到雜物間的門口，趙大鵬伸手推了一把，門被鎖著。這個門從他第一天上船起就沒見鎖過，這兩天錢癟子說是放了貴重東西，暫時不能用。難道，三嫂真被鎖在裡面？

天黑了又亮，亮了又黑。這兩天路大趁飯點帶黃豆去了兩次淨房，還給了她饃吃。

今天下午時就下起了雨，雨水啪啪地打在甲板上，因為雨太大，夜裡船只能靠在碼頭休息一晚。黃豆抱著胳膊正半夢半醒之際，忽然聽見外面傳來開門聲。這麼晚，誰會來？不多時，一個高大的身影推開門走了進來。

黃豆警戒地把在雜物間找到的鐵錘緊緊握在手中，睜大眼睛瞪著來人。

「三嫂？」趙大鵬的聲音在雜物間輕輕響起。

黃豆一驚。趙大鵬！怎麼會是他？

趙大鵬適應了屋裡的黑暗，模糊地看見了坐在角落的黃豆身影。「三嫂，跟我走。」說著，向黃豆伸出手去。

黃豆猶豫了一下，還是站起身，握上了趙大鵬的手。

當黃豆冰涼的小手放進趙大鵬的手掌之中，趙大鵬竟然輕輕顫慄起來。他的手微微一用力，把黃豆拽到懷裡，抱起來就走。

走出雜物間，黑暗的甲板一側站著一個高大的身影。

黃豆微微一驚，下意識地抱緊了趙大鵬的脖子。

「路大，多謝。我們走了！」趙大鵬說著，把黃豆放到甲板上，蹲下身子。「上來。」

黃豆毫不猶豫地趴到了趙大鵬的背上，緊緊摟著他的脖子。

趙大鵬從船舷上放下一根繩，很快地從上面爬了下去，跳進河裡，向岸邊游去。

第五十五章 錢瘸子貨倉被盜

「八弟，能不能放我下來？」渾身濕透了的黃豆，趴在趙大鵬的後背直發抖。雨還在下，打在人身上，噼啪作響。她覺得小腹一陣一陣的疼痛，好像有什麼東西扎進去攪動一樣，而潮濕的衣裳，已經讓她分不清流出來的是血還是雨水。

「三嫂，怎麼了？」趙大鵬找了一塊空曠處，把黃豆小心翼翼地放了下來，伸手摸了摸黃豆的臉，觸手冰涼。

「我肚子疼，能不能歇一會兒？」黃豆蜷縮在地上，疼得忍不住地哆嗦。

趙大鵬看著縮成一團的黃豆，急得滿頭大汗。他想脫件衣服給她擋擋風，看看自己一身新衣也是濕透，不由得大悔。怎麼會想用游水渡過來呢？應該把上岸的小船給偷划過來啊！他是怕當時夜深人靜，划船容易驚動別人，卻沒有想到嫂子是個女流，禁受不住寒濕。怎麼辦？怎麼辦？趙大鵬上了岸後，沒敢往碼頭上的鎮子跑，他害怕鎮子小，很快就暴露出他們兩人的行蹤。以錢瘸子心狠手辣的性子，是不會放過他們的。

趙大鵬看著來時的路，那裡烏黑幽深，好像有個巨洞張大著嘴巴朝他們無聲獰笑。

急得團團轉的趙大鵬最終還是把自己的外衣脫了下來，給黃豆套上。雖然不能保暖，起碼能遮擋一下風雨。「三嫂，妳忍一忍。」趙大鵬一彎腰，把黃豆抱了起來。「我們再走一走，看見人家就好了。」

黃豆的臉，被趙大鵬仔細地護在懷裡，他把自己的衣服又往上提了提，這樣，黃豆就不會被風雨打到了。

趙大鵬不過是個二十左右的年輕人，他就是再有力氣，抱著黃豆奔跑了好一會兒，也已經是氣喘吁吁、滿頭大汗。

這一帶幾乎都是山林，也活該他們倒楣，趙大鵬不熟悉地形，竟然跑進了一片山谷，轉了半天都轉不出去。

天太黑，還下著雨，趙大鵬依靠在一棵樹上，大口地喘息。

而黃豆已經疼得失去了意識，她太疼了，就像被人剝皮抽筋一樣的疼，疼得整個人都虛脫了。

此刻正是四月下旬，天氣回暖，蛇蟲鼠蟻全部出動。趙大鵬路過一片草叢，只覺一腳踩到了什麼東西，左腳踝被狠狠咬了一口。他暗道不好，但還是先往前奔跑了幾步，才停了下來。黑暗中看不清楚四周，他只能用受傷的腳踝在周圍橫掃一圈，感覺到沒有活物才放下已經快陷入昏迷的黃豆，讓她依靠在一棵樹上。

趙大鵬帶走黃豆是半夜，等他走後，路大又悄悄地摸黑回了船艙躺下來。他輾轉反側，既怕錢瘸子知道，懷疑到他身上，又怕趙大鵬路上出什麼事。

不知道什麼時辰，忽然，艙門被用力推開。

「都他娘的給我起來！貨倉被盜了！晚上誰值班的？」

錢瘸子的聲音驚動了一艙裡熟睡和未睡著的人。

「什麼？」幾個人紛紛爬了起來，點亮油燈看向一身濕透的錢瘸子。

臨睡前錢瘸子特意看過雜物間，確定黃豆安靜地在裡面待著。這個女人很識時務，如果她大喊大叫，他並不介意給她點顏色看看，可她一聲不吭的，他心裡就有點沒底氣了。

睡到半夜，心裡不安的錢瘸子還是決定起來把黃豆沈河，她死了他才安心。她若不死，錢多多最後一定會懷疑到他頭上，那才是大麻煩；只要她死了，再解決了路大，那麼誰也不會知道黃豆曾經在這艘船上待過。本來錢瘸子想讓路大動手的，現在他決定自己來，到時就和路大說黃豆跑了，之後再等機會對付路大那個傻子。江河這麼大，哪裡不埋人？

走到雜物間，看著大敞的門，錢瘸子一驚，進去一看，這片狹小的空間哪裡還有黃豆的身影！是誰？

睡在艙裡的夥計都被驚醒了。

晚上值班的是狗子和冬至。他們倆商量著輪流值班，狗子看上半夜，冬至守的是下半夜。此刻狗子正坐在床上呆呆地看著錢瘸子，而冬至剛剛從床上爬起來。

「你們倆，昨天晚上不是值班嗎？」錢瘸子惡狠狠地指了指冬至，又指了指狗子。

「我值上半夜，是趙大鵬換了我，我才回來睡覺的。」狗子看錢瘸子指著他，慌忙解釋。狗子也說不清楚，趙大鵬是哪個時辰和他換的？他就看見趙大鵬過來說「到點了，你去睡覺」，他就回了艙裡倒頭睡覺，畢竟每次值班大家都是掐著點換班的，誰會傻裡傻氣地提前換班，幫別人做事啊？

「趙大鵬本來是今天晚上值班，昨天晚上他說要和我換一晚，我就和他換了。」冬至也連忙解釋著。這種事情在船上是很正常的，但是今天恐怕是出事了。

「趙大鵬人呢？」錢瘸子一把推開站在趙大鵬床前的小狼。

小狼就睡在趙大鵬上鋪，剛從上面滑下來，還沒站穩呢，被錢瘸子一推一甩，整個人狠狠撞在了旁邊冬至的床上。

趙大鵬床上哪裡有人？只有一條被子，凌亂地堆在上面！

「出去找！」錢瘸子暴吼一聲。

幾個人慌慌張張跑了出去，冒著風雨在船上找了一圈，哪裡有趙大鵬的身影？

就連掌舵的和另一個管事都被驚動起來，兩個管事一起，當著大傢伙兒的面，又打開了已經被錢瘸子鎖起來的貨倉。裡面，果然裝著貴重藥材的箱子被撬開了，大部分藥材已經不見，只有一部分應該是來不及拿走，胡亂地從箱子裡一直散落到地上。

這個箱子是趙大鵬和小狼抬上來的，也是兩個管事親眼看著上了鎖的。

兩個管事仔細詢問了昨天晚上的情況，已經確定趙大鵬偷盜藥材逃跑了。

錢瘸子面色陰沈。「現在趙大鵬跑了，他還把一箱貴重的藥材帶走了。我不管今天是誰的錯，找不回趙大鵬，那你們就拿命來賠償吧！」

很快地，這個叫河渡口的小鎮就被驚動了。鎮子很小，南山鎮都足有它的五個大。因為位置不好，除非碰見這種惡劣天氣，平時根本很少有船停泊。

錢瘸子半夜去鎮上找了唯一一個管渡口的管事。

管事已經鬍子花白，被錢瘸子驚醒時還很茫然。在這個位置上都十幾年了，第一次有人找他管渡口的事情，他還很不習慣。

管事又帶著錢瘸子找了鎮上唯一管治安的保長，只有幾十戶的小鎮，月黑風高雨急，誰也不稀罕搭理錢瘸子的事情，但聽說涉案金額巨大，只能無奈地起床，敲鑼驚醒民眾，提醒大家看見可疑人一定要積極舉報。

等睡得迷糊的眾人答應一聲好後，大家又紛紛冒雨回家睡覺去了。

錢瘸子則派了冬至和狗子在四周搜尋了一番，並沒有發現什麼痕跡。

第二天一早，渡口管事和保長過來說沒有什麼發現，錢瘸子只好悻悻地起錨開船。

趙大鵬確實是被蛇咬了。他也搞不清楚是什麼蛇？有毒無毒？只能放下黃豆，自己坐下來用力地捏擠出血，希望能緩解一下。

此刻雨還在下，趙大鵬越發後悔自己的決定，他不應該帶著黃豆往這種人煙稀少的地方跑的。現在他被蛇咬，而黃豆已經近乎昏迷，路途他們又不熟，根本不知道此時身在何處。

「三嫂，妳怎麼樣？」趙大鵰托起黃豆，不讓她的身子貼在泥地上。

黃豆腹中絞痛，整個人又冷又餓，只覺得自己神志都不清楚了，只能無力地癱軟在趙大鵰的懷裡，喃喃自語道：「疼……」

不管了，就是自己死，也要把黃豆送出去！趙大鵰深吸一口氣，抱著黃豆站了起來。懷裡的這個女人是他嫂子，他不能讓她死在這裡。哪怕他死，也要把她送出去，交給趙大山。

趙大鵰抱著黃豆又是一陣狂奔，越走，他的腿越麻木，就像一根棍子直挺挺地戳著在行走。他知道，完蛋了，咬傷他腳的肯定是毒蛇，而現在，他連自己身在何處都不知道。

也不知道走了多久，趙大鵰覺得頭昏腦脹、雙手僵硬，一隻腿也麻痺了，一不小心被什麼絆了一下，兩個人就一起摔倒在地，黃豆直接滾出老遠。

他不能丟下她，他得把她找回來！趙大鵰順著黃豆滾落的方向爬過去，好不容易爬到黃豆身邊，他伸手去抱黃豆，只覺手中黏膩異常。他舉起手想看看是什麼，眼前卻看不太清楚，鼻尖則聞到了隱約的血腥氣。

「三嫂！三嫂，妳傷到哪兒了？」趙大鵰抱著痛得發出微弱哭泣聲的黃豆，眼淚直流。

很快有消息傳到趙大山這裡——錢瘸子的船，帶著貨物去了通州！

趙大山立刻親自開船奔向通州。錢瘸子已經走了一夜，而早上打探消息又用了小半天，現在追已經有點遲了。可是趙大山不管，錢瘸子是帶著一船貨物走的，自己的是空船，又是全力追趕，只要路上錢瘸子不動黃豆，趙大山就能在他到達通州前追上他。

如果放了錢瘸子進入通州卸了貨，那麼他很可能從通州入海。通州可是海口城市，入了海的錢瘸子，趙大山再想找到他就難了！

錢瘸子的船是早上辰時離開河渡口的，趙大山的船是中午時分經過河渡口的。趙大山站在甲板上，看著這個小小的渡口在眼前一閃而過。

他不能停，他也不敢停，因為他的小姑娘還在錢瘸子手中。此刻，他不知道她怎麼樣了？有沒有受傷？有沒有生命危險？想到這裡，趙大山心如刀絞。他怎麼能把她丟了？她那麼膽小，一個人該有多害怕！

「大郎君，你進去歇一歇吧，都站了快一天了。」馬文走過來，低聲勸著趙大山。

「不用。」趙大山擺擺手，目光往兩岸的山林看去，多希望此刻，山林裡走出黃豆俏麗的身影，晃著雙手大聲喊「趙大山，我在這裡」。

趙大山覺得自己眼花了，他好像真看見了黃豆。他晃晃腦袋，再向遠處的山林看去，哪有黃豆？到處是寂寂無聲的山林。

明面上丟了貨物，錢瘸子也沒心再趕路，於是決定在碼頭邊早早歇了下來。

他還悠閒地上岸泡了個澡，吃得肚滾腰圓地進了百花樓。

這個渡口的鎮子也不大，但比他們之前停的鎮子要大多了，又因為是到通州的最後一個渡口，路過的船基本上都會在這裡停留補給。

百花樓是鎮上唯一的青樓楚館，說是百花，也不過是棟前樓後屋，連老鴇加在一起才八、九個人的小青樓。

錢瘸子挑挑揀揀，都不滿意，不是半老徐娘，就是庸脂俗粉，連一個上得了檯面的都沒有。錢瘸子不由得有點後悔，在船上，自己怎麼沒想到把黃豆那個死丫頭給辦了？想到黃豆，錢瘸子是又恨又怒，渾身火燒一樣的難受。

老鴇看錢瘸子都不滿意，也是急得團團轉。

老鴇在娘家時叫杏花，鎮上人都叫她花娘子，從小長得妖嬈，做姑娘時就被騙失了身，肚裡揣了個娃兒，嫁給了本莊子的一個老實人。也是她命不好，生孩子的時候大出血，命保住了，孩子卻再也生不了。老實人也是有脾氣的，沒有後代肯定不能忍，一腳把她踹回了娘家，但娘家也不留她，因此她乾脆跑到鎮上租了房子，吃起了腿兒飯。這家青樓可是她辛苦開出來的，就圖賺個來往船商的錢，可不能在今天砸了飯碗。

錢瘸子雖然一條腿有點瘸，人長得還是很有看頭的，加上年輕，打扮得也富貴，一看就像是哪家富戶的公子。

花娘子心一橫，嬌笑著靠了過去。「公子要是都看不上，我手裡還有一個丫頭，就是年齡小了點，我本想著再留兩年的。」

「太小了都沒長好，有什麼意思？」錢瘸子吃著桌子上的乾果，頭都不抬。

「看公子您說的，我能拿那種毛都沒長齊的貨色搪塞您嗎？不瞞您說，這個是我親閨女，已經滿十四了。不就因為親生的嘛，我就想著哪天能碰到公子您這樣的，也不枉我疼她一場了。」

「叫過來看看吧。」錢瘸子斜了一眼雖然年齡有點大，但姿色還是不錯的花娘子。「妳多大了？」

「回公子，奴家還沒到三十。」花娘子嬌笑著在錢瘸子身邊坐了下來，給錢瘸子倒滿了茶。

花娘子的親女兒來得並不快，過來的時候頭髮還是半乾的，鬆鬆地挽了個髻，斜插著一朵粉色的絹花，長相秀美，還算有幾分姿色。

她杏眼圓睜，看過來時，一雙眼睛竟和黃豆生得很像，看得錢瘸子腹中一熱。她當然不能和黃豆比，卻勝在年輕乾淨，眉眼之間有一種稚嫩和風情相結合的美。錢瘸子知道，這樣的姑娘應該是從小訓練的，花娘子今天能為他拿出來，那是真的下重本了。錢瘸子也不客氣，一把拖過來摟在懷裡，細細地捏摸了一番，該鼓的地方鼓，該細的地方細，是個尤物。

「說個價格吧！」到底是小地方的，還是不夠上檯面，就這麼一番摸弄，竟然不動不叫，還瑟瑟發抖起來。不過也是這樣的玩起來才更有趣味，就是怕太生澀，不夠盡興。

「公子，這可是奴家的親閨女，您最少得給這個數。」花娘子伸出了三根手指。

其實說什麼親的，誰也不能當真。

「給！」錢瘸子從懷裡掏出一疊銀票，數了五張拍在桌子上，看著眼睛發光的花娘子。「錢不是問題，不過，我要妳們娘倆一起來！上上下下給我伺候好了，這些都是妳的。」

三百兩是花娘子獅子大開口要的價格，就這種小地方，她樓裡出過最好的姑娘初夜不過也才賣了一百兩。

「公子要是不嫌棄花娘我人老珠黃，那我就不客氣了！」說著，花娘子伸手把銀票拿了過來，準備塞進懷裡。

錢瘸子一把按住花娘子拿錢的手。「可得伺候好了，她要是放不開，妳得幫著點。」

「您放心，保證讓您滿意！」說著，花娘子的手就搭上了錢瘸子的肩。

錢瘸子也不客氣，一把拖過來抱住，也不往那床上去，順勢就在地下的毯子上，三個人糾纏到了一起……

方舟號是在晚上追上錢瘸子的船的。

趙大山一路追到百花樓，正是百花樓最熱鬧的時候，錢家大船上除了幾個夥計外，兩個管事、一個掌舵的都來了百花樓，正忙得不亦樂乎。

趙大山一腳踹開房門，錢瘸子正躺在地上享受著雙重服務。趙大山大踏步走了進去，看著地上的三人，只覺得眼前白花花的一堆肉。

兩個女的很快扯過衣服躲到一邊，而錢瘸子卻不緊不慢地坐了起來，拖過衣服開始往身上套。「趙大山，你來得也太遲了。」

「你把豆豆弄哪裡去了？」趙大山壓抑著怒火，一把提起剛剛套好褲子的錢瘸子。

「你看我現在在哪裡，她就在哪裡。」錢瘸子早料到趙大山會追來。這幾年，他帶著黃豆跑遍大江南北，掙的錢用金山銀海來形容也不過分，別說是趙大山，換了任何一個男人，也不會把這樣一個旺夫的女人給丟了，何況她還那麼漂亮。

難怪錢老太太一直說，如果黃豆真能成為她家的孫媳婦，那麼錢家至少以後幾代都不愁吃喝了。沒有用心替錢多多娶到黃豆，是錢老太太的一大憾事。

錢老太太一直以為錢多多喜歡黃豆，不過是因為黃豆長得好。從黃豆滿十二，錢多多就求過她去黃家提親，但她不同意。也是從那時候開始，研墨就成了盯著錢多多的一雙眼睛。

她的孫子怎麼能娶一個農家女做媳婦？錢多多不是他爹，他爹當初想娶他娘，她就是不滿意也沒攔著。但錢多多以後是要越過他爹，直接從她手裡接過家主位置的，他的妻子，不說是官宦人家的千金小姐，也得是襄陽府數一數二商賈之家的姑娘。

錢多多每一年都求她，她都沒鬆口。一直到黃港碼頭來了船，幾艘大船的貨物都進了倉，她才覺得她小瞧了黃家，他們不是目不識丁、只知道種地的愚夫，原來黃家早有預謀，她還是心高氣傲小瞧了。那麼，那個據說推行出插秧法的黃豆，在裡面起到了什麼作用呢？

等到錢老太太查清楚，當初黃家在南山鎮買房、在黃港買地，甚至就連買地前黃家去了一趟襄陽府，黃老漢都帶著黃豆等事，錢老太太就知道，自己小看了這個姑娘。

當年黃老漢得了多少賞賜她是一清二楚的，黃家絕對沒有那麼多錢再重新買地建房。那麼，黃家這些錢是哪兒來的？不會是黃老漢從海上帶回來的吧？可是當時逃到家，是她親自吩咐丫頭們打水伺候他們洗澡更衣的，他們穿回來的衣服，她都讓丫頭們細細查過，沒發現東西，索性藉口髒，一把火燒了啊！到底是哪裡出現問題？

一直到錢家被拒婚，錢老太太才打聽到，原來當年是黃豆撿了幾顆珍珠賣給了榮寶軒，才有了黃家今天的基石。

她真是眼瘸，錯過了一個福星，還落得孫子的埋怨。

錢老太太在錢瘸子的爹錢大總管面前提過幾回這事，錢大總管立刻把剛剛養好傷的錢瘸子調到了船上。不能戳少爺的眼，一樣不能戳錢老太太的眼啊！不是你忠心為錢老太太辦事，錢老太太就會感謝你。若錢老太太日後想起孫子和他離心，其中有研墨的功勞，那他錢大總管全家都別想好了。

看著帶著無賴笑容的錢瘸子，趙大山怒火中燒，一把拎起錢瘸子走出房門，就從樓上扔了下去！

樓上樓下正在尋花問柳的人們只聽見庭院「嘭」的一聲，再伸出頭來看，就見燈火通明的一樓院子當中，一個人正躺在地上抽搐掙扎著。

錢瘸子沒有死，但他另一條完好的腿又被趙大山摔斷了。

錢家船上的副管事和掌舵的，提好褲子跑出來一看是錢瘸子，都傻住了，連忙手忙腳亂地想去扶錢瘸子，又準備喊人去找大夫。

趙大山從樓上走下樓，一腳踏在錢瘸子剛斷的腿上，只聽見他撕心裂肺的慘叫聲響徹了百花樓。「你說，你把豆豆弄哪裡去了？」

錢瘸子恨不得此刻就死過去才好，他連裝暈都不敢，只能顫巍巍地趴在地上苟延殘喘。

「說！」隨著趙大山的一聲「說」，他的腳又重重地在錢瘸子的腿上碾了一下。

錢瘸子只來得及慘叫半聲，就暈過去了。

趙大山站在燈火通明的院落裡，四周的房間裡伸出一個一個腦袋，看著眼前的情景瑟瑟發抖。

馬文從附近房間端來一盆水，兜頭朝錢瘸子澆了下去，錢瘸子又哼哼唧唧地醒了過來。

「現在能說了嗎？」趙大山蹲下身子，伸手托住錢瘸子的臉。

「她……被趙大鵬……帶走了，不信……你問船上的夥計。」錢瘸子指著旁邊站著的副管事和舵手。

「是是是……不不不，趙大鵬偷了藥材跑了，錢管事是這麼說的，別的我們也不知道。你可以去船上問問夥計，他們清楚點！」副管事邊說邊看著癱在泥地上的錢瘸子，心裡一陣歡喜、一陣害怕。

「什麼時候跑的？在哪裡跑的？」

「昨天半夜就聽見錢管事說趙大鵬跑了，其他的，我們真不知道，得問那些夥計，他們昨天還出去找了。」副管事越說抖得越厲害，他看著癱軟在地上的錢管事，什麼心思都沒有了。

最後，趙大山帶著一行人離開了百花樓。

直到此時，錢瘸子才被請來的大夫招人抬進屋裡去。

第五十六章 好像有人在唱歌

黃豆醒來後，發現自己是在一間簡陋的木屋裡，外面是風吹山林的呼呼聲，耳邊傳來噼哩啪啦火燒木柴的響聲。她艱難地轉過頭去，看見趙大鵬赤裸著上身，正坐在火堆旁專心地烤著衣服。

聽見動靜，趙大鵬連忙轉過頭去。「三嫂，妳醒了？怎麼樣，肚子還疼嗎？」

「疼……這是哪裡？」黃豆聽見自己的聲音像鋸子鋸在乾燥的木頭上，非常難聽刺耳又乾澀。

「不知道，應該是獵人臨時搭建的。我把火引好，衣服差不多烤乾了，妳換上吧！」說著，趙大鵬把手裡的衣服遞了過去。「妳先換，都換了下來，別穿濕的。」

黃豆看著趙大鵬拿在手裡的外衣及長褲，都是她那天送他的，現在他已經烤得大半乾了，準備讓她換。

趙大鵬把衣服放在床上，又把一旁烤乾的白色裡衣遞過去，滿面通紅，眼睛看向別處。「找不到別的，妳就拿這個撕了暫時用一下，是乾淨的，我找到野皂角洗過了。」說著，轉身往外走。

黃豆看著一瘸一拐的趙大鵬，連忙爬起身。「你的腿？」

「沒事、沒事，就是摔了一下罷了！妳換衣服時也順便看看身上有沒有摔傷？我出去了！」說著，趙大鵬走了出去，關好破敗的門，整個人靠在牆壁上。

雨已經停了，樹葉上的水滴從枝葉間滑落，滴到趙大鵬的身上，異常冰涼。他把頭輕輕抵在潮濕的牆上，心裡湧起淡淡的歡喜。他們都沒死，他一定能帶著她走出去，把她安全地交到三哥手裡的。

屋裡的黃豆拿著趙大鵬的衣服，為難地看著，她已經聞到了她身上的血腥氣，應該是來了月信。但現在在這裡，連塊布都找不到，更別說月信帶了。

她要是穿了趙大鵬的衣服，弄髒了怎麼辦？但不穿，就穿著身上濕漉漉的衣服，肯定不行。黃豆糾結地看看手邊的衣服，又感受了一下身下一股熱流淌下來的感覺。

不管了，他是小叔子也是弟弟，趙大鵬都不介意了，她矯情個什麼勁！

費力地脫下身上的衣服，把趙大鵬的衣褲換上。果然來了月信，褲子上都是血。她很少痛經，可能這兩天吃了苦，所以才會痛吧？

換下來的衣服捲在一起，放在床裡面，人挪到外邊躺著，就這麼一會兒，她就覺得眩暈得很厲害，像虛脫了一樣，趕緊喊趙大鵬。「八弟，進來吧！」

趙大鵬推開門，就看見穿著他衣服的黃豆躺在床上，散開了的頭髮垂在床邊。衣服很大，穿在她身上顯得人更單薄。一旁的火光映照著她的臉，將蒼白的臉上染出淡淡的紅暈。

他還是覺得她漂亮，即使這麼狼狽。

「妳換下來的衣服呢？」趙大鵬定了定神，看向四周。

「髒了。」黃豆側著頭，看向面前的火堆。

「沒事，我知道。那邊有一條溪流，我拿去洗洗，我找到了點野皂角。」趙大鵬走過去，把手伸向黃豆。

「髒了！」黃豆目光轉向趙大鵬，提高了聲音。

「我知道，沒事。妳現在不能出去，這裡雖破舊，好歹能避避風。等妳衣服烤乾，我們就要離開這裡了。」趙大鵬看了一圈，從床裡邊找到了黃豆換下來的衣服，連褻褲一起抱了出去。

黃豆覺得自己從來沒有這麼窘迫過，她連趙大山要給她洗貼身衣褲都不讓，何況還是來月信弄髒的褻褲。眼見趙大鵬已經走了出去，她只能無力地在床上躺著，不敢動，因為一動就有一種要洶湧流出的感覺，而肚子已經疼到麻木了。

過了很久趙大鵬才走了進來，他身上還滴落著水珠。「外面雨停了，就是樹葉上有水滴。我們今天一定要出去，不然餓都要餓死了。」說著，趙大鵬把衣服小心地放在床邊，出去找了幾根樹枝在火堆邊搭了一個簡易的衣架，把衣服晾在了木架上。

黃豆就躺在旁邊，她感受著身體裡的血液一部分慢慢向下流淌出來，一部分直衝上頭，不禁滿臉通紅。

趙大鵬就好像已經習慣做這些事情一樣，衣服晾好後，走過來看著黃豆。「妳餓了吧？

我去找點吃的，不會走遠，一會兒就回來。」

「好。」

「我去看能不能抓兩條魚。」趙大鵬又拖著腿走了出去，他感覺得到腿越來越麻木了，而且他現在看東西偶爾還會出現幻影。

走到溪流邊，趙大鵬解開腿上綁著的布條，看看已經烏青發紫的小腿。這樣不行啊，這樣不等他們走出去，他就會先撐不住了。得想想辦法，不然肯定出不去了。

四周望了望，趙大鵬瞥了眼剛剛自己撿皂角的地方。不管了，死馬當活馬醫吧！他採了大把的皂角葉，用尖石砸爛，把腳踝的蛇咬處用隨身帶的刀劃開，咬牙看著黑色帶有腥味的血流了出來。這已經是趙大鵬第三次放血了，這次效果明顯不大，反而因為失血，有一種頭重腳輕的感覺。

趙大鵬把布條往大腿繫了繫，緊緊紮緊，而後放下褲腳，找了根棍子削尖。小時候他常在河裡扎魚，但多少年沒有扎過魚，手都生疏了。

費了半天力氣，趙大鵬才扎了兩條筷子長的魚。就著溪水，他先把刀洗了又洗，又採了把皂角葉擦了擦，才敢用刀去清理兩條小魚。確實不大，不過聊勝於無。

他出來得有點久了，嫂子該擔心了。想到這裡，趙大鵬趕緊找了幾片大葉子把魚包好，往回走。

「我抓了兩條魚，吃了我們就走。」趙大鵬說著，起身把晾在樹枝上的衣服拿了過來。

「妳換了，我去烤魚。」趙大鵰把火堆上的柴火先挪開，再把用葉子包好的魚埋在了火堆下面，最後又把燃燒著的柴火挪回來，壓在葉子上面。接著他走到屋角翻出一堆劈好的柴火，扔到了火堆上，轉身又往外走。「我出去，妳把衣服換了。」

黃豆忍著疼痛把衣服換好，還好，有裡衣墊著，趙大鵰的褲子沒有弄髒。黃豆把換下來的趙大鵰的衣褲放在床頭，喊了一聲，趙大鵰便又推門走了進來。

「妳冷不冷？要不要靠著火堆？」趙大鵰拿起床邊的衣服就往身上套，也不介意剛剛被黃豆穿過。

「好。」黃豆覺得自己可能真的快掛了，可她還不想死。

趙大鵰仔細地把屋角堆著的荒草在火堆邊鋪好，才把黃豆抱了下來。他一隻手托著黃豆，一隻手把床上已經破敗的草蓆抽下來，鋪在荒草上，才又抱著黃豆，小心翼翼地把黃豆放在了草蓆上。

這樣靠著火堆，人果然暖和了許多。

「只有兩條，而且沒有鹽，只能這樣將就著吃了。」趙大鵰把火堆上的柴火又撥到了一邊去，不敢伸手去拿已經發黑發焦的樹葉，只能用兩根棍子夾住，好不容易夾了出來。

「等出去啊，我請妳去神仙醉吃魚火鍋！他們家的魚火鍋也不錯，一個人六十個錢，隨便吃。」趙大鵰又拿了幾片乾淨的葉子，放在一邊，開始剝已經焦糊的樹葉。

黃豆覺得自己又開始迷糊了，似睡非睡。

「吃點東西。」趙大鵰碰了碰黃豆的胳膊。看見黃豆睜開眼，趙大鵰伸手把黃豆抱坐起來，靠在他的大腿外側。「吃完了我們就走。」

黃豆看著手裡有點烤焦的魚肉，硬著頭皮咬了一口，一股魚腥氣直衝腦門。她忍了半天，還是沒忍住，一口吐了出來。

「吃不下也要吃，總不能餓死。」趙大鵰看著吐出來的只有清水的黃豆，一把接過她手中的魚，低頭啃了起來。再難吃他也得吃，他還要把三嫂帶出去呢！啃完了一條魚後，趙大鵰把骨頭清理到一邊去。「看，妳想著妳正在吃神仙醉的火鍋，妳在吃香噴噴的肉，它就沒那麼難吃了。」

黃豆看著趙大鵰捧到面前、已經剔除了骨頭跟魚刺的幾塊魚肉，伸手撚了一塊放到嘴裡，嚼也不嚼，一口嚥了下去。

也是趙大鵰仔細，把魚骨跟魚刺都給她剔除了，幾塊魚肉，她就這麼直接吞了下去，竟然沒吐也沒被卡住喉嚨。

「嚐嚐這個。」趙大鵰遞給她幾片背面有刺的葉子。「我小時候經常吃，酸酸的，味道很好。」

黃豆接過來，塞進嘴裡嚼了起來，果然有點酸，卻又不是特別酸，讓人口齒生津，一下子沖淡了嘴裡的魚腥氣。

「喜歡吃，我再去採點。要是秋天就好了，秋天野果多，現在只有這些葉子。」

黃豆躺了一會兒，覺得人有點冷，小腹又陣陣抽痛了起來。

她迷迷糊糊地睡著了，夢見趙大山在找她，站在一片江水裡，茫然四顧。

趙大山！趙大山，我在這裡！黃豆往齊腰深的水裡撲去，想撲向趙大山，可是趙大山就好像沒有看見她一樣，轉身往遠處走去。

黃豆伸手要去抱他，腹中驀地一陣翻江倒海的絞痛，疼得她頭皮發麻，渾身直打哆嗦，整個人都顫慄了起來，身下只覺得嘩啦一陣如泉湧，一股熱流淌了出來，好像有什麼東西滑出了她的體內。黃豆無意識地抓住身邊的草薦，緊緊抓住。

我可能要死在這裡了……

趙大鵬在附近轉了一圈，以前他跟著家裡的哥哥們進過山，知道一些東西，但看著四周都是一模一樣的景色，一片樹林遮天蔽日的，哪裡能看見路？算了，還是直接走吧，走到哪兒算哪兒。

一直在這裡待下去也不是辦法，既然有獵人的木屋，那麼肯定也有村莊。順著溪流往下走，總是沒錯的。

強撐著挪動已經痲木的雙腿，趙大鵬還沒走到木屋，只覺得頭暈目眩，一下子就摔倒在草叢裡。

風從他身邊穿過，趙大鵬翻了個身，仰面朝天。透過樹的縫隙，可以看見藍天白雲，這是一個晴朗的天。陽光從樹葉間照了進來，照在趙大鵬的臉上，暖暖的、軟軟的，他真想就這樣一睡不醒。躺了一會兒，趙大鵬越來越不想起來。

他想到小的時候，他跟在幾個哥哥後面玩，大伯打了獵物回來會給他帶糖果，兄弟八個，他最小，大家都寵他。

他還想起大伯死的時候，爹娘晚上偷偷議論著，誰都不願意養趙大山和趙大川，還有那個賠錢貨趙小雨。那時候他不懂，爹娘說什麼就信什麼，他是真的以為家裡如果養著三哥他們，他就會餓死。

他還想起初見黃豆的時候，她長得真漂亮，是他喜歡的那種姑娘。他曾想過，如果他能娶到這樣的媳婦，他一定會對她好，把她捧在手心裡的寵。可她，是他的三嫂。

黃豆……

他不能躺著，他得帶她離開這裡，把她交給三哥！三哥比他強，又有本事，只有三哥才是真正能保護她的男人。想到這裡，趙大鵬用力咬了一下舌尖，強烈的刺痛一下子讓他的腦子清明起來。他翻個身，爬了起來，拄著棍子往木屋走。

三嫂，我一定要帶妳回去！

一進門，他就聞到濃烈的血腥味，再看地上，黃豆已經滾到了一邊，而之前黃豆睡過的草蓆上則遺留一大灘紅色的血跡！

「怎麼了？」趙大鵬撲了過去，一把抱起黃豆。「三嫂，妳怎麼了？三嫂，妳醒醒！」

趙大鵬用力晃了晃黃豆。懷裡的黃豆就像一個破敗的娃娃，軟軟躺在趙大鵬的懷裡，一動也不動。「三嫂！」趙大鵬覺得天都要塌了！怎麼會有這麼多血？他不在的時候，到底發生了什麼事？

淚水一滴一滴地打在黃豆臉上，黃豆睜開眼睛茫然地看著趙大鵬。「……我死了嗎？」

「胡說八道！」趙大鵬看見黃豆醒來，欣喜若狂。「呸呸，百無禁忌！」說著，還往地上吐了兩口唾沫。

「八弟。」黃豆伸出手，放在趙大鵬的胳膊上。「我覺得，我不是月信，我應該是小產了，孩子沒了……」

趙大鵬看向地上那一攤血跡，又看向面色蒼白、淚流滿面的黃豆。如果這是真的……對於幾年無所出的三哥、三嫂來說，這意味著什麼？他不敢想像趙大山知道這個消息後會怎麼樣？趙大鵬抖著手，把黃豆摟到懷裡。「沒事、沒事！我們出去，去找大夫，一定沒事的……我們現在就走！」趙大鵬想把黃豆抱起，準備先扶她坐起來，可是還沒有鬆手，黃豆就一路滑了下去，她已經虛弱得坐都坐不住了。

火堆撲滅，趙大鵬揹著黃豆走出了木屋，他看向四周，到處都是樹林，該往哪裡走？

「八弟，天快黑了，我們還是等天亮吧。」

「不不不，現在就要出去！三嫂，妳相信我，我一定能送妳出去的！」

「趙大鵬，可是我想睡一會兒再走……」

「妳趴在我肩膀上睡覺，是一樣的。等妳醒了，我們就出去了。」
「你能找到路嗎？」黃豆無力地趴在趙大鵬的肩頭問。
「當然能！妳看樹，南側的枝葉茂盛，北側的則稀疏。如果有岩石，有青苔的就是北，就這樣走，一定可以走出去的！」
「嗯，好……」
趙大鵬抬起頭看向頭頂的樹林，他的眼睛越發模糊，已經分不清哪邊樹葉茂盛，哪邊樹葉稀疏了……

在錢家船上問清楚了趙大鵬離開的方向後，趙大山連夜帶船又往回開去，到地方了就要往黑黝黝的山林衝去。
馬文死死攔住他。「現在不能進！現在進去不但找不到人，還很可能破壞了他們留下來的痕跡，要等天亮！」
要等天亮？趙大山心急如焚，他仰望天空，希望時間過得再快點、再快點。
等到東方剛剛泛起魚肚白，趙大山帶著十幾個人就衝進了山林，展開搜索。
趙大鵬的腿其實已經不能走路了，但他還是堅持把黃豆揹在背上，拄著一根木棍往下游走去。「三嫂，妳說我們能走出去嗎？」

「能吧。」黃豆把頭靠在趙大鵬的後背上，這麼寬闊的背，真像趙大山。

「三嫂，其實……我已經走不動了。」趙大鵬扶著一旁粗壯的樹幹，看著前面的樹叢，重影疊疊的，幾乎模糊不清。

「那我們就不走了，歇會兒。」

趙大鵬靠著一棵大樹輕輕蹲了下來，慢慢把黃豆順著樹幹放下，等黃豆坐穩當了，他再一屁股坐到地上。黃豆依靠著大樹，而他就如一座大山一樣，擋在黃豆面前。

「趙大鵬，你會唱歌嗎？」

「不會，妳會嗎？」

「會呀，我會唱小星星，我唱給你聽啊！」

「好……」

「一閃一閃亮晶晶，滿天都是小星星……趙大鵬，我唱的歌好聽嗎？」

「……好聽。」

「趙大鵬，大山哥會找到我們嗎？」

「會，三哥一定會來找我們的……」

「趙大鵬，你想家嗎？我想家了。我有一個家，在很遠很遠的地方……」

「趙大鵬，你冷不冷？我有點冷了。」

「趙大鵬，你餓不餓？我有點餓了。」

「趙大鵬，我想吃烤魚，你去抓一條魚來烤好嗎？」
「趙大鵬，你說話呀！我好像聽見大山哥的聲音了。」
「趙大鵬……」
黃豆看著遮擋在面前、一動也不動的身影，淚水無聲地流了下來。
風從林隙間吹過，好像有人在哀鳴，好像有人在唱歌……
趙大山一路順著趙大鵬留下的痕跡，找到了黃豆和趙大鵬。他遠遠就看見趙大鵬坐在地上，雙手拄著根棍子，牢牢地撐住地面，用脊背遮擋住黃豆；而黃豆則背靠在一棵大樹上，就坐在他後面，雙手放在兩側，頭軟軟地趴在趙大鵬身後。
陽光從樹林的枝葉縫隙中照進來，斜斜地打成光圈，照在他們身上，熠熠生輝。
看見奔跑過來的趙大山，黃豆微微一笑，張了張嘴巴，一頭栽倒了下來，被趙大山一把抱住。
趙大鵬則轟然倒下！

第五十七章　待到山花爛漫時

黃豆從昏睡中醒來，看見一直守候在床邊的趙大山，他對她說的第一句話就是——

「八弟死了。蛇毒攻心，已經來不及了。」

他死了？黃豆張口想說什麼，卻發不出聲音。

那個人第一眼看見她時，眼神如狼似虎，她並不喜歡；後來，南山鎮港口見過，也只是遠遠的、跟路人一樣的一眼半眼；再見他是在大船上，他客氣地叫她三嫂，那一刻，她感受到他是真的當她是嫂子，尊敬而有禮。

那個在木屋為她洗血衣、揹著她蹣跚尋路、聽她唱歌的人……死了？

黃豆仰面躺在床上，眼淚奔湧而出，無聲地流過兩鬢。

「豆豆，別哭，大夫說妳要好好休養。」趙大山拉過黃豆的手，緊緊地握著。「我已經派船送他回家鄉了，等妳身體好了，我們就回去。」趙大山把黃豆冰涼的小手湊到唇邊，緊緊貼著。

看著鬍渣滿面的趙大山，黃豆很想說點什麼，她張了張嘴巴，卻只發出破裂嘶啞的聲音，說不出一句話來。

「我給妳倒點水喝，妳不要急著說話，大夫說緩緩喝兩天中藥就好了。」說著，趙大山忙忙地起身要去倒水，不知道是起得太急，還是雙腿發麻，他一個踉蹌，一條腿重重跪到地上，發出「咚」的一聲，被右手無意推動的桌子也發出了刺耳的聲音，桌上的杯子撞到茶壺上，叮噹作響。

守在門外的冬梅和雲梅連忙衝進來。「怎麼了？要倒水嗎？我來！」說著，冬梅去倒水，雲梅急忙上前攙扶趙大山。

「不用，我自己來。」說著，趙大山站起來，接過冬梅手裡的茶杯，試了試水溫，又輕輕吹了吹，歇了一會兒，才一隻手端著茶杯，一隻手去托起黃豆，把茶杯湊到黃豆的唇邊。

一杯水被黃豆一口氣喝完，趙大山頭都不回，把杯子遞給雲梅，問黃豆。「還喝嗎？」

黃豆搖了搖頭，無力地躺在趙大山的臂彎。

冬梅和雲梅對視一眼，悄然退了出去。

「豆豆……」趙大山把頭埋在黃豆的肩膀上。「我差點找不到妳……我很害怕，如果失去妳，我不知道會變成什麼樣子……」趙大山的眼淚順著黃豆的脖子，流到了她的裡衣上，很快浸濕了一片。

黃豆沒有動，也沒有說話，任憑趙大山抱著，邊哭邊說。

等趙大山收斂了眼淚，抬頭去摸她的臉，才發現，不知道什麼時候，黃豆已經睡著了。

睡睡醒醒，整整三天，黃豆除了喝一點水，粒米未進。一開始趙大山以為她是虛弱，不想吃，就讓馬文媳婦熬了雞湯來。但只要除了水之外的東西端過來，她就吐，別說吃，聞都不能聞。趙大山簡直要瘋了，通州附近的大小大夫都被他請了一遍，全說不出個所以然來。

他只能連夜行船往東央郡趕，三天兩夜的行程，硬生生被他縮短到兩天兩夜。到了東央郡，趙大山用了當初誠王給他的玉珮，希望能求一個太醫來替黃豆治病。

誠王府派了最好的太醫，在安康先生的陪同下進了桂花巷。

此時正是春深而夏未至，桂花巷裡石榴花開得燦爛無比。

「尊夫人這次小產，對她損傷極大，日後很有可能對子息有妨礙。不過也不是說一點希望全無，只要用心調養，還是會有希望的。老夫先開幾劑藥給她吃著，七日後老夫再來一趟，到時候再看情況而定。」邊說著，老太醫邊提筆開始寫藥方。

趙大山看著太醫邊捋鬍鬚邊寫藥方，忍不住低聲問道：「可是這幾天，除了喝水，別說米麵了，就是熬好的湯她都不能喝下一口，這是怎麼回事？」

「這是心病。老夫只能治病，她自己不想活，老夫也沒辦法。」

老太醫一句話，趙大山如遭雷擊！她自己不想活？他忍不住脫口問：「她為什麼不想活？」

「據老夫猜測，她應該是知道自己小產而自責吧。你現在要想辦法打動她，讓她有活下去的勇氣。」說到這裡，老太醫同情地看向趙大山。「最好不要把她身體有損傷，不易受孕的事告訴她，老夫怕……」

這個不用老太醫叮囑，趙大山也知道。他不但不會對黃豆說，他是決定除了自己之外，不會讓任何人知道這件事情的。

送走老太醫後，趙大山站在黃豆的門前停留了半天。

守在門口的冬梅、雲梅還以為他要進去呢，誰知道他一轉身竟然跑了出去！

趙大山去了隔壁的張小虎家，見了黃桃的第一句話就是——「把小虎仔和小海洋借給我吧！」

黃桃驚訝地看著趙大山，說話都有點結巴了。「借……借孩子幹麼？」

「太醫說，豆豆不想活了。」

「你說什麼?!」黃桃剛得到黃豆回來的消息，因為小海洋有點鬧，她還沒來得及過去，所以並不知道黃豆出事了。聽到趙大山的話，她不由得大驚失色，也不顧什麼了，一把抓住趙大山的胳膊，急問：「你說什麼？什麼叫不想活了？」

「路上，豆豆出了點事，孩子流了，她已經不吃不喝幾天了。我們特意趕回來找了太醫，太醫說是她自己不想活了，讓我想辦法，所以我想把小虎仔和小海洋借去，跟她說說話試試。」

「孩子？孩子怎麼會流了？豆豆什麼時候有孩子的？」黃桃只覺得心如刀絞，她都已經心疼得不能自制了，那麼豆豆知道孩子沒了會疼成什麼樣子？

豆豆最喜歡孩子了，從大寶到四寶，再到平安，然後小虎仔，包括康康和小海洋，只要是孩子都沒有不喜歡黃豆的。就連小八，書院一回來的第一句話也是「三姊什麼時候回來」。

「出了點意外，我也不知道她有身孕了，可能豆豆自己都不知道。是我……」趙大山說到這裡，哽咽了一下。「是我沒照顧好她，是我。如果我看好她，孩子就不會流掉，豆豆也不會生病。」

「不說這些了，我先去看看豆豆。趙大山，我不管發生了什麼事情，我妹妹要是有個三長兩短，我黃桃和你沒完！」說著，黃桃一把抱起還在小床上酣睡的小兒子，拉起一旁練字的大兒子就走。

黃桃抱著小海洋，牽著小虎仔，一路跨院穿門，往黃豆屋裡跑。趙大山想伸手幫忙抱一個孩子，可惜兩個孩子一個也不要他，黃桃也不搭理他，他只能悻悻地跟著黃桃他們娘三個往家裡走。

進了門，就見床上睡著一個單薄的身影。看著昏睡中的黃豆，黃桃一下子捂住了嘴巴。那個陽光自信的豆豆去哪裡了？她怎麼變成這個樣子？憔悴、蒼白，好像風一吹就能飄走一樣。

「豆豆……」黃桃把睡熟的小兒子放到黃豆的頭邊，輕輕撫摸著她烏黑的長髮。「豆豆，姊姊在這裡，妳怎麼了？」

小虎仔和黃豆已經很熟了，看娘坐在床邊，自動脫鞋往床上爬。「姨，起來，我要吃綠豆糕。」

黃豆睡得混混沌沌，不知道自己身在何處，聽見小虎仔喊，只微微睜開眼睛，又閉了起來，昏昏沈沈地睡了過去。

「姨，妳起來呀！」小虎仔在黃桃的授意下，在床上撲騰來、撲騰去。

趙大山張著手護在旁邊，他又想小虎仔折騰一會兒黃豆能醒來，又怕小虎仔沒輕沒重地踩到黃豆。

小虎仔跳了一會兒，看見黃豆還是繼續睡覺沒理他，便趴了下來，用力摟著黃豆的脖子。「起來嘛！小姨，妳起來，小虎仔想妳了！」

趙大山看見黃豆只皺了一下眉頭，仍然沒有醒來，覺得心裡堵得難受，一把抱起小虎仔。「仔仔，姨夫帶你出去，我們不要吵小姨了。」說著，趙大山強忍著眼淚，抱著小虎仔走了出去。

黃桃拿把木梳坐在床邊，想把黃豆的頭髮細細梳理一遍，但看著面色蒼白的黃豆，黃桃最終捂著嘴走了出去，扶著花壇放聲大哭。

「娘，別哭了，仔仔聽話！」小虎仔走了過去，抱著黃桃的胳膊，緊緊貼著黃桃的面頰。

屋裡黃桃的小兒子醒了過來，咿咿呀呀自己玩了一會兒，看沒有人理睬他，嘴一癟就開始放聲大哭。

外面的黃桃急忙擦乾眼淚往屋裡走，走到門口她突然停了下來。

跟在她身後的趙大山一愣，差點撞到黃桃身上。看見黃桃停了下來，趙大山伸頭從黃桃的肩膀上往屋裡望去。

下午的陽光從窗戶照進去，斜斜打在床腳上。黃豆正吃力地半撐著身子去抱身邊哭鬧的嬰兒。長長的頭髮披散開了，遮住了黃豆的面容，卻能夠聽見她在發出「喔喔喔」的聲音，哄著哭個不停的嬰兒。

黃桃站在門口沒動，趙大山站在門口也沒動，兩個人就這麼靜靜看著黃豆艱難地起身抱起孩子，輕輕地哄著。

屋外傳來小虎仔奔跑歡呼的聲音。

「趙大山，孩子沒了。」

「沒事的，等妳養好了我們再生。」

「那天，我夢見你在找我，我還夢見一個小孩子哭著叫我娘。趙大山，你說他還會不會回來找我們？還會不會要做我們的孩子？」

「會，當然會，一定會的！」趙大山緊緊攥緊黃豆的手。他害怕，這樣的豆豆讓他害怕，他怕她會一輩子走不出這個陰影。

「寶寶，你一定要來，爹和娘等著你……」黃豆看向屋頂，她好像能在光暈中看見細小的灰塵在半空中飛舞。

「豆豆，等過段日子我們就回家。妳種花，我種菜，我們再養一堆孩子，叫妳娘，叫我爹，好不好？」趙大山的眼淚一滴一滴，滴落在自己和黃豆糾握在一起的手臂上。

「趙大山，我想回家了。」黃豆的目光還是看向有著塵埃飄浮的虛空。

「豆豆……」趙大山撲過去，緊緊抱住黃豆。「我們現在就在家啊！在東央郡的家！妳要是想回黃港，等下個月妳身體好了我們就去。」

「不是這個家，是……」黃豆張著嘴巴，不知道該怎麼說。十幾年了，如果這裡不是她的家，那哪裡才是她的家呢？她突然糊塗了。

「豆豆，妳還記得妳說過要回南山鎮建個莊園的事情嗎？我已經派孫武回去找岳丈看地了，現在買，等秋後就能建好，到時候我們搬進去。我把妳以前畫的院子和房屋的圖紙，都給孫武帶了回去，我們要大院子、要花架、要秋千，這些都要，還要給妳種滿山的花。我還記得妳說的那句，待到山花爛漫時，誰在笑的？」趙大山看向黃豆，不好意思地笑了笑。

「我給忘記了。」

「風雨送春歸，飛雪迎春到。已是懸崖百丈冰，猶有花枝俏。俏也不爭春，只把春來報。待到山花爛漫時，她在叢中笑。」黃豆聲音沙啞，卻一字一句把完整的詩句唸了出來。

「對，等到明年春天，我們就可以去看花了！豆豆，妳想去嗎？」趙大山握著黃豆的手，緊緊貼在自己臉上。

「想。」

「那我們吃點東西好不好？我讓人給妳熬了粥。」趙大山坐到床邊，想把黃豆抱起來攬進懷裡。

「不，我要睡會兒……」說著，黃豆又閉上眼睛，昏睡過去。

趙大山就這樣坐在床邊握著黃豆的手，目不轉睛地看著黃豆，他深怕自己一個錯眼，黃豆就不見了。

黃豆一覺睡到黃昏時分，醒來看見趙大山還在床邊坐著，就好像一直沒有走開過。

「我餓了。」黃豆動了動已經被趙大山握得麻木的手。

「哎……哎……好，好的！」趙大山興奮得難以自持，轉頭看向外屋。「冬梅，讓妳娘把粥端來！」

「哎，我就去！」站在門口的雲梅飛快地跑向灶房。

冬梅看雲梅跑走，連忙去端了水進來。「主子，先給主母洗把臉，漱漱口。」

趙大山接過水杯。「我來吧。」說著扶起黃豆，自己先試了試水溫，覺得剛好，才湊到黃豆嘴邊。「妳先漱漱口。放了鹽，有點鹹。」

黃豆就著趙大山的手漱了漱口，又接過冬梅遞過來的清水漱了漱，才無力地躺回去，任由趙大山給她洗臉、擦手，理順了頭髮。

熬好的粥是馬文媳婦端進來的，她用雞湯熬了青菜雞絲粥。菜切得很碎，雞絲也都撕得很細，幾乎不用怎麼咬就能吞嚥下去了。

趙大山深怕黃豆嗆住，在她背後墊了被子，一口一口細心地用勺子餵她。

「對了，我把船都賣了，就留了一條給方舟貨行。那裡面大部分可都是妳的嫁妝，我都給妳換成金子，妳不是說金子最保值嘛。等妳好點了，我就讓孫武兩口子回南山鎮，妳不是一直想要個莊園嗎？剛好今年買了地，回去給建好。貨行那邊以後就讓馬文盯著，我呢就哪兒都不去，只好好陪著妳，妳說好不好？」趙大山一邊絮叨，一邊餵黃豆喝粥，很快地一碗粥就餵了半碗。

黃豆看著平時悶聲不吭，今天卻話癆一樣的趙大山，不禁有點動容。「為什麼要賣船？不是說再跑兩年的嗎？」

趙大山停下手中的勺子，認真地看著黃豆。「豆豆，錢掙再多都不會滿足的，可是如果沒有妳，要那麼多錢有什麼用？」

「傻瓜，我不是沒事嗎？」黃豆覺得被趙大山看得臉皮都燒了起來。

「是，沒事了。以後一定看好妳，不讓妳出一點點事情。」說著，趙大山又舀了一勺粥準備餵黃豆吃下去。

黃豆搖搖頭，她吃不下了，沒胃口。

看見黃豆搖頭，趙大山也不勉強，她畢竟剛醒來。

把黃豆沒吃完的半碗掃進肚子裡，趙大山才感覺到自己腹中也是饑腸轆轆。從找到黃豆後她就一直昏迷著，到現在趙大山也算是沒怎麼吃飯，幾乎一直處於不知饑飽的狀態。

把黃豆的手放進被子裡，吩咐馬文媳婦給他準備點吃的，趙大山走進淨房洗了把臉出來後，桌上已經放好了雞絲粥、一盤饅頭和兩樣小菜。

趙大山直接把桌子拖到了床邊，貼著床放好，坐下來，面對著黃豆呼呼啦啦開始喝粥。雞絲粥的味道很好，趙大山喝了三碗粥，吃了兩個饅頭，還把兩樣小菜掃光，才覺得整個人又恢復了氣力。

「妳要不要再吃點？還有這個小菜不錯，是孫武媳婦自己做的鹹菜，挺下飯的。」

「好。」

黃豆又吃了小半碗粥，才覺得這次是真飽了，再吃不下了。

趙大山也怕她吃多了積食，見她搖頭，連忙放下碗。

「妳要不要去淨房？」趙大山擦了手走過去。「我抱妳去。」

「不要你，你叫冬梅和雲梅進來。」黃豆推開趙大山的手。

「她們又抱不動妳，我抱妳去吧。」趙大山說著，不容黃豆分辯，抱起她就往淨房去。

「我想洗個澡，可以嗎？還要洗洗頭髮，都打結了。」黃豆被趙大山抱到淨房，看見浴桶，突然想起她已經好幾天沒洗澡了。

「不行，妳要滿月了才能洗澡，我等會兒讓馬文媳婦端點熱水給妳擦擦。頭髮可以洗洗，生個爐子烤一下。」趙大山把黃豆放在淨房的凳子上。「要我幫忙嗎？」

「不要，你出去吧。」黃豆有點赧然地推了他一下。

她現在幾乎沒有什麼力氣，但趙大山還是順勢往外走了幾步。

「雲梅、冬梅！」趙大山朝門口喊了一聲，雲梅和冬梅連忙跑了進來，趙大山吩咐她們照顧好黃豆，這才走了出去。

黃豆確實虛弱，一站起身子頭就暈眩得厲害，只能厚著臉皮在雲梅及冬梅的幫助下用了淨房，出來的時候，已經出了一身的虛汗。

趙大山走過來一把抱起她，放到床上。「妳怎麼自己出來了？下次叫我。」接著轉向雲梅道：「去叫妳娘燒點熱水，給妳主母擦洗一下。對了，還要洗一下頭髮。」

如果不是看黃豆的頭髮都已經打結了，趙大山無論如何是不會同意給黃豆洗頭髮的。

擦洗過後，頭髮還沒有烘乾，黃豆又睡了。

趙大山搬了個凳子靜靜坐在床邊，他很累，可是他不敢睡，生怕一睜眼黃豆就不見了。

下午，黃豆剛醒來一會兒，吳月娘和黃桃就帶著孩子過來了。

其實，吳月娘上午就來了，一直在黃桃那邊等著，讓這邊黃豆醒了就給她們遞消息，她們好帶孩子過來陪黃豆一會兒。

這是黃德磊特意吩咐吳月娘的——多帶孩子去豆豆那邊走走，多陪豆豆說說話、分分心，她就會很快好起來。

四個孩子，確實很鬧騰，玩了一會兒，黃桃就讓秦嫂子和吳月娘帶來的丫頭，把孩子們都領去隔壁。

窗外陽光灼灼，從半敞開的窗子射了進來。

吳月娘和黃桃陪著黃豆說了會兒話，看她又睏倦了，才起身離開。

第五十八章　回去建個大山莊

五月份，孫武和媳婦被趙大山派回南山鎮建造莊園。他們買的莊園離黃港並不遠，不過是黃家山頭過去的另一個小山頭。只是另開了一條路，直通大路，既不偏僻，也算鬧中取靜，獨立在一處的。

山腳下一片農田是黃老三這幾年陸續買下來準備實驗麥種的，大部分都不是肥沃的良田，卻也不差。

聽說小閨女要回南山鎮建莊園，黃三娘抱怨了幾句，說他們是糟蹋錢；黃老三卻沒有，而是給他們選中了這座離家並不遠卻又獨立的山頭。

黃港和南山鎮交匯的大路，往黃家灣方向走不到一公里，就是黃老三為閨女選的小山頭。

這座山頭和黃老漢當初買地的山頭相連，中間如果有路，就可以直接從山頭翻過去到黃港。孫武來的時候得到趙大山的叮囑，一切都聽岳丈的，只要岳丈挑的，都沒有問題。

他們只是建一座莊園，可以長住，也可以留著度假，一切都等黃豆好了再說。

山頭挑好，孫武就在趙大山在黃港的院子裡住了下來，每天往山上跑。所需的材料大部分在當地採購，一部分當地沒有的就由大春去襄陽府採購。

爺兩個忙碌了兩個多月，進入七月，莊園的路和地基才弄好。天氣太熱，就暫停了一個月工期，只每天雇傭一批當地的居民在早晚不熱的時候，把山頭別處的雜樹、野草都清理出來。

山下的田地大部分都是黃老三的，這也是他當初選擇這個山頭的原因。南山一大片山頭基本上都差不多，風景什麼的也沒多大區別，既沒有瀑布，也沒有溫泉。能讓黃老三看中這個山頭，就是因為離他近，而且山下田地這幾年被他陸陸續續買下來了不少。

黃老三特意讓人帶信囑咐黃德磊回去了一趟，等黃德磊再回到東央郡，帶給黃豆的是一疊莊園山腳下到大路的田契，說是爹給她的。

看著手裡上百畝的田契，黃豆非常吃驚。上百畝田地，沒有留給黃德磊和黃德儀，都給了她這個外嫁的閨女？看著面前越發成熟穩重的哥哥，黃豆連忙把盒子推了回去。「哥，這個我可不能要。」

「爹給妳的，妳就拿著，算是爹娘對妳的一份心意。」黃德磊把盒子又推了回去。

不是黃豆矯情，上百畝田地，現在的趙大山和黃德磊都能買得起，也不是什麼多大的問題。然而，這是南山鎮的土地，而且是連成片的上百畝田地。對於一輩子種地的黃老三來說，這是他買下來傳給子孫後代的。土地是他們的命，不到萬不得已，沒有哪個靠土地生活的人會賣掉手中土地的。

「原本還有二十幾畝夾雜在中間，是別人的田地，爹說既然妳想在山上造房子，最好山下都是自己的土地，以後不管是做路還是栽種什麼的都方便。爹準備拿別的地方的田地和他們換，後來大伯他們知道了，就把黃家灣溝渠下面的那二十幾畝良田拿出來置換了。一比一，沒有人不願意的，黃家灣那片土地妳知道，都是水源好的優質良田。」

「怎麼能拿黃家灣那片田地換？那是爺爺買的！」黃豆急得要從床上起身，被坐在床邊的黃德磊按了下去。

「這件事奶奶也知道，並且同意的。大伯、二伯、四叔和老叔都沒有意見，說是娘家的一點心意。妳為黃家做那麼多，與妳做的相比，這二十幾畝地不算什麼。」

「哥，我並沒有做什麼啊！」

黃德磊輕輕拍拍黃豆的肩頭。「妳已經做得夠多的了。這麼多年來，妳不是一直惦記著黃港碼頭嗎？妳以為妳不說我就不知道嗎？豆豆，這是妳應該得的，沒有妳，黃家不會有今天。」

「哪有那麼誇張？是我們全家一起努力的結果。我一個人能幹麼？」黃豆有點赧然地看向黃德磊。

「是大家共同努力的結果，可有多少家庭努力了一輩子，還在那幾畝田地裡，為了溫飽而努力？他們難道沒努力嗎？可能他們比我們還努力，那為什麼幾代人的努力卻連溫飽都解決不了？因為他們缺的就是機遇，而妳恰恰是把黃家帶進這場機遇的人。黃家應該謝謝妳，黃家後世子孫一樣應該感謝因為有妳這個姑奶奶，他們才有了更高的起點。」黃德磊看著眼前的妹妹，她長大了。他希望她更好，而她好，也就意味著平安他們會更好。「豆豆，說什麼都太虛情假意，我們兄妹沒必要說那些。反正這是爹給妳的，裡面也有大伯他們的心意，妳拿著是應該的，沒有什麼不可以，也算是大伯他們買個安心吧！」

「好，那我就不矯情了，給我，我就不客氣了。」黃豆把盒子蓋好，當著黃德磊的面遞給了一旁的趙大山。

「對了，二哥被二嫂帶去襄陽府了，現在也改了很多，他其實真的要努力，還是挺聰明的。」黃德磊看著趙大山把盒子收好，突然提起了黃德明。

「那個許秀霞還在襄陽府吧？」

「在的，不過妳放心，二哥今年在南山鎮喝酒時就碰見過許秀霞了，她剛生了個女兒，整個人變了很多，就是那種……」黃德磊想了想，不知道要怎麼形容。「反正就是和二嫂不能比。二嫂這幾年生意做得不錯，整個人的精神狀態都不一樣，看起來特別有自信。」

「有自信的女人最漂亮了，所以啊，女人還是不能依附男人！」黃豆感嘆道。

「說的什麼話？那也是分人的好不？」黃德磊沒好氣地白了她一眼，引得一旁的趙大山都忍不住笑出聲來。

「估計二哥對許秀霞是死心了，不然他也不會頹廢這麼久突然就想通了。」黃豆連忙岔開話題。

「肯定的，人都是會比較的。二哥不過是因為當初得不到，現在得也得過了，迷也迷過了，看看如今一無是處的許秀霞，再看看二嫂，他又不傻。」趙大山說著。

「嗯。那大哥呢？他有沒有想出來闖闖？」黃豆想起黃德光，那個一直沈默低調的大哥。

「大哥說他要做個富家翁，守著黃港，替我們看好家。叔伯他也會幫我們照顧，讓我們不要有後顧之憂就行了。」黃德磊想起大哥，突然有點惆悵。這個大哥是家裡長孫，他其實也不是沒有能力的人，只是他身為長孫，比別人更多了一份擔子。

「大哥是個好大哥，有大哥在黃港，我們也放心。豆豆，個人有個人的追求，妳就不要操心太多了。」

聽趙大山一說到「操心」，黃德磊也想起一件事來了。

「娘這次也跟著來了，她暈船，還沒緩過來，等她歇好了我再帶她過來。」黃三娘會暈船，如果不是豆豆小產，娘無論如何也不會來東央郡的。船到岸她就躺下來了，大概要緩個兩、三天才能過來。

「你怎麼驚動娘了？讓她過來幹麼？我又不是沒人伺候。」黃豆一聽黃三娘來了，都有點急了。估計一頓嘮叨又跑不了了，不過她更擔心黃三娘的身體。上次坐船來，黃三娘暈得差點沒死過去一樣，那種感覺黃豆體驗過，真是生不如死。

「娘不放心，要過來看看妳，說我們年輕不懂事，不知道怎麼照顧，不能留下病根。爹也催著娘過來，說現在家裡跟田地都有人打理，就讓娘在這裡好好照顧妳，順帶看看平安和康康。」黃德磊也很無奈，爹娘要來，隨便哪個他也不能攔著啊！不過黃三娘來他也挺高興的，再怎麼成家立業有兒女了，有娘在，總覺得心裡踏實得很。

黃德磊留下了一匣子田契，也給黃豆留下了好好活下去的勇氣——妳看，妳沒有做錯，妳所做的，別人都看在眼裡、記在心裡呢，所以，妳做的就沒有錯！

生活中，若計較太多，那就沒辦法生活了。吃虧或占便宜其實也並不是那麼重要，重要的是守住本心，始終如一。

黃三娘不像黃德磊預計的，要歇個兩三天，第二天一早包袱一提，她就來了黃豆家！到了黃豆這裡的第一件事，就是把一直歇在房裡的趙大山給趕到西屋去了！

其實趙大山只是習慣了歇在東屋，晚上端茶倒水伺候黃豆也方便。

但黃三娘不這麼認為，她認為女人小產和生孩子一樣，都是污穢的事情，一個大老爺們不能在房裡待著！

看見蒼白瘦弱的黃豆，黃三娘又心疼、又生氣。這孩子，都小產大半個月了，竟然連口信都沒往黃港捎一個，真是不要她這個娘了嗎？

黃豆看見黃三娘心疼自己的樣子，心又軟了，她娘雖然最疼的不是她，卻也很不錯了，自己有時候還是矯情了點。

黃三娘的到來，就是黃豆真正上規矩的開始。不能洗澡、不能洗頭、不能趿拉著鞋去淨房、再熱也要把衣褲包緊，不能漏風。如果不是黃豆堅持，連抹額都要給黃豆戴起來了！那種電視上幾十歲老太太用的東西，如果戴在頭上，想想都覺得可怕。

出了月子的黃豆，又被黃三娘狠狠照顧了一個多月。後來是黃三娘不放心家裡的黃老三，又趕上之後要秋收，才急急忙忙趕了回去。

黃豆無奈地捏了捏自己的腰，都隱約有救生圈的感覺了。

至於趙大山，卻覺得養肥了的豆豆更好看了！

黃豆的小月子做了足足兩個月，等她起來可以出去轉轉的時候，天氣都要轉涼了。

而黃豆之所以可以出來，還是因為黃寶貴的妾室小蓮在六月初生了，黃豆才被趙大山允許出門的。

當初那個賣花的小蓮，後來被黃寶貴納進門，做了小妾，如今還生了個孩子。

今年夏日，注定是個酷熱難擋的夏日。

最重要的不是熱，是七月初，京中傳來皇帝病重的消息。

這個消息一出，多少人都開始蠢蠢欲動了。

原本準備秋後帶著黃豆去南山鎮所建的莊園隱居的趙大山，也被誠王身邊的安康先生派去陵安，秘密協助陵安太守董治川。

這次隨同趙大山一起去的還有安康先生的長孫，康平。對於安康先生來說，只有將孫子康平交給趙大山，他才能真正的放心。和趙大山合作這麼多次，他深信趙大山的人品和為人。而且，這次是讓他們倆都去撿功勞的。只要誠王成功，一份天大的功勞是妥妥的；倘若不成功，安康都敢把自己的長孫押上去了，那也是一種決心，不成功便成仁。

趙大山毫不猶豫地答應了安康先生的安排，雖然他只是個商賈，出生草根，卻也是有雄心壯志的。但是，和安康先生商議好行程後，回到小院，看著坐在樹蔭下剝蓮子的黃豆，趙大山不知道該怎麼開口和她說這個消息。難道他要和黃豆說：豆豆，我要去陵安幫助誠王謀大業，給妳掙個誥命夫人的頭銜回來！

豆豆小產後，他立刻把大船賣掉，決定守候在豆豆身邊照顧她，不離不棄。而現在，眼看著皇帝病重，誠王已經隱匿待發。陵安是誠王這次成功與否的關鍵一環，去也許是高官厚祿，但也可能是身死異地。

「大山哥，你看新鮮蓮子！這是我姊今天買的，剛剛派秦嫂子送過來的。」

「這麼早就有新鮮蓮子了？」趙大山坐到黃豆對面，看著黃豆剝蓮子。

碧綠的蓮蓬，白嫩的細長雙手，靈巧地挑出裡面一粒粒綠色的蓮子，堆放在面前的白色瓷盤中。

「就買了十來個，姊姊派秦嫂子送了五個來給我，嚐個新鮮。」說著，她笑嘻嘻地壓低聲音道：「都沒給三嫂送呢，二姊說等下一批再送去！」

看著故作神秘的黃豆，趙大山覺得有點好笑，吳月娘會去計較幾個蓮蓬嗎？不過是黃桃哄黃豆的一種手法罷了，黃豆也未必不明白，卻樂此不彼。

「前幾天我們去遊湖時還沒看見有成熟的蓮蓬呢，怎麼這麼快就有了？」

「二姊說不是城外的，好像是鄉下採上來的。對了，你今天幹麼去了？怎麼到現在才回來？吃過飯了嗎？」黃豆剝開一個蓮子，取出裡面的蓮心放在一邊，把去除蓮心的蓮子遞給趙大山。「嚐嚐，很嫩的。」

趙大山伸手接過蓮子，放入嘴裡慢慢咀嚼。果然嫩，有點微甜，帶著些許蓮子的清香。

「安康先生找我和康平有事，我們就順便在外面吃了點，太匆忙了，感覺沒吃飽。」

「那我讓馬文媳婦把中午的飯菜熱熱，你再吃點吧。」說著，黃豆就準備轉身喊在另一處樹蔭下候著的冬梅和雲梅。

「不用，現在不餓。」趙大山伸手按住黃豆的手。「豆豆，我有事情和妳說。」

「喔，什麼事？你說吧。」

「安康先生派我和康平去陵安，說是協助陵安太守董治川一同謀事。其實說白了，就是送一份功勞給我們。」

「你覺得這份功勞是白送的嗎？沒有危險嗎？」黃豆正色看向趙大山。

「沒什麼大危險，妳放心。安康先生都能把康平派出去了，說明這次成事的把握很大，我估計最多一個月到一個半月就差不多能回來了。」看著有點焦慮的黃豆，趙大山握著她的手沒有鬆開。

如果黃豆真是一個地地道道的鄉下丫頭，她肯定百分之百相信趙大山說的——此行沒有危險，只是去撿一份功勞，可她不是。縱觀古今中外的歷史，哪一次皇位的爭奪不是無數人用性命鋪就出來的？

黃豆深深吸了一口氣，把要湧出的淚意壓了回去。她剝出一個蓮子，連蓮心都沒去，直接放進口中，慢慢咀嚼。清香嫩脆中帶著微微的苦澀，這就是生活本來的樣子吧？

「好，我等你。」

「豆豆，真沒事，最多一個半月我就回來了，說不定不要那麼久呢！等這個夏天過去，我們就回南山鎮，到時那邊的莊園應該也建好了。聽孫武上次來說，山莊外面有一片野菊花叢，我讓他儘量不要破壞了，等到秋天滿山遍野都是野菊花，也很好看。」

趙大山想起以前秋日上山，有滿山遍野的野菊花，那時候只想著吃飽穿暖，不讓娘和弟妹受苦，都沒覺得那些野花、野草有什麼好看的，除了娘會採回來曬乾泡茶。

「種一片果園吧，桃園、梨園、杏園都可以，春天開花的時候一定很美。」

「好啊！我們乾脆都種一點吧，山下有一小塊池塘，種上蓮藕，夏天看花，秋天挖藕賣錢。還想種什麼？我讓人回頭去碼頭打聽一下，讓那些貨商幫我帶點各地不同的品種回來試試，妳看怎麼樣？」

「都行，反正又好看、又實用就行。就是打理起來太麻煩了，這個比較頭疼。」黃豆想了想，覺得別的也沒什麼了。

「打理不麻煩，南山鎮那邊鄉親農閒多，讓他們來打理就行。」

「也對。你是不是要走了？」黃豆看向趙大山。

「是，我現在就要去碼頭。」趙大山也看向黃豆。

「趙大山，不管成敗，我只要你活著回來就行，知道嗎？」

「好，我答應妳。」

夏日的風從桂花樹下吹過，銅鈴叮噹，樹下是匆匆擁抱即要分離的兩個人。

第五十九章　黃豆初遇趙子航

趙大山的離開，就像石沈大海，再無消息傳來。黃豆心裡焦急，表面卻不顯，該幹麼就幹麼。

自從這次小產後，她明顯感覺到自己的身體受了損傷，惡露流了三個月才略有好轉；月事也不準了，來了一次後，再無消息；明明是夏天，卻不覺得熱，身上沒有汗意，反而覺得手腳冰涼。

傳說中夏天都不流汗的美人，應該就是她這樣吧？黃豆自嘲地想著。冰清玉潔、不染塵埃……這怕是有病吧？

趙大山走後一個星期，黃豆去逛街，遣了身邊的冬梅和雲梅，她進了一家藥店。例行的搭脈、問詢，最後大夫很肯定地告訴黃豆，她身體受了損傷，不易有孕。

不易有孕是一種很讓人懷疑的說法，有可能是確實不易有孕，但是有一定機率中獎；還有一種就是大夫給妳的一個安慰，不讓妳希望破滅。

做大夫的總不能說：夫人，妳這輩子都懷不上了，還是給妳夫君納妾生子去吧！

天氣熱得讓人發暈，冬梅和雲梅找到黃豆的時候，她正坐在烈日的橋下看流水。

「主母，您怎麼跑這裡來了？快找個地方避避吧，看看，臉都曬紅了！」先到的是雲梅，她連忙伸手去扶黃豆起身。

兩人剛站起身，冬梅也找到這裡來了。

三個人就近進了一家茶樓，挑了個臨窗的雅間坐了下來。

確實曬得有點狠，黃豆覺得臉上和手背都有點火辣辣的疼。吩咐小二端盆清水上來，黃豆用手洗了洗臉，讓灼熱的皮膚在有涼意的水中緩了緩。靠窗坐了下來，喝了一壺茶，她才覺得整個人又活了回來。

對於孩子，黃豆一直是喜歡的，她從來沒有想過自己不能生孩子。在這個時代，一個不能生孩子的女人，注定是悲哀的。那麼，黃豆會願意讓別的女人去為趙大山生孩子嗎？這肯定不行，想想都不行，更不要說去做了。

當時，太醫來看過，太醫的手段肯定比大夫要高明。黃豆喝了大半個月的中藥，後來不肯喝了，趙大山也沒勉強她。那麼是不是說，趙大山也知道她有可能不能生孩子了，所以也放棄了？之所以不說，不過是怕她傷心吧。

她那一段時間的狀態確實不太好，趙大鵬死了，可以說是為了救她而死的。他家裡還有妻兒，那個無辜的女子，那個無辜的孩子……

想到趙大鵬的妻兒，黃豆倏地站了起來，她想見見他們！

雖然，她知道趙大山已經給了他們母子一筆銀錢，可是她還是想見見他們。她還想去趙大鵬的墳前給他燒點紙錢，和他說說話。
從東央郡到南山鎮差不多要近一日的行程，黃豆想到要去南山鎮，就立刻帶著雲梅、冬梅回家。她要收拾收拾東西去南山鎮，她要去見見那個因為她而受到傷害的女人和孩子。
第二天一早，黃豆和孫武的爹娘打了一聲招呼，就帶著冬梅和雲梅上了大船，直奔南山鎮而去。
她連黃桃都沒有告知，更不要說黃德磊和黃寶貴了。等黃桃知道消息趕到碼頭，黃豆已經上了大船，一路南下了。
到了南山鎮，已經日近黃昏。
黃豆的回來讓趙大娘很意外。
就連黃三娘聽見消息都匆匆跑來了，她以為黃豆是和趙大山吵架才回來的。她走了也沒多久，黃豆就回來了，兩個人會不會是因為這次的小產吵架了呢？黃三娘也不敢確定，畢竟子息的事情確實是大事。
黃豆沒有告訴黃三娘她要去趙大鵬家，小產的始末黃三娘並不知情，趙大山對所有人的說法都是——船上濕滑，黃豆摔了一跤。
被人綁走、和趙大鵬獨處，這事不管怎麼說，都容易被人詬病。趙大山最不想看見的，就是別人指著黃豆說三道四。

晚上在趙大川家吃好晚飯後，黃豆回到自己家的院子，趙大娘也趕了過來。

「豆豆，妳急匆匆的回來，到底是為了什麼事情？」趙大娘明顯感覺到黃豆這次回來心中有事。她知道黃豆小產，也怕大山說話不知道輕重，氣到黃豆。

「娘，我想去趙莊看看。」黃豆沒打算瞞著趙大娘。

「去趙莊？」趙大娘錯愕地看著黃豆，從他們結婚到現在，黃豆還沒去過趙莊呢！「去趙莊幹麼？妳爺奶身子骨還不錯。」

「娘，我這次小產的事您知道吧？」

「知道。沒事，妳還小，遲一、兩年要孩子也好。」趙大娘怕黃豆想不開，還輕聲安慰她。

「這次我是因為被錢瘸子綁了，在船上就有了小產的跡象。是大鵬救了我，我們逃跑的路上他被蛇咬了，又因為迷路耽擱了時間，所以才送了性命。娘，我想去看看他的孩子和媳婦，還想去他墳上給他燒點紙錢。」

趙大娘騰地站了起來，她被黃豆說的消息給驚到了，但她還是很理智地阻止了黃豆。

「不行！這件事情千萬不能讓大山那兩個叔叔知道！」

「娘，可是，我就是大鵬救的性命啊，不然我肯定活不了，錢瘸子必定是要殺我的。」

黃豆看著婆婆，眼淚再也忍不住，流了下來。

「大鵬救了妳，娘很感激他，可是妳不能把這件事情捅出去，不然後患無窮啊！還有，妳說的那個錢瘸子，是不是錢家那個大管事的兒子？」

「是，他爹是錢家大管事，他以前是錢多多身邊的，叫研墨。」黃豆擦了淚，看向趙大娘。

「那就沒錯了，妳說的這個錢瘸子已經死了。」

「死了?!」黃豆驚訝地看向趙大娘。

「嗯，死了。我也是上次去鎮上，順便看看小雨時，聽小雨的婆婆說的。錢家說大鵬和錢瘸子一起出事的，所以錢家也賠了一筆錢給妳二叔家，妳二叔家正準備秋後蓋房子呢！至於大鵬媳婦，聽說妳二嬸要她改嫁，妳二嬸還答應給她二十兩銀子帶走，孩子以後就給大鵬他們養。大山給的錢，被妳爺奶收起來了，怕妳二叔他們都給大鵬、大鷹花了，說要給孩子們留著。」

看著有點發呆的黃豆，趙大娘拍拍她的手。「豆豆，不是娘攔著妳，確實是因為妳二嬸就不是省油的燈。她為什麼要讓大鵬媳婦改嫁？妳以為她是好心，看不得媳婦年輕守寡嗎？還不是因為錢家賠的這筆銀錢！豆豆，大鵬的恩情我們記住就行，等孩子大了，幫襯著一點，妳可千萬不能貿然前去。錢家可以花一筆錢買斷，我們不行，我們給再多錢，妳二嬸也不一定滿足。人心都是貪婪的，你們過得越好，她就會越嫉妒，就會無休無止地來糾纏妳！

「當初大山他爹還不是因為他們兄弟倆死的，結果呢？轉頭就占了房和地，把我們娘四個孤兒寡母趕了出來！雖然這幾年對我們客氣了、好起來了，但那還不是因為大山能幹？大川每年都會從妳爹那裡拿二十斤稻種孝敬他們爺奶，就這樣，趙莊的地他們還是占了去！孩子，妳要好好想想，如果沾上了那一家子，可能都不是妳一個人的事情，未來妳的兒孫或許都要為了這件事情而受他們一輩子的糾纏！」

「娘……」黃豆愣愣地看著趙大娘，她從來沒想過這麼多，她只覺得她得了大鵬的恩情，所以她想去盡一份心意，她沒想那麼複雜。

「妳記住，我們家不欠他們的，當初大山他爹已替妳還了！這麼多年來，只有他們欠我們的。大鵬這件事情，就當兩清了。妳聽娘的，等大鵬的孩子大了，若是個好的，就幫他一把、拉他一把；若不是個聽話的，就給點銀錢離遠點兒，知道嗎？」趙大娘扶著黃豆的胳膊，輕輕推了推。

「……我知道了，娘。」

「行了，妳也累了，去睡一覺。過兩天七月半，娘帶妳去趙莊看看妳爺奶，也了一了妳的心意。」趙大娘說著站起身，摸了摸黃豆烏黑的頭髮。「睡吧。」

「娘妳也歇著。」黃豆站起身把婆婆送出門後，走回來，坐在床邊發呆。

七月半一早。吃早飯的時候，趙大娘就說要去趙莊看看，黃豆嫁過來這麼多年，也沒去趙莊拜見過爺奶，以前是因為跑船，人不在家，這次回來了就補上。剛好中元節了，順便給大山他爹上個墳，燒點紙錢。

於是趙大娘帶著二兒子一家和大兒媳婦，叫了一輛車，往趙莊而去，留了冬梅和雲梅看家。去鄉下，呼奴喚婢的總有點不好，所以兩個小丫頭就留了下來。

趙莊還是老樣子，趙大娘一行人的車剛進莊子，就有孩子飛快地跑去告訴了趙大山的爺奶。坐在車廂外的趙大川也從車上跳下來，和遇見的熟人打著招呼。

車子直接到了趙家大屋院門口，趙大川付了銀錢，又約定來接的時間，看著車子走了才朝院子旁邊的三間房裡走去。

一棟四間的大瓦房被一道院牆分成兩邊，一邊住著趙康一大家子，一邊住著趙健一大家子。人多且擁擠，隔著牆頭看，都能看見院子裡堆滿了亂七八糟的東西。

趙大山的爺奶現在沒住在大屋，反而在一旁另建了三間屋子住，落個清靜。這屋子還是前年趙大川回來給爺奶建的，省得他們和兩個叔叔住在一起，磕磕絆絆的煩心。

看見趙大川一行人來，趙爺爺和趙奶奶都很高興，迎了過來讓他們進屋。老倆口住在東屋，中間屋吃飯待客，西邊一間門朝外開的、小一點的房子是灶房。沒有院子，進進出出也方便。

黃豆沒有進屋，站在門口看著旁邊一個小小的人兒坐在地上玩泥巴。

孩子養得不錯，虎頭虎腦的，就是衣服和身上太髒了，小褂、小褲已經看不出原本的顏色，臉上也是鼻涕、汗水和泥混合一起，只看得清楚一雙烏溜溜的大眼睛。

「這是大鵬的孩子，他娘回娘家去了，都小半個月了，估計今天要回來了。」走過來的趙二嬸見黃豆在看孩子，連忙邊說邊走過去把孩子提了起來，伸手捏著他的鼻子一擰、一甩，一道鼻涕就「啪」一下甩在了地上。

「怎麼不給他洗洗？」黃豆走過去蹲下身，看著扭著身子、想從奶奶手下跑開的孩子。

「洗了，洗過了又髒了！一天天的，哪有那個時間天天盯著他幫他洗？鄉下孩子，沒事，習慣了！」說著，趙二嬸鬆開手，由著他又坐在地上玩泥巴去了。

「豆豆，進來吧，妳爺讓妳進來吃西瓜！」趙大娘看黃豆蹲在那裡看著孩子出神，連忙把她喊進來。

趙二嬸一把拉著黃豆的胳膊。「走走，進去吧，外面太陽大！」不由分說地把黃豆扯了進去。

黃豆頻頻回頭，看著那個坐在太陽底下曬成小黑炭的孩子。「二嬸，把他帶進屋吃西瓜吧？外面太曬了。」

「不用管他，等會兒熱他自己就進來了。」趙二嬸把黃豆扯進屋，推坐到凳子上。

黃豆的餘光看見一個大男孩跑過去，拉著小黑炭跑了，這才放心地轉過頭來。剛轉過頭，就聽見趙二嬸砸著嘴對趙大娘說話。

「妳看大山媳婦這身衣服，真是漂亮！不是我說，十里八村的大姑娘、小媳婦，比我們大山媳婦漂亮的還真沒有！大山媳婦，這身衣服得好幾十兩銀子吧？」

「好幾十兩？妳當是買地還是建房？那衣服還是她娘家三嫂給她做的！今天不是來看她

爺奶嘛，第一次上門，我讓她要穿套好的，不能讓莊子上的人小看了我們趙家的媳婦！」趙大娘看黃豆要說話，連忙把話頭攔了過去。

「那是！大山這幾年真的掙不少錢了，可憐我們大鵬死的時候，他還惦記著他兄弟，給捎了銀錢來呢！」趙二嬸擠了兩滴淚，拿帕子抹了，又看了看趙爺爺和趙奶奶。「爹、娘，大山給的錢你們乾脆就給我們吧？今天大山媳婦也在，這錢我當著姪媳婦的面保證，肯定不會亂花出去的！」

「錢家賠了一百多兩銀子，不都在你們手上嗎？你們就是給大鵬、大鷹各建一套大瓦房也用不完，還惦記著大山給的這點銀子？這是留給航哥兒讀書用的！」趙爺爺一口拒絕了。

「爹，那是我親孫子，我還能虐待他嗎？」趙二嬸有點不服氣地嘟囔著。

「大鵬媳婦為什麼回娘家，妳別以為我不知道！她在這裡領著航哥兒不好嗎？妳非把她挖苦得回娘家，大鵬的屍骨還沒寒呢！」趙爺爺一點兒也不因為大兒媳一家在這裡而給二媳婦留面子。

「爹，你這話說的！她才不到二十，我也是有姑娘的人，能忍心讓她在家裡熬著嗎？我都說了，給大鵬守一年孝，她出嫁，我給她陪嫁十兩銀子。」

「不是說給二十兩嗎？」黃豆忍不住插了一句嘴。

「姪媳婦，妳是不當家不知柴米貴啊！二十兩？我家大鵬當初娶她也就花了五兩，她家可是一床被子都沒陪過來呢！現在讓她再找人家，我還給她陪嫁十兩銀子，這樣的婆婆妳全南山鎮去找，也找不到我這樣的！不過話說回來，大山姪子那幾條大船又是貨行、又是做買賣的，幾十兩在他眼裡真不算錢，可錢家賠的這百多兩銀子可是我大鵬的買命錢啊……」說著，趙二嬸一把鼻涕、一把眼淚地哭了起來。「娘的兒啊，你這個討債鬼啊，你怎麼捨得把你娘給丟下來啊？這些錢，我若不給大鵬和大鷹用，以後誰給他看孩子？誰給我們航哥兒吃飽穿暖啊……」

「行了，我還沒死呢，要哭回妳屋哭去！」趙爺爺看二兒媳婦哭就心煩。「妳要給十兩或二十兩，還不是妳說了算？妳趕緊收拾收拾，叫大江她娘過來做飯。順便叫大鵬他們兄弟幾個跟他爺去上墳，中午都到我這裡吃飯。」趙奶奶說著，拍拍衣服，把趙大娘帶的肉、魚、菜和豆腐都收拾出來，準備拎去廚房。

趙二嬸變臉一樣，一抹眼淚，站起來就去接趙奶奶的籃子。「娘，這麼重，我來！老三媳婦馬上就過來了，不是知道大嫂要來嘛，所以我讓她去買點肉，誰知道大嫂帶了。」說著，奪過趙奶奶的籃子就轉去灶房了。

看婆婆準備做飯，趙大娘連忙站起身說：「爹、娘，我就不幫著娘做飯了，我想帶著大山媳婦一起去大山他爹墳上燒點紙，這個大媳婦他都還沒見過呢！大川媳婦帶著孩子也去吧，給他爺看看他的大孫子。」

「好的，娘。」黃小雨抱著孩子，低眉順眼地站到了婆婆身後。

黃豆也有樣學樣，乖順地和黃小雨站在一起。

「也好，那妳就帶著幾個孩子一起去吧。」趙爺爺點頭，敲了敲煙袋，站起身往外走。

趙大鵬的媳婦回來的時候，大家正準備去山上上墳。

黃豆看見她抱著孩子進了屋，又很快出來，航哥兒已經換了衣服，洗乾淨了手臉。

洗乾淨了的趙子航是個很好看的孩子，圓臉、大眼睛，跟趙大鵬簡直一模一樣。

趙大鵬媳婦有點微胖，長相一般，大概因為趙大鵬剛去沒幾個月，人還是有點憔悴，看出來也是個老實的。

「三嫂、六嫂。」趙大鵬媳婦看見黃豆和黃小雨時微微一愣，以前過節時從來沒看見過人房的妯娌倆過來。

「八弟妹。」黃豆和黃小雨一起朝她打招呼。

趙家其餘幾個媳婦都要留在家裡，只黃豆、黃小雨和趙大鵬的媳婦上山去。

山路不太好走，趙大鵬媳婦抱著趙子航走得有點慢，頭上很快就出現一層細密密的汗。

「孩子給我吧，我來幫妳抱一會兒。」一直刻意走在她身邊的黃豆伸出手去，準備接趙子航。

「不用不用！三嫂，沈著呢！」趙大鵬媳婦慌亂地讓著，還是被黃豆把孩子抱了過去。

「三嫂，他身上髒，別把妳的衣服踩髒了！」趙大鵬媳婦有點惶恐不安地托著趙子航的腳，深怕他一腳踩在黃豆的衣服上。

「沒事，我抱著他，妳先歇一會兒，等會兒累了我們再換換手。」黃豆輕聲說道。

在前面走著的趙老漢大概聽見了兩個人說話的聲音，回頭看了一眼後，粗聲吩咐趙大鷹。「大鷹，你去幫你弟媳婦抱著孩子，山路不好走。」

趙大鷹回頭看看，走過去朝黃豆一點頭。「給我吧。」說著，伸手接過趙子航，抱起來走到前面去。

不知道是小還是不認生，趙子航一直很乖巧，誰抱他都不鬧，一路上安安靜靜的。

第六十章　送妳個孩子壓子

「八弟妹，聽說妳要回娘家了？那航哥兒怎麼辦？」黃小雨大概是做了母親，按捺不住好奇，放慢腳步和黃豆她們走在一起，提出這個不合時宜的問題。

「娘說，讓我回娘家散散心，航哥兒她管著。」說著，趙大鵰媳婦把臉轉向一邊去，不想讓兩個嫂子看見自己眼中的淚花。

黃豆立即扯了扯黃小雨的袖子。

黃小雨大概也意識到自己的唐突，吐了吐舌頭。「不好意思啊，八弟妹，我沒別的意思，就是、就是……」

「我知道。其實娘是不想我留在家裡，她怕我留下來，錢家賠償的錢就不能光明正大地給大鵰的兩個哥哥建房、買地。可是，三嫂、六嫂，妳們說，那是航哥兒他爹的買命錢，難道不應該留給航哥兒嗎？」說著，趙大鵰媳婦再也忍不住，掉下了眼淚。

「那妳可以爭取一下呀，畢竟八弟還有航哥兒呢！不說錢全部給航哥兒，起碼得給他蓋套房子，以後大了娶媳婦也不用愁了！」黃小雨忍不住說道。

「爺奶說，三哥給的錢留著給航哥兒上私塾、蓋房子，再買點地。至於錢家賠償的，航哥兒怕是沒份了，娘說那是留給他們養老的錢。」趙大鵰媳婦說著，擦了擦眼淚，看向前面已經走遠的人群。

「為什麼？那是航哥兒他爹的賠償金，怎麼能沒航哥兒的分？」黃小雨忍不住替趙大鵬娘倆抱怨起來。

「航哥兒沒有兄弟，又沒了親爹，以後什麼都要靠兩個大伯。爹娘說給大伯他們，我說不給有用嗎？爹娘以後也要靠兩個大伯養老送終，航哥兒以後還要靠他們照顧庇佑，我……我終究不能照顧他一輩子。」

「八弟妹，妳捨得航哥兒嗎？」黃豆忍不住出聲。

「捨不得又怎麼樣？娘已經容不下我了。我爹娘說，讓我回去，過年過節再過來，他們怕我在家受……」說到這裡，可能意識到和自己聊天的也是趙家媳婦，便把後面不太好聽的話嚥了回去。

「我們懂。妳也知道，我們婆婆當年就是這樣被趕出來的。妳看，現在大哥和大川都掙得不錯，以後航哥兒也會讓妳享福的。」黃小雨悄聲安慰著她。

「我怕是守不到了……只要航哥兒能吃飽穿暖就行，其他的我也管不了。婆婆說……說……如果我蹭著不走，她就給我配個人家嫁了……」說到這裡，趙大鵬媳婦忍不住掩面抽泣起來。

「不可能吧？」黃小雨目瞪口呆地看向黃豆。怎麼會有這樣的婆婆？不是應該讓她守孝，永不嫁人嗎？怎麼還有逼著自己兒媳婦改嫁的？

「我也沒什麼好隱瞞的，婆婆拿了錢家的銀錢，卻一分也不想給我和航哥兒用。大鵬從小就不聽話，沒有兩個大伯懂事，所以婆婆一直不怎麼喜歡他。現在他去了，婆婆說還要指望兩個大伯養老送終，所以這些錢是趙家的，不是我家航哥兒的。大鵬是航哥兒的爹，但也是她肚子裡爬出來的，這是大鵬的買命錢，就應該給她，因為大鵬的命是她這個娘給的，錢也應該給她這個娘。當時，三哥派人回來送了一筆錢，是直接找爺爺、奶奶的。婆婆不知道有多少錢，惦記了很久，可是爺爺跟奶奶口風很緊，說沒有多少，就是航哥兒他三伯給航哥兒的讀書錢。三嫂，你們不應該送錢回來的，因為送再多也到不了我家航哥兒手裡。以後，你們若能照應照應航哥兒，我就很感激了……」說著，趙大鵬媳婦又忍不住哭了起來。

「二嬸真是太過分了，航哥兒可是她親孫子呢！」黃小雨忍不住抱怨道。

「婆婆對航哥兒還是不錯的，畢竟他沒了爹，多少還是會憐惜一二的。」趙大鵬媳婦擦了擦眼淚說道。

「她有那麼多孫子，再憐惜難道還能有妳這個親娘照顧得好？要是我，拚死也不會讓人把我和孩子分開！」黃小雨越說越氣憤，已經有點不顧自己的身分了。

「是我這個做娘的沒用……」趙大鵬媳婦捂著嘴，淚如雨下。

「妳家航哥兒的名字是誰取的，怎這麼好聽呢？」一旁的黃豆連忙乘機插了一句嘴。

「是他爹。我懷著航哥兒的時候，他爹去跑船，回來後說大船在水面上航行，特別的帶勁，就給孩子取名叫趙子航。他說有錢人家都叫哥兒，所以我們家子航也叫哥兒，航哥兒，後來就這麼叫開了。」趙大鵬媳婦收了眼淚，眼中滿滿的都是回憶。

「一切都會好起來的，八弟妹，妳別難過。八弟今天看見妳和航哥兒來，你們都好好的，他泉下有知，也會放心的。」黃豆走過去拉著趙大鵬媳婦的手，那是一雙不算柔軟的手，上面有做活留下的傷痕和厚繭。

「我們航哥兒不會投胎，他要是投胎在三嫂的肚子裡該多好，那就真是個哥兒了。」趙大鵬媳婦被黃豆握了手，一時衝動，把心裡想說的話脫口而出地說了出來。

「是我沒這個福氣。」黃豆笑笑看向前面的人影，已經看不見被趙大鷹抱著的航哥兒了。

黃小雨覺得這個話題實在不適合聊，畢竟黃豆剛剛小產丟了孩子，因此她連忙走過去拉著黃豆的另一隻手。「三嫂、八弟妹，我們走快點，他們都看不見人影了。」

妯娌三個埋頭趕路，大家再沒聊一句，空氣中卻瀰漫著一種說不出來的氣氛。

到了山上墳地，趙大鵬已經和趙大江去一邊挖土培墳了；趙爺爺在自己爹娘墳前跪著燒紙；趙大川和趙大娘在趙勤的墳前跪著；趙大鵬的墳前，趙大鷹正扶著航哥兒跪在那裡，面前也燒起了一堆紙錢。

幾個趙家的「子」字輩男孩子在墳地鑽來鑽去，嬉笑打鬧。

航哥兒看得眼熱，掙脫伯伯的懷抱，往哥哥們那邊跑去。

趙大鷹看航哥兒跑了，也不攔著，匆匆把一堆紙錢都撒在了燃燒著的火堆上，就走開了。

黃小雨走去趙大川身邊跪著。

趙大鵬媳婦怕三歲的航哥兒磕著絆著，連忙奔著航哥兒過去了。

黃豆看著孤零零的趙大鵬墳墓，慢慢走過去，蹲下身，拿了一根樹棍，細細地把沒有燒盡的紙錢挑起。

「八弟，我來看你了。謝謝你，是你救了我，而我卻不能光明正大地給你磕個頭說聲謝謝。你要是能夠聽見我說話，就給我顯個靈，讓我知道你在那邊過得很好。」黃豆的話剛輕聲說完，就見一陣氣流把面前火堆上的紙錢旋轉起來，慢慢飄散，落在四周。

黃豆抬起頭看向虛空，彷彿還能聽見趙大鵬說：三嫂，我一定能帶妳出去！

黃豆的眼淚一串串落了下來，就見眼前人影一閃，耳邊傳來趙大娘的聲音——

「大川啊，給你八弟燒點紙錢！這是個可憐的孩子，去得這麼早，跟你爹一樣命苦啊！」說著，趙大娘一屁股坐在黃豆身邊哭訴起來。「小八啊，你怎麼這麼狠心，留下你媳婦跟孩子受苦啊！你讓你媳婦帶著航哥兒以後可怎麼過啊？當初你大伯去了，我領著你三哥、六哥和你二姊吃了多少苦，差點就活不下去了……」

趙大鵬媳婦抱著孩子，看見趙大娘帶著兒子跟媳婦在趙大鵬墳前哭，急急忙忙跑了過來，放下孩子就去拉趙大娘。「大伯娘，您快起來，大鵬受不起的！」

趙大娘一把摟著趙大鵬媳婦就哭了起來，一旁的趙大川和黃小雨也忍不住淚如雨下，而黃豆更是控制不住自己，掩面大哭。

一時間，趙大鵬墳前哭聲一片。

趙莊其他幾家來上墳的人都站在不遠處，指指點點、議論紛紛。

當初趙大娘帶著大山兄妹三個也是這樣難吧？她有三個孩子，又無娘家可依靠，房子都被兩個小叔奪了，如果不是趙爺爺堅持土地公平分配給三個兒子，差點連活都活不下去。

現在趙大鵬媳婦不正是和她大伯娘當年一樣？區別就是當初趙大娘要拉拔三個孩子，而趙大鵬媳婦就一個兒子；當初趙大娘沒有娘家依靠，是一個孤女，而趙大鵬媳婦有娘家，就是太窮了！

舊仇新恨，多少年的委屈和無奈。趙大娘這一哭就剎不住車了，直哭得附近的村民都圍攏了過來。

趙大娘在趙大鵬墳前哭，把趙爺爺和趙健、趙康幾個人哭得措手不及！十幾年了，也沒見趙大娘這麼哭過，大概是被大鵬的事情觸景生情了吧？

趙爺爺是公公，不好去拉媳婦；趙健和趙康是小叔，也不好去拖守寡的大嫂。至於兩個兒媳婦都哭成了一團，兒子趙大川也跪在他娘身邊抹淚。如今能去拉趙大娘的趙大鵬兒媳婦，正被趙大娘摟著，兩個人哭成一團！

趙大鵬和趙大河對視一眼，只得硬著頭皮上前去勸趙大娘。「大伯娘，您別哭了，八弟都去了，您讓他安安心心地走吧。」

趙爺爺也在一邊說：「大川，還不快扶你娘起來。」

趙大川這才抹了淚，起身去扶自己的親娘。

趙大娘的哭聲漸弱，瞅著黃豆已經停止了哭泣，便順勢站起了身子。「大川，你領你媳婦給你八弟多燒點紙錢，讓你八弟替你們，先在你爹身邊盡盡孝道。大山媳婦，妳也替大山給他兄弟多燒點紙錢。」看趙大川和黃豆都低低地答應了一聲，趙大娘掩面又到趙勤墳前邊低聲哭泣，邊給趙勤燒紙錢去了。

黃豆和黃小雨並肩蹲著給趙大鵬燒紙錢。

趙大川抱著兒子趙子敬，先去和趙爺爺在祖宗墳前祭拜，再抱到自己爹墳前磕了頭，又讓小人兒在他八叔墳前點了幾個頭，才算是祭拜結束了。

趙子航也被他娘扶著，跟著太爺爺後面拜了祖先、拜了大爺爺，又跪在親爹趙大鵬墳前磕了幾個頭，才被趙大鷹抱起來扛在肩頭下山去了。

黃豆的手一直被趙大娘緊緊抓住，拖著一路往山下走。「別回頭了，大鵬是個好孩子，他救妳也是看在和大山的兄弟情分上。妳也看見妳二嬸了，那就不是個省油的燈，妳可不能說溜嘴了，走吧。」

走到下山的轉彎處，黃豆最後一次回頭，看向趙大鵬孤零零的墳墓。

遠處青山翠柏，芳草萋萋，深藍色的天空映照著山下的孤墳，淒涼又寂寥。

到家的時候，趙二嬸和趙三嬸帶著兩房的幾個媳婦，已經把午飯都做好了。

趙老漢有三個兒子、八個孫子，除了早死的大兒子家只有一個重孫子趙子敬外，其餘兩個兒子家，重孫子是一大堆。

一時間，屋裡大人吵、孩子叫，黃豆只覺得頭暈目眩，忍不住走出屋子，到了東山牆下偷偷吐了口氣。

趙二嬸眼瞅著黃豆走出門，也悄悄跟了過去。「三姪媳婦，吃飯了！」

「二嬸啊，好的，我站一下就進去。」黃豆實在不想應付趙二嬸。但她不想應付，卻不代表別人不想找她。

趙二嬸就是衝著黃豆來的。「妳是不是爬山爬累了？今天殺了雞，要不二嬸先端碗雞湯給妳喝，歇會兒？」

「不用了，二嬸，我站一會兒就進去。」

「三姪媳婦，二嬸問問妳啊，當初大鵬去了，大山讓人送銀錢過來，送了多少錢啊？我都沒看見錢，就被妳爺奶給收起來了。聽人說，不少呢？」

「二嬸，這件事情我確實不知道，大山也沒和我說。」黃豆歉意地看著趙二嬸。黃豆話剛說完，就聽見黃小雨喊她。

「嫂子，吃飯了！」

「噯，來了！」黃豆清脆地答應了一聲，轉頭看向趙二嬸。「二嬸，吃飯了，別讓爺奶等我們。」一說完，也不等趙二嬸開口，先邁步往屋裡走去。

趙爺爺的堂屋裡放了一張大桌子，坐著趙爺爺、趙奶奶並兩個兒子、六個孫子；下面放了一張小桌子，幾個大點的男孩子圍坐在一起；女人們就在灶房，帶著一幫小的，鬧哄哄地吃了一頓飯。

黃豆只裝了半碗飯，還是黃小雨眼疾手快，給她倒了小半碗雞湯，又給抱著孩子的趙大娘倒了半碗雞湯。

桌子上的菜黃豆也不好意思伸筷子，等她半碗飯和雞湯拌拌吃完後，一桌子菜差不多都空了大半。

趙大娘買了十二斤豬肉及兩條六、七斤重的大青魚，加上豆腐和蔬菜帶過來；趙奶奶還讓趙二嬸殺了兩隻雞，家裡菜園子裡摘的有茄子、辣椒、豆角。人雖多，但竟然還不夠吃，明顯葷菜被剋扣了。

趙大鵬的媳婦正抱著趙子航在餵飯，自己都還沒來得及吃一口。

黃豆放下碗走過去，接過碗輕聲說：「航哥兒，三媽餵你吃飯好不好？」

趙子航異常憨厚，誰抱他都可以。

趙大鵬媳婦看黃豆來把趙子航抱到一邊，拿著碗餵飯後，才連忙盛了一碗飯，隨便挾點菜吃了起來。

從小就帶過黃梨、帶過黃德儀，黃豆對帶小孩子是很有經驗的，且趙子航也不是個挑食的孩子，一口一口地，很快小半碗飯就吃光了。

「二嬸，還有雞湯嗎？我盛點雞湯給航哥兒喝。」黃豆看趙子航吃完小半碗飯後，還砸吧著嘴，眼巴巴地望著碗裡，不由得感到心疼，站起身就準備去灶台的鍋裡看看。

「沒了！就殺了兩隻雞，都分光了！」趙二嬸看黃豆起身，連忙說道。

黃豆揭開鍋蓋看了一眼，一個鍋裡是米飯，一個鍋裡是半鍋溫著的洗鍋水，於是她端著趙子航的小碗就出了門。

趙二嬸和幾個媳婦都奇怪地看著黃豆進了堂屋。

進了堂屋的黃豆走到趙大川身邊，大桌子上有一個大盆，裝著雞湯，現在還有小半盆。看見黃豆端著碗走進來，趙大川連忙站起來。「三嫂，有事嗎？」

「你幫我倒半碗雞湯，航哥兒要喝湯。」說著，黃豆把碗遞給了趙大川。

其餘幾個兄弟目瞪口呆地看著黃豆，誰家嫂子和自家小叔子這麼說話的？

趙大川接過碗，舀了大半碗雞湯，又撈了兩塊肉多點的雞肉，看看桌面，再挾了兩塊肥瘦相間的肉放碗裡，這才把碗遞給黃豆。

趙爺爺和趙奶奶都沒吭聲，因此大家也都裝作沒看見，但心裡卻有點不屑，大山的女人怎麼這麼沒規矩！

端著碗回到灶房，黃豆洗了手，用筷子把兩塊雞上的肉撕下來，又裝了一點米飯泡在湯碗裡，然後坐到趙子航面前，又一口一口地餵起來。

趙大娘好像沒看見，埋頭吃自己的飯。

趙二嬸看了兩眼，也低下了頭。

只有趙三嬸沒忍住，當著一屋子大人及孩子的面說道：「大山媳婦，妳這麼喜歡航哥兒，乾脆抱回去養幾天得了——」話音剛落，就見趙大娘把碗重重地放到了桌子上，將趙三嬸後面要說的話給堵了回去。

給趙子航餵飯的黃豆只當沒聽見。趙子航看見肉，兩眼放光，連湯帶飯餵完後，黃豆才放下碗，摸了摸他有點鼓起來的小肚子。「飽了，不能再吃了。擦擦嘴巴，三媽領你走幾步，去看大鵝好不好？」

聽說看大鵝，趙子航立刻抓住黃豆的手往外跑。

趙爺爺的屋後養了三隻鵝，已經快要生蛋了，趙子航最喜歡趴在籬笆上看大鵝。

看著被趙子航拖出去的黃豆，趙三嬸輕輕「哼」了一聲，趙二嬸若有所思，只有趙大鵬媳婦木然地吃著飯，好像沒有聽見剛才趙三嬸說的話一樣。

吃了飯，休息一會兒後，接趙大娘一家的騾車就來了。

看見趙大娘一家告辭準備上車，趙二嬸突然把趙子航抱了過來。「三姪媳婦，我看妳這麼喜歡航哥兒，要不妳帶回去給妳做幾天伴吧！」說著就要把孩子往黃豆懷裡塞。

「他二嬸，妳這是幹麼？」趙大娘的臉立刻拉了下來。

「老二媳婦！妳給我把孩子抱回來！」趙奶奶也生氣了。

黃豆沒有接孩子，只是抬頭望了望站在人群後面的趙子航他娘。看見黃豆的目光，趙子航他娘竟然往人後躲了躲，黃豆不由得一陣心煩氣躁。「八弟妹，這是妳的孩子，我可不能抱回家！我要是把航哥兒抱回家，以後八弟的香火誰來繼承？」

正把孩子往黃豆手裡塞的趙二嬸聽黃豆這麼赤裸裸一說，不由得一愣。

在場眾人誰都看得出趙二嬸的心思，卻沒想到黃豆會這麼毫不留情地當面說穿。

「老二媳婦！妳還不把航哥兒抱回來？大鵬可就這麼一根血脈！」趙爺爺也走了出來，衝著趙二嬸怒喝。

「爹，如果三姪媳真的要航哥兒回去壓子，我這個做嬸子的怎麼也要成全她啊！大山都二十六了，到現在還沒個孩子，說不定航哥兒抱過去，很快就會有孩子了呢！」趙二嬸說著，竟然把航哥兒抱著就往騾車上一放。

「妳——」趙爺爺氣得話都說不出來了。

「莊月娥，妳怎這麼不要臉呢？我家大山以後就是沒有兒子，也不會要妳的孫子！趕緊給我抱走！」趙大娘氣得臉都紅了，她被趙二嬸欺負狠了，說什麼她也不能要這個孫子！

「大嫂，也不是我非要把孫子給妳家。妳看看，我們二房跟三房最不缺的就是孫子了。妳再看看你們大房，就子敬一個孩子，多孤單啊！我把子航給你家大山壓子，可是為了大山好，說不定——」趙二嬸話沒說完，被趙大娘猛地一推，一屁股坐到地上，摔了個倒仰。

趙大娘從車上把趙子航抱起來，往趙二嬸懷裡重重一放。

剛剛要爬起來的趙二嬸被孫子一撞，又躺了下去。

「莊月娥，妳個不要臉的！我家孫子再少也不要妳的孫子，妳就死了這條心吧！就沒見過妳這麼心狠的，大鵰屍骨未寒，妳就要把他媳婦趕走、把他兒子送人！呸，你們大傢伙兒看看，有這麼不要臉的嗎？她這是要送孫子嗎？她這是惦記著我家大山的錢呢！把妳孫子送我家去，去跟我孫子搶家產嗎？妳想得美！除非我死，不然妳休想！」說著，趙大娘把車上趙二嬸和趙三嬸硬塞給她的一籃子地裡的黃瓜、茄子、豆角都抱了下來，劈頭蓋臉地扔在趙二嬸臉上。

黃豆留意到，趙大娘扔的時候特意避開趙二嬸懷裡的孩子，都蓋二嬸頭上了！

馬車出了趙莊後，趙大娘的餘怒都未消，又怕黃豆多想，遂道：「妳也別往心裡去，兒女啊是各家的緣分，該有的自然就是妳的，不該有的，留不住。」

「娘，我知道。」說著，黃豆低下了頭。

第六十一章　會種地的四皇子

誠王登基的消息傳來時，黃豆還在南山鎮。

消息傳得很快，幾乎是誠王剛坐上王座，隔一日黃豆就收到了消息。想到趙大山馬上就要回來，黃豆一刻也待不住了，立刻乘船前往東央郡。

她希望趙大山回來時，能夠第一眼就看見她。

在東央郡的家裡，黃豆焦急地等待著，一直到八月中旬，才等到了趙大山的消息。然而黃豆沒等到趙大山，卻等來了隨安康先生回來的康平。差不多一個多月沒見，康平成熟了很多的感覺。

見到黃豆，康平告訴她，趙大山隨著聖上進京了。

「不是去陵安的嗎？怎麼進京了？」

「當時陛下路過陵安出了點意外，是大山哥救了陛下的四皇子，後來陛下就讓他護著受傷的四皇子，隨同陛下一起進京。」

黃豆急忙追問：「那大山有沒有事？有沒有受傷？」

「當時情況很危急，可以說陛下能保下性命來已經是不容易了，大家都或多或少的受了點傷。不過大山哥無礙，是小傷。這次回來，他特意叮囑我過來告訴妳一聲，他沒事。」

「有多危急？」黃豆平靜地看向有所保留的康平。

「呃……」康平一臉為難，轉頭看看四周，冬梅、雲梅站在門口，聲音小點她們是不會聽見的，便道：「陛下五個兒子折了兩個。」

「你是說……」黃豆一驚。「兩個？一下子就去了兩個……」黃豆想起自己小產時候的失魂落魄，及差點活不下去的感覺。對於誠王來說，一下子失去兩個兒子，這是多大的打擊啊！這個皇位真的得的太不容易了。

「不是一下子失去兩個，一個是在陵安，一個在京裡，前後共兩個。現在只剩下王妃所生的三皇子，側妃所生的五皇子，和明橋夫人的四皇子。」康平摸著桌子上溫暖的茶種，心裡一片冰冷。當時的情況有多危急，康平不想描述，那是用言語也無法描述出來的。「現在不是說這些的時候，大山哥既然護著四皇子進京，那麼名義上，大山哥就是四皇子的人了。妳知道這意味著什麼嗎？」

「什麼？」黃豆驚恐地抬頭看向康平。「難道皇帝剛登基，太子之爭就開始了嗎？」

「是皇后之位，不過說是太子之爭也不為過。誠王妃此次兩個兒子折了一個，側妃兩個兒子也折了一個。誠王這麼多年就只有這兩個妃子、一個夫人，以後有多少那是以後的事情，但皇后只能在王妃和側妃兩人之中選出了。」說著，康平正色看向黃豆。「我爺爺還有一句話讓我轉告給妳。」

「什麼話？」看著神色鄭重的康平，黃豆微微坐正了身子。

「陛下登基後，論功行賞，妳的功勞最大，所以問大山哥怎麼封？大山哥說……」說到這裡，康平臉上浮現出一種奇怪的神色，看了看平靜的黃豆，繼續道：「大山哥說，想開通黃港碼頭，把南山鎮碼頭和黃港碼頭合二為一。」

看著臉色古怪的康平，黃豆心裡輕輕「吁」出一口氣來。果然最懂她的還是趙大山！

「陛下怎麼說？」黃豆只覺得此刻心靜如水，黃港碼頭終於名正言順地要開通了。

「陛下嫌棄大山哥要的賞賜太低了，說要給他封個官，給妳封個誥命。大山哥說他就是一個種地的，只想一輩子替陛下安安分分地種地。他說妳現在種的麥種今年春天已經大獲豐收，以後你們夫妻回南山鎮給陛下種地就行。大山哥還說，能替陛下種好地，就是對陛下最好的盡忠。」說到這裡，康平想起爺爺當時的神情，是讚嘆，也是落寞。

「那大山什麼時候能回來？」黃豆微笑地看向康平。

「暫時還不清楚。陛下想遷都東央郡，可能會有點麻煩。王妃說既然大山哥想種地，那就讓你們夫妻好好種地，不過現在大山哥不許回來，因為馬上要秋收了，讓他在京城好好陪著四皇子，教會他種地。明橋夫人也說，只有會種地的皇子才能知道勤政愛民，知道體恤天下百姓。因此，陛下就把大山哥留下來，大概要等麥種以後才能回來吧。」

聽著康平的述說，黃豆似乎能看見趙大山無奈的神情。要在四皇子身邊待到麥種以後，真是難為他了！「那你和你爺爺回來就是為了遷都的事情嗎？」

「是的，爺爺請命回來的。爺爺說富貴險中求，求到了就不能再貪了，這是你們教會他的，讓我來說聲謝謝。」說著，康平站起身，對著黃豆恭恭敬敬地施了一禮。

黃豆連忙站起身還了一禮。「康平，你既然叫大山哥一聲哥，那麼我也不和你客氣。你也幫我帶句話給你爺爺，就說趙大山和黃豆有今天，也要多謝他，大家都是同一條船上拚過命的，我們夫妻必不忘這份情誼。」

送走康平後，黃豆坐在樹蔭下，看著眼前的地面，怔怔出神。

冬梅和雲梅偷偷對視一眼，瞅了瞅黃豆看著的地面，在看那隻搖搖擺擺的螞蟻嗎？黃豆不動，她們也不動，反正進入八月，沒那麼熱了，樹蔭下也涼快。

發了一會兒呆後，黃豆開始去翻趙大山託康平從京城帶回來的兩箱禮物。

一箱是京城各種各樣的物件，有小孩子玩的玩具，也有女子用的簪花。細細翻開，底下還有書籍。放好書籍後，正準備開另一個箱子，就聽見外面黃桃說話的聲音，黃豆連忙迎了出去。

黃桃抱著小海洋，額頭都有了細細密密的汗珠。不管是仔仔還是小海洋，黃桃都不習慣讓別人帶他們。她一直覺得黃豆的話很有道理，自己的孩子必須自己帶才親。

黃豆連忙伸手接過小海洋，把他放在只鋪著竹席的床上爬著。

「這麼熱，妳怎麼過來了？」黃豆把一旁桌子上的半邊西瓜端給黃桃。「我剛才挖的，沒吃完，妳吃吧。」

黃桃也不嫌棄，接過來先舀了一小勺給小海洋，把小海洋興奮得全身就要往下撲。

「雲梅，妳去拿個梨過來，妳和冬梅看著他，別餵太多了。」說著讓開身，讓冬梅守著小海洋，把黃桃拉到了一邊。「過了立秋西瓜不能多吃，讓他吃梨吧。」

「聽說康平回來了？」黃桃邊吃西瓜邊看向黃豆。

「嗯，他送趙大山給我買的東西過來的。」黃豆用下巴指了指地上的兩個箱子。

「那大山呢？什麼時候回來？」

「不清楚，大概麥種以後吧。」說著黃豆蹲下身，在箱子裡翻找起來，找出一個玩具就往床上放，把小海洋忙得不亦樂乎。

「這箱子是什麼？」黃桃用腳踢了踢旁邊還沒有打開的箱子。

「不知道，還沒開呢！」說著黃豆拿起一旁的鑰匙，當著黃桃的面打開了箱子。

箱子一打開，黃豆和黃桃都目瞪口呆，就連坐在床邊護著小海洋的雲梅和冬梅也驚呆了，只有不諳世事的小海洋正玩得興起，一會兒摸摸這個、一會兒捧捧那個。

「我的老天爺啊！趙大山這是想幹麼？」黃桃放下捧著的半邊西瓜，蹲下身子細細撫摸著箱子裡的金元寶。

整整一箱的金元寶！

四周用絲絨墊著，一層一層碼好，運送路途這麼遠，竟然紋絲不亂。

看著面前的箱子，黃豆的眼淚忽然流了下來。從小到大，她盡心盡力地想做好，想過得好點，因此領著黃家一路奔跑。最後，爺爺死了，和老叔差點反目，而她被逼著在孝期出嫁，她覺得一顆心都冷了。沒有想到，趙大山一直記得他說過的話。

「豆豆，我今天拿妳的，以後都會加倍還給妳。今天我用妳一座金山，這輩子我一定還妳兩座金山、三座金山。」

當時她是怎麼說的？她笑他是不是傻？

「你掙再多的金山，以後還不是給了我們的兒女？我只能看看，又不能真的留下來。」

「不，那不一樣。這是妳的嫁妝，妳的私房錢，妳想給誰就給誰。妳要是誰都不想給，就拿去鋪路，天天踩在上面都行。」

看著認真的趙大山，黃豆只是笑笑，她其實也並不是很相信他。歸根到底，連最親的親人都能為利益而放棄她，那麼趙大山也未必不會在未來改變。

可是，他沒有改變，他一直記得。

九月傳來消息，陛下立王妃楚氏為皇后，四皇子為太子，昭告天下，普天同慶。

十月份，各地開始在官宦人家裡頭挑選秀女充實後宮。對於一個帝王來說，三個皇子實在是太少了。

黃豆自從見了康平後，就開始全心全意把當初在東央郡買的荒地給整理出來。她要建立一片最好、最具古建築特色的別墅區「墨香苑」，讓此處成為東央郡的風景區。

只要有錢，沒有辦不到的事情，而現在的黃豆缺的恰恰不是錢。

道路、河道、園林設計，其間夾雜著一座又一座獨立的別墅區。

孫忠春及馬文跟著趙大山去了京城，至今未返，因此黃德磊索性把貨行都交給黃寶貴，專心幫黃豆打理一切事宜。

「哥，你看，這邊靠湖的一排，我準備留著我們自己住。」黃豆指著湖邊單獨的四棟別墅給黃德磊看。

「我們的？」黃德磊看向四棟別墅。「怎麼四棟？還有一棟給老叔的嗎？」

「不是，是給小八的。」黃豆平靜地看著對面掩在垂柳後面的小樓。

黃德磊拍了拍腦門。「好久沒見他，都把他給忘記了！那麼老叔，妳是怎麼想的？」

「老叔要想在這裡安家就來買吧，我肯定會給他一個最優惠的價格，我們家的其他兄弟也是。」

「也是，患寡不患均。老叔怎麼也是老叔，給他一棟要不要也給大伯還有二伯、四叔一棟？他們要想買能優先挑選，這個可以。妳準備和大山長期定居在東央郡嗎？」黃德磊也順著黃豆的目光，看向前面正在建的房屋。

「大概不會，我還是想回南山鎮，那邊的莊園也動工了，和這邊差不多同步，年底就可以住進去了。」說著，黃豆用腳踢了踢腳下的一塊小石子。「等大山回來再看看吧，我是打算兩邊輪流住。」

「大山以後會不會後悔今天的決定？哪個男兒不渴望高官厚祿、光宗耀祖。」黃德磊知道趙大山不肯接受皇帝的封官，一直很焦慮。

「哥，那是他的選擇，我從來沒有說過不喜歡或者不許他做官。」黃豆正色望向黃德磊。

「豆豆，妳實話和我說，在當今聖上登基的過程中，妳是不是做了什麼？」

黃豆眨巴著眼，看向黃德磊。「什麼意思？」

「方舟號一直替誠王府做事我是知道的，可是單憑趙大山這幾年在航運上掙的錢，能幹什麼？對一個王府來說是杯水車薪，差得太遠了吧？如果光靠趙大山在貨運上掙的錢就能讓誠王另眼相看，甚至登基了也不忘給他封官加爵，那麼這個官位也未免太不值錢了。」

黃豆一直知道黃德磊很聰明，卻沒有想到他聰明成這個樣子。她看著黃德磊，一字一句地說：「我給了聖上一座金山。」

「金山?!什麼金山？」黃德磊錯愕地看向黃豆。「妳哪裡來的金山？」

「當年我撿珍珠的時候，還撿了一塊磚，你還記得嗎？」

「記得，當時妳還比劃著給我和妳二姊看過，說什麼功夫再高，一磚撂倒！」想起當初，黃德磊的嘴角不由得露出微微的笑意。那時候雖然艱苦，卻真的很溫馨。

「對。那塊磚是金磚，後來我又去挖出來兩塊，出嫁的時候帶到了趙家，給了趙大山。」

「三塊金磚而已，就是再重，它的價值也有限。」說到這裡，黃德磊停頓了一下。「除非不止三塊。」

「是。後來我不是雇了一批人去挖河灘，清理河灘邊的淤泥嗎？其實那是誠王派去的人，在那邊起出了兩百九十七塊金磚。加上我手裡的三塊，剛好三百塊。」

黃德磊倒吸一口涼氣，看著黃豆，半天說不出話來。三百塊，果然可以稱為金山了！

「哥，你現在有沒有怨我，沒有把這筆錢給爹娘或者給黃家，而是給了趙大山，獻給了誠王？」

「沒有。」黃德磊緩過神來。「如果當時妳真的告訴爺爺或者爹娘，這對黃家來說就猶如幼兒抱赤金行走於鬧市，是禍而不是富了。」黃德磊深深地吐出一口氣。「豆豆，妳做得沒錯。妳能把珍珠給爺爺，讓黃家走到今天，已經很不錯了。」

「所以，哥，不管是錢多多的事情，還是老叔踢傷我，我也從來沒有怨恨過黃家的任何一個人。因為我對他們沒有真正的全心全意對待，他們這樣待我，我也覺得沒錯。我從一開始，就一直是為自己活得更好在努力，如果黃家能助我自然最好，不能我也不覺得遺憾，這本來就是雙方面的事情——」黃豆話還沒有說完，就被黃德磊的聲音打斷了。

「豆豆，我不希望妳這樣子。黃家也許別的人不可信，但是我、黃桃、小八，妳還是可以相信的。」

看著皺緊眉頭的黃德磊，黃豆連忙解釋道：「我知道、我知道，不然我也不會和你說金山的事情啊！」

「妳知道就好。不管將來如何，妳只要記住，妳是有娘家可以依靠的。妳有哥哥、姊姊、弟弟、姪子，他們都是妳的依靠，知道嗎？」

「……知道。」黃豆吸吸鼻子，把湧出的淚意吸了回去，看著黃德磊，緩緩道：「哥，我還有一件事情要告訴你。」

「什麼事情？」看著黃豆認真的表情，黃德磊也鄭重起來。

新開鑿的湖邊，堆放著雜亂的泥土，遠處是正在建設的樓房和花園，黃豆靜靜看著遠處的熱鬧繁忙景象。

黃豆靜立了很久，久到黃德磊覺得日頭都快要西斜了。

「我可能，再也不能生孩子了。」

黃豆的一句話，就像晴天霹靂般，一下子炸響在黃德磊的腦海中！他沒明白黃豆說的是什麼意思，只能又問了一句。「妳說什麼？」

「我找大夫看過，他們都說，我身體受到了損傷，不能受孕了。」

「不能受孕？」黃德磊慢慢清醒過來，震驚地一把抓住黃豆的胳臂。「是確定不能嗎？」

「不是，只說是很難，但是我知道大概是生不了，我現在的身體一直沒養好……」說到這裡，黃豆停頓了一下，畢竟是哥哥，有些話還是不好當著哥哥的面說的。「反正就是這樣，我知道是沒有希望了。」黃豆看了看黃德磊緊緊抓著自己的那隻胳膊，有點疼，但是她還能忍。

「不……不可能，豆豆，不可能的！」

「哥，其實，有沒有孩子，我不是很介意，真的。」

「趙大山知道嗎？」黃德磊看向平靜的黃豆。

「知道，當初回來，他找了誠王府的太醫，肯定知道的，不過他沒對任何人說，包括我。是我後來感覺不對勁，自己找了大夫看。」

「不會的！我現在就帶妳去找大夫，肯定是診脈的時候出錯了！不會的……」說著，黃德磊就要拖著黃豆去找大夫。

「哥，我已經把東央郡幾家藥店都跑過了，他們的說法幾乎一模一樣。」黃豆抓著黃德磊的手，用力想把他的手從她胳膊上掰開。

「肯定有辦法！我們去看看大夫，讓他們開藥，不管什麼藥，哥都去買給妳，一定沒事的！」黃德磊覺得，黃豆撿了一座金山這個消息對他來說還是太平淡了。黃豆不能生孩子，他無論如何不相信！不能生孩子，這對一個女人是多大的懲罰！老天爺不會對豆豆這麼不公平的，他不相信。

「哥，我真的不介意，你相信嗎？」黃豆使勁推了推黃德磊的胳膊。「如果趙大山願意，我們可以抱養啊！趙大川的孩子，婆婆和大山肯定會願意的。我上次回去想把趙大鵬的孩子抱回來的，可是看我婆婆的樣子，她不會同意的，我就沒說。」

「讓我想想。」黃德磊放開黃豆的胳膊，在周圍轉起圈來，轉了一會兒後，他又走回黃豆的身邊。「妳聽我的，這件事情趙大山既然瞞著妳，妳就當不知道。不管以後妳能不能生孩子，如果要抱養孩子，抱誰這件事妳得和我商量，不能由著趙大山他們作主。」說到這裡，黃德磊想了想，再道：「還有，假如趙家因為妳不能生孩子而有什麼動作，妳一定要告訴我，不許妳擅自作決定，聽見沒有？」

「好。」看著一心為自己打算的黃德磊，黃豆點了點頭。

第六十二章　平安歸來的大山

黃豆還是被黃德磊拉去看了大夫，這個大夫其實黃豆來看過，可以說算是東央郡數一數二的名醫了。

看見黃德磊帶著黃豆來，大夫並不意外，讓黃豆坐下後，開始搭脈。

知道黃德磊是黃豆的哥哥，大夫點點頭。帶著娘家哥哥來，確實比帶著夫婿好，畢竟哪個男人也接受不了自己的妻子不能生養。

還是和以前一模一樣的話：不易受孕，身體也要調理。

黃德磊不差錢，大夫說什麼好，他就讓大夫開藥方。

黃豆哭笑不得地看著黃德磊，這麼多苦不拉幾的藥，怎麼喝啊？

不管黃豆有多無奈，黃德磊也不會慣著她，反正趙大山不在家，他直接就把黃豆領回了自己家，讓吳月娘看著黃豆每日喝藥！

中藥熬出來的湯汁有多難喝呢？嗯，形容一下，就是喝完想吐，飯也不想吃。

七天一個療程，黃豆喝了兩個療程，已經面如菜色。效果嘛，實話說，半個月真的看不出來什麼效果！

療程吃完了得繼續去找大夫開藥，以便調整藥方的配比，黃豆不想喝藥，又想治病，只好偷偷問大夫。「大夫，能不能給我把喝的藥改成藥丸？」

「製藥丸？如果只是針對您一個人的病症製藥丸，這是不可能的，麻煩不說，做為大夫也沒那麼多時間。」大夫有點不悅地看向黃豆。

「是這樣的，您可以根據一些常見的病來製藥丸，這樣病人就不用受湯藥之苦。藥丸比湯劑容易接受一點，起碼它不苦啊！」

看來黃豆被苦怕了，大夫都覺得好笑。「良藥苦口利於病，怎麼能因為藥苦就畏疾忌醫呢？」

「不是我不想喝苦藥，是實在太苦了！既然有辦法能改變，為什麼不改變一下？而且藥丸好攜帶，哪怕出門也方便，畢竟不能出門都帶個藥鍋子吧？那東西還特別容易熬壞呢！」

黃豆吃了半個月中藥，熬壞了兩個中藥鍋子。不怪雲梅她們不仔細，都是黃豆自己要試試，結果一次熬乾了，一次水放多熬了冒出來。兩次裂了兩個鍋子，雲梅再不讓她經手了。

「這怎麼可以？每個人症狀不一樣，用藥的分量也不一樣。」老大夫搖頭拒絕。

「不是為我一個人製作藥丸，您可以做一批藥丸，根據病人的情況來決定吃多少。比如症狀輕的一粒，重的兩粒，適當的一粒半。或者直接做成很小的顆粒，一次十粒八粒那種，就像烏雞白鳳丸一樣。」說到這裡，黃豆愣住了。「烏雞白鳳丸有嗎？」

「什麼烏雞白鳳丸？」大夫也好奇地問。

「就是一種藥丸，和您開給我的湯劑是差不多效果，補氣養血、調經止帶。」黃豆皺眉想了想，大概是這樣吧。她以前見家人吃過，還特意看了一下配方是不是真有烏雞。

「請問夫人能不能詳細說說？我不是說配方，」說到配方，大夫有點赧然，他沒有窺探別人配方的意思。「就是這個藥丸有什麼特點？」

「沒什麼特點吧，就是很多中藥材和烏雞一起熬製的，然後外面裹上一層蜜蠟，別的我也不知道了。」黃豆也很遺憾，如果她學中醫多好。

「夫人，這是您這次的藥劑，一共七副，吃完您再過來診脈，重新開藥。至於您說的，我可以試試。」

黃豆無奈地看著雲梅付錢把藥包拎在了手裡，還是回去繼續喝吧！

又過七天，黃豆覺得自己走出來都有了一股中藥味。一進藥鋪，就看見白鬍子大夫雙眼炯炯有神地看向自己。看樣子是有戲啊！黃豆覺得精神一振。

站到一旁，看著白鬍子大夫先看了一個咳嗽氣喘的老者，切脈、開方，夥計領去抓藥。又看了一個小腿生瘡害膿的婦人，消毒開刀、開方抓藥。

繼續一個小童低熱，切脈、開方、抓藥。

真是神醫！男女老少，各種病症，不用翻書，不用儀器，望聞問切就行了！

輪到黃豆，大夫先給她切了脈，然後遞給她一個瓷瓶。「回去一次一粒，一日三次，溫水送服。如果有什麼不適一定要來找我，如果沒有，七日後再來。」

這是拿我當小白鼠實驗了？黃豆也不敢問，點頭接了藥瓶，示意雲梅去付錢，然後起身施禮告辭。終於不用再喝藥了！

黃德磊回來後仔細詢問了黃豆，又把大夫做的藥丸看了看，就轉身出門去了。

「嫂子，我哥怎麼又出門了？」黃豆看向一旁在繡花的吳月娘。

「大概是去找給妳藥丸的大夫詢問情況吧。」吳月娘還是很瞭解黃德磊的。

果然，黃德磊很快地就回來了，看樣子心情還不錯。吃了飯後竟然就吩咐雲梅給黃豆收拾收拾東西，明天就搬回去住。這就被趕走了？雖然黃豆也不想擠在人家小家庭裡礙眼，可哥哥問都不問就趕她走，她還是有點介意的。

「我還要住幾天，等大山回來我再回去！」說著，黃豆示威似地抱起咂巴著嘴在回味飯菜餘香的康康。

「住幾天沒問題，不過我聽說趙大山快回來了。妳還不如早點搬回去等他，不然他回來了還得來這裡接妳。」

黃德磊話音剛落，黃豆抱著康康騰地就站起身。「雲梅、冬梅，去看看有什麼要收拾的，我們明天回去！」說著，還不放心，親自跑到房裡去監工。

黃德磊和吳月娘看得直接笑出聲。

也不過住了半個多月，竟然有那麼多東西要收拾。黃豆怔怔地坐在床邊看著冬梅和雲梅收拾，康康已經自己掙脫姑姑的懷抱，自顧自出去找哥哥玩了。

趙大山要回來了，從七月初他離開，現在已進入了冬月，他們這次整整分別了近四個月。從嫁進來到現在，這是他們分別最久的一次。

回到家的黃豆狠狠地把家裡整理了一番，力求讓趙大山回來就能感受到如春天般的溫暖。

藥丸又去拿了兩回，第三次來，已經是臘月。黃豆看著手裡明顯不一樣的藥丸，奇怪地看向大夫。「這個藥丸換過了嗎？」

「是的，令兄長特意許了重金，老夫這段時日總算不負所託。現在您手裡的藥丸，藥性和效果要更勝一籌。只要長期定時服用，對您的身體一定會有很大的改善。」老大夫高興地直捋鬍鬚。

「那它是治病的藥還是保養的丸劑呢？」黃豆看著面前一小排的小瓷瓶。

「兩者皆有，夫人的身體在於調理，這不是一日一月的事情。平時夫人自己在飲食上和生活上也要注意，適當的運動、休息都會有助於身體的康健。」

「多謝大夫，等吃完了我再過來。」黃豆鄭重地施禮，看著雲梅拿個盒子把瓷瓶一個個裝進去。

快要過年了，趙大山還沒回來。上次黃德磊也是聽王府人傳來的消息，結果讓黃豆空歡喜一場。

南山鎮的莊園已經建好且收拾整齊，黃米在襄陽府幫黃豆買了幾個奴僕送了過去。但原本準備年前和趙大山一起去莊園小住的黃豆，連回去看看的心思都沒有，只叮囑了孫武夫妻回來過年，南山鎮的莊園有人看著打理就行了。

從趙大山離開到現在，除了康平來的那一次，後來，黃豆也只陸陸續續收到兩封趙大山託人轉過來的信件。

康平又去了京城，安康先生那裡，黃豆也不好去打擾，只能一日日派孫武多跑跑碼頭，打聽一些閒言碎語。

孫武的消息也是很零碎，新帝固國，總會有一些非常的手段和方法，有的可傳於世人，有的卻不能洩漏。一時真真假假，大部分都分不清是謠言還是實情。

臘月二十，大雪紛飛。東央郡外的碼頭上少有船隻，這個時候的湖面已經不太適合行船了。

此時，一艘大船破冰擊雪，一路往東央郡揚帆而來，船頭上站著的漢子正是趙大山。也許是水土不同，或者是京裡的飯菜沒有家裡的好吃，平日健壯的趙大山明顯瘦了很多，只是劍眉入鬢，雙目微張，周身卻有了一種讓人望而生畏的氣勢。

船行到碼頭，趙大山疾步走下大船，看著大春小心翼翼地從船上牽下一匹棕黑色駿馬。趙大山一路策馬奔馳，從馬上翻身而下，看著桂花巷的巷口，突然生起一種近鄉情怯的感覺。他牽著馬，從巷口慢慢往巷子裡面走去。

這個院落，從當初黃桃送給他們到現在，開貨行、買船出海、黃豆小產……算是陪他們經歷了不少風風雨雨。今日因為有黃豆在等他，更讓他覺得歸心似箭。

黃豆披著斗篷站在屋簷下的避風處曬太陽，面前幾個孩子跑來跑去在堆雪人。她恍惚記得，第一年在這裡過春節時，她和趙大山堆了好幾個雪人。而現在，趙大山未歸，她也失去了當初的心境。

院門被敲響的聲音，掩沒在孩子們的笑鬧聲中。孫武爹正在門房烤火，聽見敲門聲，開了道縫，就看見家主牽著匹大馬站在門口，他忙慌慌地上前打開大門，接過韁繩。

趙大山大跨步走過影壁，看見了屋簷下的黃豆。

漫天大雪紛飛，揚起趙大山的衣襬，颯颯作響。

從別後，憶相逢，幾回魂夢與君同。今宵剩把銀釭照，猶恐相逢是夢中。

看著面前消瘦的趙大山，黃豆緊緊捂著嘴巴，眼淚先是一滴一滴地滑落，後來便如泉湧般淹沒在哽咽之中。

手足無措的趙大山也沒想到，回來第一件事不是噓寒問暖，也不是好酒好肉的款待，竟是一進屋就要扒他衣服。

「豆豆，只是受了點輕傷。妳這麼哭，要是被別人聽見，還以為我對妳怎麼了。」趙大山只脫了外套，黃豆再扒，死活不肯讓她脫了。

「你以為你受重傷我不知道？」黃豆鬆開捂著嘴的手，衝著趙大山大吼。

「妳……妳怎麼知道的？康平告訴妳的？」話說完才發現上當了。

黃豆已經哇的一聲大哭了起來。「你真受重傷了？」

無奈的趙大山只能在她拚命拉扯中把上衣脫了，讓她查看傷口。

屋裡燒著炭爐，比室外要溫暖得多，被強行脫了外衣的趙大山覺得凍得雞皮疙瘩都起來了。

這次他運氣不好，在京都受了重傷，傷口和當年在船上時傷的位置相同，這也是他一直沒有從京城返回東央郡的原因。差一點，他就掛了。

反反覆覆的發熱，好幾次太醫都說他不行了，結果他又奇蹟般地醒了過來。好不容易養到年底，再不回來，別說黃豆要瘋，趙大山自己就先要急瘋了。

看著趙大山腹部的傷口，黃豆伸出手去輕輕的撫摸。

沾了淚的手，冰涼刺骨，趙大山激得身軀微微一縮，隨後又覺得整個身體都滾燙起來。抱著撲倒在懷裡的人兒，趙大山長長地舒了一口氣，終於回來了。

等黃豆想起來趙大山還光著上身受著凍，又連忙手忙腳亂地給他穿衣服，然後吩咐雲梅去灶房熬薑湯，慌慌地把暖爐塞給趙大山，又把他拖到炭爐邊。

這個時候，黃豆才有了趙大山剛歸家該有的樣子。灶房一早就備了薑湯，雲梅很快就端了過來。看著趙大山一口飲下，黃豆又忙著叫冬梅去灶房吩咐準備飯菜。

為了趙大山回來，她每日都在準備等候，如今他真回來了，她卻像個沒頭蒼蠅一樣團團亂轉，不知道該先做哪一樣才好。

「妳別慌，慢慢來，我也不餓。」趙大山抓住她的手，把她拉到炭爐前，她才鎮定下來。

「你這次受傷，太醫怎麼說？會不會對身體有妨礙？」黃豆握著趙大山的手不放。

「身體沒什麼大礙，就是有件事情我要告訴妳，妳聽了不要難過。」趙大山愧疚地看著黃豆，伸手理了理她鬢旁有些凌亂的髮絲。

「什麼事情？」黃豆立刻緊張地坐正身體。

「這次受傷確實有點嚴重，能撿回性命已經是大幸，只是……」說到這裡，趙大山目光溫柔地看向黃豆，看她緊張得嘴角都抿緊了，不禁微微一笑。「只是太醫說，以後對子息可能會有妨礙。」

黃豆騰地站了起來，張大嘴巴看著趙大山。

「豆豆！」趙大山急忙站起身，伸手按住黃豆的肩頭。「妳聽我說，我知道這件事情是我的錯！豆豆，如果妳願意，我們可以過繼大川的孩子。妳要是不喜歡，那麼德磊或者二姊的——」

「趙大山，你撒謊！」黃豆的眼淚又流了出來，她控制不住地厲聲打斷他後面的話。「你撒謊、你撒謊……」說著，一把推開趙大山，跑了出去，迎面撞見黃桃和張小虎。

他們夫妻倆聽說趙大山回來，歡喜得連忙過來看看，結果就聽見黃豆的三聲「你撒謊」，然後黃豆就奔了出來。

黃桃心裡「咯噔」一下，連忙把孩子推給張小虎，拔腿就跟在她後面追。跟著黃豆，一路跑向後院，黃桃氣喘吁吁地喊道：「豆豆，妳等等！等等我呀……」

充耳不聞的黃豆，打開後院，被外面的風雪逼著退了一步，整個人都清醒過來，木呆呆地扶著後門，看向外面的冰天雪地。

跑過來的黃桃一把將後門關上插起門鞘，靠在後門上看著黃豆。「豆豆，妳怎麼了？」

怎麼了？黃豆茫然地看向黃桃。她怎麼了？趙大山這麼用心良苦，她不是應該感到高興嗎？她為什麼這麼生氣？為什麼？黃豆蹲下身子，驀地放聲大哭起來。

跟著追過來的趙大山和張小虎站在倉庫那邊面面相覷，都不敢過來。

黃德磊也得到了趙大山回來的消息，他只比黃桃遲來一步，進了院子沒看見趙大山和黃豆，在雲梅的示意下，他走向後院，就聽見風雪中隱約有哭聲，他皺眉加快了腳步。

「怎麼回事？」黃德磊看向後門抱在一起哭成一團的姊妹倆，又瞪向兩個妹婿。

張小虎看見大舅哥有點慌亂，他覺得自己很無辜，他可沒欺負黃桃啊！他只能搖搖頭，又看向趙大山。

「我在京城出了點事，受了傷，太醫說，可能對子息有妨礙。豆豆聽了接受不了，說我騙她，就跑出來了。」趙大山看著不遠處蹲在地上哭得驚天動地的黃豆，輕輕吁了一口氣。

張小虎張大嘴巴看著趙大山。「那、那你……還行嗎？」結果被趙大山眼風一掃，不由得激靈靈地打了個冷顫。

「太醫只是說可能對子息有妨礙，你想哪裡去了！」黃德磊也不耐地瞪了張小虎一眼。無辜的張小虎只能往後偷偷退了一步。我的錯！我這張嘴啊，大山沒揄我就很給面子了！

黃德磊把手放在趙大山的肩頭，重重地壓了一下。「大山，我知道了。」說著，深深地看了趙大山一眼，這才向蹲在後門的姊妹倆走去。

「小桃，妳先回去，我來和豆豆談。」黃德磊走近，先拍了拍黃桃的肩頭。

黃桃茫然地抬頭看向黃德磊，又看向黃豆。「豆豆，三哥來了，妳有什麼委屈就跟三哥說。是不是趙大山做了什麼對不起妳的事情了？」

「妳先進屋吧，不是大山的事情。」黃德磊張張嘴，不知道該怎麼和這個妹妹說，只得輕推了她一下。「去吧，看著孩子別亂跑，天冷。」

黃桃聽話地轉身往回走，一步三回頭。

黃德磊蹲下身子拍了拍黃豆的肩頭。「豆豆，大山是想護著妳才這樣說的，妳應該高興才是。妳這樣哭，大山會怎麼想？」

正哭泣的黃豆聽見黃德磊的聲音，哽咽著抬頭。「我不要他護著，他這樣說，別人會怎麼想他？」

「他寧願別人曲解他，也不願意別人在背後說妳。他是想護著妳，妳不感激還哭得這麼厲害，大山會誤解的。」

「我想和他說清楚……」黃豆抹了一把眼淚。

「可以，說清楚也好。現在別哭了。外面這麼冷，妳身體剛好些，不能受寒。」黃德磊站起身，伸手去拉黃豆。

黃豆抓著黃德磊的手站了起來，看向不遠處呆呆地看著這邊的幾人。

看著黃豆走過來，趙大山鬆一口氣，伸手牽過她的手。「走吧，我想吃豆豆做的火鍋，好久沒吃到了。」

「好，那我讓孫武去把三嫂和老叔請過來，中午一起聚聚。」黃豆攥緊趙大山的手，冰涼的手指落在趙大山寬大溫暖的手掌中，心都跟著微微暖了起來。

寬敞的大廳，熱氣騰騰的火鍋，黃豆擺好菜，擦乾手後坐了下來。

「給我也倒一杯酒吧。」說著，黃豆拿起一個空杯子放到趙大山的面前。

趙大山看看面前的空杯，倒了半杯酒進去，又推了過去，然後提了酒壺看向黃桃。「這個酒是御賜的，三嫂、二姊，妳們要不要來點嚐嚐？」

吳月娘搖了搖頭，她確實不勝酒力。「我不能喝酒，一口就倒！」

「那就小半杯吧！」黃桃還沒說話呢，張小虎就幫她拿了一個杯子遞了過去。「小半杯沒事，妳要是喝醉了，我揹妳回去！」

黃桃無奈地白了張小虎一眼，接過了趙大山遞過來的酒。

或許是趙大山回來了，大家興致頗高，一直喝到天擦黑才散。

黃桃也喝得有點多了，張小虎便蹲下身子說：「來，我說到做到，揹妳回去！」結果被黃桃重重地在脊背上拍了一巴掌，這才站起了身。

夫妻兩人跟著家中的婆子，歪歪扭扭地往家走去。

寒風白雪，酒暖人醉，心卻是安定的。

第六十三章　這一切都給妳的

黃豆喝多了，但還沒有特別醉，只是有點控制不住自己，一直往趙大山懷裡撲，去拉扯他的衣服，要看傷口。

趙大山簡直被她纏得汗都出來了，好不容易把她給洗了手臉放到床上，她又爬起來質問他。

「趙大山，你為什麼騙我？」

「我沒有騙妳，是真的。」趙大山把她伸出來的手往被窩裡放。

黃豆一下子又把手抽了出來，指著趙大山罵。「你騙我！我去看過大夫了，他說的是我不能生孩子，不是你！騙子！」說著，黃豆放下手，輕輕摸了摸被子，喃喃道：「我想給你生個孩子，男孩女孩都行，真的……」

等趙大山再低頭去看，她已經睡著了。

趙大山一直以為自己瞞得很好，從來沒想過她會自己去看大夫。他以為她不知道，卻沒有想到她早知道了，難怪她今天會哭成那個樣子。

睡到半夜，黃豆就渴醒了，迷迷糊糊地爬起來，才發現身邊睡了一個人。

看見黃豆爬起身，趙大山連忙坐起來。「妳要喝水嗎？」

「嗯。」黃豆坐著看趙大山起身，去炭爐邊為她倒水。

從他們新婚第一天起，他一直都是這樣睡在外面。不管她起夜也好、喝水也好，他都會先醒，等她睡了他才睡。喝完水，黃豆把水杯遞給趙大山，看著他放好又走了回來。

「趙大山，我想和你談談關於孩子的事情。」

「睡覺吧，明天再說。」趙大山掀起被子進了被窩。

「不，就現在，說不清楚我不想睡覺。」

趙大山無奈地坐起身，幫黃豆把被子往上拉了拉，才看向她說：「行，妳要說什麼？」

「其實，我知道你撒謊了，因為不能生孩子的是我。」

看著燈燭下黃豆柔和的面容，趙大山覺得心一時間軟得一塌糊塗。「豆豆，這個其實不重要。不管是妳還是我，都是一樣的。大夫也只說很難，不是說不能生。」

「可是，娘那邊呢？」

「如果娘知道我可能會沒有孩子，她肯定會讓大川把孩子過繼一個給我們。妳覺得好，我們就過繼一個，妳要覺得不好，我們就等等，妳自己選一個。誰的都可以，或者我們去慈幼局領一個也行。」

「娘可以給你納妾，這樣——」

「豆豆！」趙大山略微提高了聲音，打斷了黃豆後面的話。「妳願意嗎？願意別的女人為我生兒育女，然後叫妳娘親嗎？」

「趙大山，我……我……」黃豆顫抖著嘴唇，眼中開始瀰漫起霧氣來。

「好了，我的錯，我說錯了。」趙大山伸手把黃豆攬到懷裡，低下頭，看著黃豆乖巧地依偎在他的懷中。「豆豆，妳聽我說，我不願意。妳雖然沒說，可是我知道，如果我真這樣做了，妳肯定會離開我，所以我們不要在這件事情上爭執了好不好？回去後我會和娘說這次我受傷的事情。等過幾年，如果我們還沒有孩子，那就領養一個；如果妳不想養別人的孩子，那我們就兩個人過一輩子，我們去各地走走。本來答應妳，要帶妳去各地好好玩玩的，結果一直忙著掙錢運貨，都沒好好玩過，反而害得妳跟著勞累。」看著桌子上閃爍的燭光，趙大山輕輕拍打著依靠在他懷裡的黃豆。「妳知道嗎？那個時候妳病得差一點就不要我了，我在妳的床榻前發誓，只要妳醒過來、好好的，付出什麼樣的代價我都願意。我們現在很好，我已經想像不出有多好了，總要有點遺憾是不是？陛下已經說了，三月初六會下聖旨，南山鎮碼頭併入黃港碼頭，以後歸妳管理，開心嗎？」

「開心，可以告慰爺爺的在天之靈了。」

「不過有一點，碼頭是陛下賜給妳的，不是給黃家的，也不是給趙家的。」

黃豆坐起身子，奇怪地看向趙大山。

「陛下說，這是還妳當初的贈金之義。讓我們還鄉，安心做個土財主。」

「為什麼給我？要給不是也應該給你嗎？我一個女子，不合適吧？是你說了什麼嗎？」

黃豆問趙大山。

「我沒說什麼，只是把這個碼頭怎麼建起來、怎麼被封、妳怎麼受傷的事，和四皇子拉家常的時候說了一遍。」

「你這還叫沒說什麼？你等於什麼都說了啊！」黃豆無奈地扶額。

「豆豆，這一切本就該是妳的，它和黃家、趙家都沒有關係。等以後，妳想給誰掌管就給誰，這是妳的權利。」

「普天之下，莫非王土。哪天陛下說收回去就收回去了呢，還想給誰就給誰？哪有那麼好的事情，能世代相傳。」

「以後的事，以後再說吧，現在是妳的不是嗎？睡吧，再不睡天都亮了。」說著，趙大山拍了拍黃豆的頭。

黃豆點點頭看向趙大山。「趙大山，我想你了，你想我嗎？」

趙大山低下頭，行動永遠比語言更有說服力。

外面白雪飛舞，屋裡燭光高照。

原本黃豆是準備回南山鎮過新年的，結果因為趙大山一直沒回，連準備回去的黃德磊、張小虎都沒回去，只把黃德儀送了回去。

眼看天冷雪大，帶著孩子不好行船，四家乾脆決定等過了新年再回去。天暖和了，船好走了，大人跟孩子也舒服點。

今年決定四家輪流過，年二十九在黃豆家，年三十去黃寶貴家吃團圓飯，大年初一到張小虎家聚聚，年初二姑娘回娘家就定在了黃德磊家。

今年是新帝登基第一年，街上早早張燈結綵，準備歡度新年。

二十七、八，黃豆在灶房忙了兩天，總算是把該準備的都準備好了，安安心心等著二十九大家一起來過節。

二十九，全家團聚，剛坐下來準備吃飯時，安康先生到了。

安康先生這次是受新皇之命，來給趙大山夫妻送年禮的。

一大群人開了大門，頂著風雪跪了又跪、拜了又拜，連周圍鄰居都驚動了。

皇帝陛下竟然給隔壁鄰居家送來了年禮？這不要說桂花巷，就是東央郡都能完全驚動了！

安康先生送了年禮後，謝拒了趙大山等人的挽留，起身告辭。

風雪未停，看著老先生在雪中遠去的身影，趙大山突然生出一股惆悵來，安康先生兩鬢都已經斑白了。

回到屋子裡，熱熱鬧鬧地吃了飯後，四家人乾脆冒著風雪去東央郡街頭走了一走。

大雪紛飛，街上行人卻很多，火紅的燈籠掛滿了街道兩邊。

平安握著糖葫蘆歡呼著從黃豆身邊跑過，一不小心摔了一跤，還沒等後面的黃豆伸手，又自己一骨碌爬起來，繼續跑著。

「當今聖上是個不錯的君王。」看著眼前的太平盛世，想起在京城的刀山血海，趙大山由衷地感嘆著。

「定都一事已經定下來了嗎？」黃德磊問趙大山。

「嗯，過了春節就要準備遷都了，你們要是想買地、買房，現在已經有點遲了。」

「不買了，該買的早買了。我就想著要不要把貨行再擴大一點？」黃寶貴的兒子生了後，在東央郡又買了套大宅子，他還在黃豆開發的墨香苑也訂了一套房。

「貨行暫時不要動它，就這樣吧，夠我們混個溫飽就行了。木秀於林風必吹之，還是小心點的好。」趙大山看向黃德磊。「三哥，你說呢？」

「我覺得也是。豆豆不是說墨香苑的商鋪要開始售賣嗎？老叔你有沒有去預訂幾套？」黃德磊看向黃寶貴。

「豆豆就是胡鬧，就算建都，那邊也偏僻了，做商鋪起步更難。我訂了兩間，算是支持支持豆豆吧！」黃寶貴有點不以為然。

「小虎你呢？」黃德磊也沒說什麼，又看向張小虎。

「我訂了五間，豆豆給我選的位置，以後租也行，開酒樓也行。」張小虎覺得無所謂，反正那邊遲早是要發展起來的。

黃德磊算了算。「我訂了十間，我和小八一人五間，這樣就十七間了。總共六十六間店鋪，豆豆妳準備賣幾間？」

「一間都不賣，準備做個包租婆，靠吃租子過日子。」黃豆無所謂地看向街道兩邊低矮的店鋪。

「妳是不是傻了？有人買就趕緊賣呀，錢掙到手才是妳的錢！」黃寶貴責備地看著黃豆。「這樣吧，我回去看看，如果錢湊手，不好賣我再買三間吧！」

「老叔，不用，我確實沒打算賣。因為你們是家裡人，所以先問問你們要不要，如果不是你們要，我一間都沒打算賣的。以後我和大山可就靠著那片房子吃租子呢！」

趙大山看黃寶貴要急了，連忙擺手道：「別吵了，這件事情豆豆早就和我說過了。她確實是一間都沒打算賣，我們現在也不缺錢，先放放。」

「那你那麼多套別墅呢？也不賣？」黃寶貴覺得趙大山和黃豆簡直在胡鬧，太想當然了！即使定都，也是繁華路段的房子會比較好。

「賣的，但暫時不賣。明年春天準備把墨香苑的花草樹木給種好，等花草養個一年半載的，秋後再開始售賣。」黃豆算了時間，明年過完春節遷都，大部分官員商賈都要往這邊搬遷，明年下半年房價會有一波大波動。嗯，明年秋後差不多了！

正月初一，鞭炮聲幾乎響了大半夜。

黃豆醒來仍然覺得睏，卻也睡不著了，只把頭埋在枕頭裡，兩個人輕聲聊著天。

聽見外面孩子們的奔跑聲，趙大山先起了床，出去給每個人發了個紅包。

去年一年事情多，收穫也多，今年的新春紅包就比往年重了一點。

等到黃豆起身，才發現自己枕頭下也塞了一個大紅色的荷包，大概是趙大山起床的時候放的。

打開荷包，往桌子上一倒，滾出一堆小巧玲瓏、各種造型的小金元寶，每一個大概有大拇指大。黃豆數了數，整整二十個。是在告訴我，我已經二十歲了嗎？

舉起手中一個可愛小豬造型的金元寶，肚皮下面還有印記，竟然是襄陽府榮寶軒訂製的！也不知道他什麼時候準備好的？

看著手中的小胖豬，黃豆不由得笑出聲。趙大山每年準備的禮物都是這樣簡單而直接，不是銀子就是金子，對了，當初還有一匣子珍珠，真是直男的禮物啊！

等黃豆梳洗好走了出來，趙大山也剛好進來要叫她去吃早飯。

新年的規矩沒有什麼不同，大家都習慣了大年三十包餃子，大年初一吃餃子。熱騰騰的餃子上桌，黃豆瞇著眼吃了第一口，嗯，豬肉白菜餡的，味道不錯。那邊趙大山也咬了第一口，「嘎嘣」一聲，吐出一枚銅錢來。

「大吉大利、身體健康、萬事如意……趙地主你今年要發大財了！良田千傾、廣廈萬間啊！」黃豆邊說邊笑，她竟然把黃三娘每年包銅錢做記號的方法學得爐火純青。

「差點磕了牙。」趙大山笑著掏出一個金元寶遞給黃豆。「賞妳的，地主婆。」

黃豆笑嘻嘻地把金元寶接了過來。「你打了多少這個東西啊？不會準備今天見誰都給這個吧？」

「不會不會！等會兒去老叔家，我給平安他們準備的是不一樣的。」

黃豆聞言，安心地吃完餃子。

等和黃桃會合後，他們一起到了老叔家。就見趙大山笑咪咪地給五個孩子，其中包括老叔的兒子黃德勇，一人一個荷包。

一見到平安和小虎仔先掏出來往脖子上掛，黃豆不由得張大了嘴巴。他竟然給每個孩子一人六個金元寶，用編製的絲線串聯起來，元寶和元寶之間還打了平安扣、如意結！

幸虧元寶個小，不然還不得墜了孩子們的脖子啊！

就連黃寶貴和黃德磊都覺得趙大山這一出手太闊綽了，特別是吳月娘和黃桃，她們家都是兩個孩子，一人六個，就得了十二個小金元寶。

再小它也是金元寶啊，而且還是實心的。很快地，幾個孩子的金元寶掛一會兒，就被各自的娘連哄帶騙地拿下來收了起來。

黃豆默默走過去，輕輕撞了撞趙大山的胳膊。「你不是說準備的不一樣嗎？怎麼還是金元寶？明明一樣啊！」

「不一樣啊！」趙大山理直氣壯地回答。「妳沒看見他們都是水果的，妳的都是小動物的嗎？」

「……好吧。」黃豆無語地看向趙大山。「我是不是要多謝你的厚愛，給我準備了與眾不同的呢？」

大概意識到這話題有點危險，趙大山連忙轉移視線，故意找話題去和黃德磊他們聊了。吳月娘和黃桃肩並肩坐在一起，正在說平安和小虎仔昨天調皮的事情。

小蓮抱著黃德勇默默地坐在一旁，一言不發。

黃豆看了看，走了過去，輕輕逗了逗已經六個多月的黃德勇。「蓮嬸子，我聽三嫂說妳在西門那邊開了一家鋪子？」

小蓮看黃豆主動過來跟她說話，臉微微紅了一下，連忙鎮定地回答。「是的，當初過來的時候，這邊給了五十兩銀子，我就合計著，乾脆租個鋪子開開，不能坐吃山空。」

「生意怎麼樣？」

「還可以，就是賣點針頭線腦、家裡平常用的，主要是給附近的人圖個方便，省得跑路。」小蓮的店是和自己娘家的爹合夥開的，拿貨都在貨行這邊拿，自家人不管是品種還是價格，都會有很大的優惠。爺三個搬到了鋪子那邊，平時爺倆看看鋪子，小蓮的妹妹小葉就在後面打掃做飯，生活還過得去。

「那就好。」黃豆點了點頭。

因為王大妮不能生養，黃寶貴納了小蓮，大家都覺得稀鬆平常的事情，黃豆卻接受不了。她沒有問小蓮怎麼做了黃寶貴的小妾，對於一個貧寒的漁家女，這說不定是她最好的選擇了，且進門就生了個兒子，只要她安分守己，再多生幾個兒子，以後黃寶貴偌大的家產都會是她兒子的。對於她，做不做當家主母又有什麼區別？

只是，最可憐的還是王大妮吧？黃寶貴對她有情，卻不能為她而不生子、不納妾。即使黃寶貴願意，黃奶奶也不會容忍的。不能生養的女人，不休妻就算不錯了。

王大妮在小蓮進門後，喝了她敬的茶水，就回了南山鎮去。

黃寶貴是內疚的，卻也無可奈何，他已經二十出頭了，總不能因為媳婦不生養，就不要孩子。王大妮堅持要回南山鎮，說是替黃寶貴去孝敬婆婆，她做兒媳婦的，這麼多年沒服侍婆婆是有罪的。

王大妮走了，還帶走了她的兄弟。回去不用說，王重陽肯定是雷霆震怒的，但那又怎麼樣？總比她在這裡看著黃寶貴和別人生兒育女好吧？

如今大家對小蓮，還是有點不知道怎麼接觸的好，客氣而疏離。

看著咬著手指頭、很快睡熟的黃德勇，小蓮歉意地朝黃豆笑笑，轉身抱著孩子進了房。正在聽吳月娘說話的黃桃，抬頭看了看有點沈默的黃豆，她知道黃豆爛好人的毛病又開始犯了。

黃豆確實有點覺得小蓮可憐，好好一個女子做了妾，這在自己來說有些不能接受。不過，這也是黃寶貴的事情，她也管不了就是。

吃飯的時候一如既往，沒有男女分桌，反正都是自家人，不如聚在一起熱鬧一點。

小蓮帶著孩子在房裡沒出來，大家其實並不介意，但她卻越發守著本分，不讓別人為難。

吃了飯，收穫頗豐的幾個孩子被僕從領著，在院子一角放鞭炮。黃寶貴又領著趙大山他們三個開始搖骰子，好像除了搖骰子，新年就沒有什麼事情可做了一樣。

為了不讓小蓮太尷尬，黃豆乾脆也找了兩個骰子出來要大殺四方，然後說是三個人太少，硬把小蓮拉過來湊個數。不得不說，賭真的能很快拉近人與人之間的距離。黃豆還讓圍觀的冬梅、雲梅和她一起下注，因為有了雲梅、冬梅的加入，黃桃也把自己帶來的婆子喊過來玩。

最後，連黃寶貴他們幾個也不玩了，乾脆跑到她們這邊，在後面押注。黃寶貴押小蓮的，黃德磊押吳月娘的，張小虎押黃桃的，趙大山押黃豆的，一時間賭得熱鬧非凡。

結束的時候，數了數兜裡的銀錢，黃豆搖搖錢袋笑著對趙大山說：「以後我贏錢養你，再不用你辛苦了！」

趙大山哈哈大笑，把自己的錢袋也遞給黃豆，一拱手對黃豆說道：「以後就有勞夫人辛苦了！」

一群人都被他們兩夫妻逗樂了，笑聲穿牆越院，傳出很遠很遠。

第六十四章　我們回家種地去

二月春暖，草長鶯飛。

一艘大船停靠在了南山鎮的碼頭，幾個錦衣華服的年輕人帶著妻子，攙著孩童走了出來。

碼頭上的工人大部分還認識他們，卻也知道他們早不是當初一起扛大包的人了。

樹蔭下擺攤的依舊，桃花挺著大肚子正撚著瓜子坐那裡嗑的滿地都是。

身邊一個婦人扯了扯桃花的衣袖。「桃花，妳看那個夫人，可真漂亮！我們南山鎮什麼時候有這麼好看的女子了？」

桃花拍了拍身上的瓜子殼，抬頭看向碼頭處。

一個高大俊朗的男子，正牽著一名身材高眺的夫人從大船的踏板上走了下來。

粉紫色杭綢小襖，細細掐出腰身來，顯得腰肢盈盈一握；下面一條紫色百褶裙，行走間光華流轉，如波紋般流動；髮間插著一支赤金琉璃簪，蘭花造型，上面鑲嵌著兩顆紫色的寶石；抬起的手腕上各有一只綠得能汪出水來的翡翠鐲子。

「黃豆！」桃花驚訝地站起身，看向從大船上走過來的女子。

一群人簇擁著，邊說邊笑地往小鎮走去，並沒有轉頭向這邊張望一眼，但桃花卻覺得趙大山的目光好像掃了過來，連忙伸手拍打了幾下衣服。看他們目不斜視地走過去，才覺得心跳又回來了。他們真般配啊，趙大山就應該配黃豆那樣的女子。桃花扭頭看著，一直到他們的身影消失在小鎮裡。

「哎，我說妳到底認不認識啊？這個女的可比錢家那個孫媳婦漂亮多了！」旁邊的婦人看桃花沒說話，又拍了拍她的胳膊。

「那是黃家灣黃家的三姑奶奶，認識，不熟。」桃花轉回頭，仔細整理著自己的攤子。

「黃家的？就是那個賣種糧的黃家啊？難怪呢！聽說黃家還有一個姑娘快要及笄了？」

「別說一個，就是一百個也輪不到妳家！」桃花不屑地撇撇嘴，她就不喜歡這婦人，一副賊眉鼠眼的樣子。

「切！德行！」婦人被桃花一說也惱了，轉身就想走，偏偏還是厚著臉皮，從桃花敞開的瓜子袋裡抓了一把瓜子才走。

桃花氣得想上去踹她兩腳。

黃豆一行人進了鎮子，腳步也放慢了，小鎮還是老樣子。路過塗家雜貨鋪，塗家大哥現在正在守店，看見他們，熱情地打著招呼；又到了張小虎家的肉鋪，現在看肉鋪的是張小虎的哥哥，張伯已經退居幕後，天天在院子裡捧著個小茶壺逗鳥。

聽見兒子在前面喊，張伯連忙趿拉著鞋就跑出來了，一把從張小虎懷裡抱過小孫子，

「乖乖」、「寶貝」地叫了起來，又想起大孫子小虎仔，連忙蹲下身子對小虎仔說：「上來，爺爺揹你！」結果被張小虎的娘狠狠在脊背上拍了一巴掌。

「趕緊起來，領孩子們屋裡坐！」張小虎的娘邊說邊忍不住先去牽了小虎仔的手，臉上的笑意藏都藏不住。

一路上不停和人打招呼，碰見熟人都要寒暄幾句，等到了家裡，已經日落黃昏了。炊煙裊裊，在小村莊上騰騰升起，勞作一天的人們紛紛扛著鋤頭、拿著鐮刀或者揹著竹簍往回走。

沿著村道一邊走一邊和走過來的鄉親說話，黃豆油然而生出一種親切感。

有腿快的孩童早早跑到趙大娘家高喊：「趙奶奶，大山叔叔回來了！」

正在灶房和黃小雨做飯的趙大娘聽見了孩童的喊聲，呆了一呆，看向忙著切菜的趙小雨。「小雨，說誰回來了？」

趙小雨聽得真真切切的，忙放下菜刀，雙手在圍裙上擦了擦，笑著說：「娘，是大伯和大嫂回來了，我們看看去！」

黃家，黃奶奶自去年冬天起身體越發不好了。

大寶一路穿院進屋，趴在太奶奶的耳邊喊：「太奶奶，我小爺爺回來了！」

「啥？大寶你說啥？」

「我小爺爺帶著我小叔回來了！」

「寶貴回來了？」黃奶奶大聲問。

黃老大連忙走過來扶起老母親。「娘，是寶貴回來了，還有德磊、豆豆，都回來了。」

黃奶奶顫巍巍地從椅子上站起來，拍著大兒子的手。「走、走……」

還沒等黃老大攙著黃奶奶出門，院門口就傳來一陣腳步聲，黃寶貴抱著兒子一路跑了進來。

「娘，兒回來了！」說著，黃寶貴抱著兒子「撲通」跪在黃奶奶面前，磕了三個頭。

「乖孫長大了！」黃奶奶激動地摸了摸黃寶貴懷裡的孩子。

小蓮剛好也走了進來，走到黃寶貴身邊跪下來，恭恭敬敬地給黃奶奶磕了三個頭。

黃奶奶忙一把拉起小蓮，拍了拍她的手。「好孩子，我們家沒那麼多規矩！起來吧！」

後面的黃德磊和吳月娘也帶著孩子來給太奶奶磕頭，一時歡聲笑語，黃老大的院子熱鬧了起來。

黃豆是嫁出去的姑娘，先跟著趙大山進了趙家的門。

不管走出去多久，歸來仍然是舊日模樣。

婆婆站在門口翹首以盼，黃小雨拉著孩子迎了上來。

趙大山一把抱起趙子敬。「小子，想大伯沒有？」

趙子敬哪裡認識這個黑瘦的大伯？當即嚇得一直扭著身子往自己娘親那邊靠，眼睛眨巴眨巴的，眼看著眼淚就要掉了下來。

看見孫子被嚇得要哭，趙大娘連忙走過去，用力捶了大兒子一拳頭。「不許嚇著我家敬哥兒！」自從上次去趙莊，趙大娘聽見大家都叫趙子航「航哥兒」，她覺得好聽，回來就一直「敬哥兒」地叫著。

趙大山哈哈一笑，把趙子敬拋起來，越過頭頂，落下來，又伸手接著。

黃豆看得心驚膽跳，深怕他嚇著孩子。

沒想到，趙子敬卻十分喜歡，格格笑著，開心得很。

趙大山拋了幾次後，才把趙子敬遞給一直張著手小心護著的趙大娘。「這小子不錯，膽子大，不愧是我們老趙家的！」

黃小雨看孩子到了婆婆手裡，心也放了下來，一拉黃豆的胳膊。「嫂子，進屋，外面冷！」

看著笑顏如花的黃小雨，黃豆笑著「嗯」了一聲，妯娌倆手拉著手走進廳屋，屋裡還燃著火爐，溫暖如春。

這次回來，黃豆是為黃港碼頭通船的事情回來的。

原本是應該和黃家通氣，把該準備的準備起來，趙大娘卻攔著了，說不能由黃家準備。

這次黃港碼頭通船，表面上是黃家贏了錢家，實際上得利的卻是趙家。黃港碼頭，當今聖上是給了黃豆，黃豆是黃家的女兒，卻是趙家的媳婦。嫁出去的閨女潑出去的水，這是誰也改變不了的現實。

就怕到時候黃家回過味來，反而會覺得黃豆是有意為之，就因為當初黃家坐視黃豆在黃老漢死後遭受的各種不公平，所以黃豆才把碼頭拿走的。

趙大娘伸手握著黃豆的手。「豆豆，碼頭是妳的。不管以後妳給趙家還是給黃家，只要開通，肯定都會得利。但是人心不足，真的等碼頭開通後，保不齊有心之人挑撥。」

「娘，我知道，沒事，這事我有數。」黃豆笑著握了握婆婆的手，這雙手溫暖有力，有一種安定人心的力量。

「說還是要和黃家說的，德磊已經知道了。不能瞞著黃家眾人，到時候來個措手不及，反而落了埋怨。」趙大山坐在一邊說道。

趙大川和黃小雨相互看看，一個都沒有開口。這件事情涉及到趙家和黃家的利益，有黃豆在，他們都不適合開口。

東屋兩個人的房間整理得整整齊齊、乾乾淨淨，被子還散發著曬過陽光的味道。

洗漱好後，黃豆先進了被窩，趙大山出了屋門卻一直沒回來，黃豆也沒在意，一整天的船坐下來，雖然啥事都沒幹，卻覺得比做事還累。

整個人昏昏欲睡的時候，趙大山推門走了進來。黃豆強撐著睜開眼睛，看向趙大山。「你去哪兒了？」

趙大山脫了衣服進了被窩，伸手在被子上拍了拍黃豆的身體。「睡吧，就是過去和娘說了幾句話。」

聽趙大山這麼一說，黃豆也不再多問，貼著趙大山，找了個舒服的位置睡著了。

趙大山仰頭看向屋頂，西屋的娘今天晚上怕是睡不著了。

當他告訴娘，他受了傷，差點連命都丟了時，娘的眼淚就止不住地流淌。等他說到因為這次受傷，可能以後對子息有妨礙，娘反而安慰他，說沒孩子沒事，人保住命就好。對於娘來說，第一重要的是兒子的性命。兒子現在的性命無憂了，她後頭才會憂心子息問題吧。

趙大山感覺自己對不起娘，可是他必須撒這個謊，不然黃豆怎麼辦呢？一個不能生孩子的女人。

夜色慢慢掩蓋了蒼茫大地，村莊和河岸都安靜了下來。

趙大娘身邊睡著大孫子，他娘又懷上了，而先結婚的黃豆卻一直沒有孩子。今天大山說……他受了傷，太醫說可能以後子息有妨礙。想到這裡，趙大娘掩面痛哭了起來。

她覺得趙勤死是天塌了半邊，而現在她覺得整個天空都塌了下來，壓得她喘不過氣來。哭得太壓抑了，震動得床鋪都顫起來。

趙子敬睡得迷迷糊糊的，往奶奶的懷裡拱了拱，小聲地叫了聲奶奶。

等趙大娘擦了淚再去看，他已經又沈沈地睡去了。

被趙子敬這麼一打岔，趙大娘的心情終於平復了下來。有妨礙而已，又不是不能生。等子敬他娘這胎生下來，如果是個男孩子就問問小兒子，能不能先過繼給他大哥壓子，說不定大山很快就會有孩子了。

趙大娘越想越覺得這件事可行！回頭等大川媳婦生了再說，現在說早了，假如生的是個丫頭呢？要抱就抱個男孩子，假使真不能生，起碼也有個香火繼承。

就這樣，一夜顛來倒去地想，趙大娘一直到後半夜，給趙子敬把了尿才睡著。

天亮起來，一家人熱熱鬧鬧地吃了早飯。

逗弄了一會兒趙子敬後，趙大山就和黃豆拎了禮品去了黃家。

黃德磊和黃老三正在後院抓雞；黃三娘磨刀霍霍；吳月娘和孩子在整理東西，他們等兩個姑奶奶回來吃了飯後，下午準備帶孩子回一趟娘家。

看見黃豆和趙大山進門，黃三娘提著刀，抬頭喊孫子。「平安，你三姑、三姑父來了，快去叫你爹！」

「娘，不用，我們天天在一起，分開就這麼一會兒，哪用這麼客氣？我自己過去！」說著，趙大山把東西遞給黃豆，一把抱起跑出來的平安，向後院走去。

吳月娘也走出來，順手接過黃豆手裡的東西，往屋裡讓。「豆豆，去廳屋坐。」

「不用，嫂子，我陪我娘嘮會兒，妳忙。」黃豆走到黃三娘身邊，拎了個小凳子坐。

黃三娘看看坐在身邊的黃豆，又看看空出手來準備去灶房的吳月娘，喊了一聲。「平安他娘，妳去菜園子挑點芫荽回來，豆豆喜歡吃。」

吳月娘答應了一聲，提了籃子往後院走。

「娘，我給妳買了個金鐲子。」黃豆邊說邊掏出個盒子，拽過黃三娘還在磨刀的手。「試試。」

由著自己的姑娘往手上套鐲子，黃三娘笑開了花，嘴上還說：「花那錢幹啥？你們掙點錢也不容易，得省點用！」

「給我娘花，我願意！」黃豆給黃三娘套好鐲子，撒嬌地嘟起嘴。

「給妳婆婆買了沒有？不能只買給娘，不然會被人說嘴，大山心裡也不高興。」

「好的，我有數，我買給婆婆的也是鐲子。」說著，黃豆壓低聲音道：「看起來差不多，但沒妳的重，妳可別說！」

「妳呀！」黃三娘輕推了自己閨女一把，滿面笑容。

黃三娘不但殺了雞，還燉了大鵝，豬肉、魚也有，滿滿一大桌。

一家人兩張桌子拼到一起，熱熱鬧鬧地吃了一頓團圓飯。

回家的路上，趙大山看著黃豆問：「今天岳母心情好像挺好的？」

「平時不好嗎？」黃豆斜了趙大山一眼。

「平時也挺好的，但今天格外好，可能是許久沒見你們了。」趙大山說道。

「我給了她一個金鐲子。」黃豆笑嘻嘻地看向趙大山。「然後我告訴她，我給婆婆買的沒她那個重！」

「妳……」趙大山不由得失笑。「妳呀，這也太……」想了半天，想不出用什麼詞來形容，只能攤攤手。那兩只金鐲子是趙大山和黃豆一起去買的，重量和價格都是一樣的，唯一的區別就是花紋略有不同。沒想到黃豆竟然拿回去誆了自己的親娘。不過，岳母好像確實還挺吃這一套的，今天進進出出時的笑臉都比平時燦爛了很多。

「我們明天去趙莊看看爺奶吧。」黃豆挽著趙大山的胳膊，輕聲說：「順便去看看航哥兒，不知道他有沒有長大一點了？」

扭頭看看黃豆，趙大山問她。「那妳給航哥兒做衣服了沒有？」

「做了，兩套春衫、兩套夏衫，還有兩雙鞋襪，都是比照仔仔來做的，應該沒問題。」

「嗯，那就去看看。如果覺得孩子還是過得不好，我們就接回來養。」

黃豆抬起頭，眼睛亮閃閃地看向趙大山。「你願意？」

「傻瓜！」趙大山捏了捏黃豆的鼻子。「我為什麼不願意？他也是我們趙家的孩子，又是大鵬的孩子。到時候看情況再說吧，就怕二嬸獅子大開口。」

眼看就要走到家門口，黃豆的步子越來越慢。「就怕娘……」

「娘那裡沒事，到時候真要抱過來，由我來說。現在先不提，明天過去看看孩子過得好不好再說。」

「好。」黃豆覺得趙大山說的有理。說不定孩子跟著自己爺奶過得不錯呢，總歸是親生的。

晚上吃飯的時候，趙大山提了去趙莊看爺奶的事情。趙大娘沒說話，大山回來一趟，看看爺奶也正常。至於她和趙大川一家就不過去了，等清明時給趙勤上墳再去。趙莊那地方，還有那兩個弟媳婦，趙大娘是少看一眼都覺得好。

第二天一早，趙大山趕了車，帶著黃豆往趙莊方向而去。車是家裡去年剛置辦的，平時大川去地裡總歸要用，就置辦了一輛大車。

二月份的農田只能看見田地裡的綠色，有麥苗、有油菜，田埂上和荒野大部分還是荒草及剛剛發芽的樹木。

趙大山的車還沒進村子，就看見一群孩童在路邊的小河灘玩耍。幾個大的，跑到荒草裡找野鴨蛋；幾個小的，站在乾枯的河床上撅著屁股在撿東西。

突然間，就見兩個小點的為了搶什麼東西打了起來，略微高點的男孩子把另一個推了一個大跟頭，小的邊哭邊爬起來又過去搶。

這時立刻又跑來一個更大點約六、七歲的孩子幫忙，把摔倒的小男孩又推了一個跟頭，還在嘴裡罵罵咧咧。「你個喪門星！死爹沒媽的東西，滾遠點！」

被第二次推倒的男孩子，小老虎一樣又衝了上去，喊道：「我的、我的！」

旁邊幾個孩子，不管大的還是小的，皆無動於衷，各玩各的。

還沒走近，小一點的孩子又被第三次推倒。六、七歲的孩子還踢了他一腳，然後扯著自己的弟弟就準備走。沒想到，被推倒的孩子又一次爬起來，無所畏懼地衝了過去。

這時黃豆和趙大山已經走近，看清楚了孩子們的大致面容。

眼看最小的又要挨打，黃豆連忙大喊：「你們幹什麼？」

看見來了大人，六、七歲的孩子拉著自己的弟弟，憤憤不平地停了手，看向來人。「他搶我弟弟的東西！」

「我的！我撿的！」被推倒的孩子邊抹眼淚邊說。

看見黃豆他們過來，旁邊一個八、九歲的男孩子連忙跑過去，喊道：「三叔、三嬸！你們怎麼來了？我去告訴太爺爺、太婆婆！」說完想跑，又想起弟弟們還在，連忙推了還在哭的孩子一把。「航哥兒別哭了！天天哭哭啼啼的，你煩不煩啊？」

喊黃豆三嬸的孩子是趙大鵬家的兒子趙子遠，去年夏天黃豆來了幾次，每次都帶好吃、好玩的，讓這些孩子印象深刻。

「子遠，為什麼別的小夥伴欺負弟弟，你都不幫他呀？」黃豆蹲下身，掏出手帕給流著淚的趙子航擦淚。「航哥兒不哭，你告訴三媽，他們搶了你什麼？」

「螺！」航哥兒指著對面小男孩手裡一個螺螄的空殼。

「不是我不幫他，三嬸，他是愛哭鬼！」趙子遠不屑地說。

「這是你先撿到的，還是航哥兒先撿到的？」黃豆轉向對面的兩個孩子。

「我弟弟先撿到的！」六、七歲還拖著鼻涕的男孩子大聲說道。

「我沒問你，我問你弟弟。」黃豆臉色一沈。

「你說！」六、七歲的男孩子用手肘搗了搗自己的弟弟。「誰撿的？」

「他撿的，我要，他不給！」四、五歲的男孩子拿著螺不鬆手。

聞言，黃豆不高興地皺眉。「不給你就搶嗎？他比你還小呢！」

「我娘說，他是喪門星，他爹死了、娘走了，不許我們和他玩！」六、七歲的男孩子大聲喊道。

「那就是你們搶他東西的理由嗎？」趙大山也忍不住了，提高聲音問道。

「他不配有！趙二奶奶都這麼說！」六、七歲的男孩子大喊道。

「胡說！趙二奶奶怎麼會說這樣的話？肯定是你們撒謊。」黃豆故意說道。

「趙二奶奶就這麼說的！說他不配吃好吃的，也不配穿好衣服！他三媽去年給他做的衣服，都被他奶奶留給他弟弟去了，趙二奶奶就是這麼說的！」

「把螺給弟弟，回頭我給你們拿好吃的，這是弟弟的，不能搶。」說著，黃豆伸出手。對面的男孩看看哥哥，又看看手中的螺，最後慢慢將它放到黃豆的掌心。

這是一個鄉下河道裡隨處可見的螺螄殼，又黑又醜。

黃豆珍重地托著螺殼，放到航哥兒面前。「航哥兒，這是你的，拿去。」

臉上還沾著淚水的航哥兒看著面前漂亮的三媽，他有了一點熟悉感，這個人對他好。伸出髒兮兮的小手，抓住三媽手中的螺殼，航哥兒抿著嘴，一聲不吭。

趙大山一把抱起他，看了看黃豆，兩個人的目光交織在一起，就見黃豆輕輕點了一下頭，於是趙大山也點了點頭。

兩個人抱著航哥兒一起回到車上，趕車往趙莊而去。

第六十五章 跟我回家好不好

趙子遠已經撒腿跑回了家，等趙大山趕著車停在趙爺爺、趙奶奶家門口的時候，趙二嬸和趙三嬸早扶著趙爺爺、趙奶奶等在了門外。

遠遠看見趙大山趕著車過來，趙二嬸就喊：「大山啊，你們啥時候回來的？快屋裡坐！」又衝抱著航哥兒的黃豆說道：「三姪媳婦，妳看妳，這航哥兒身上多髒啊，別把妳的衣服都踩髒了！」說著就要伸手來抱航哥兒。

黃豆還沒動，航哥兒已先一步從黃豆懷裡滑了下來，「噔噔噔」地跑到趙爺爺身邊，舉起小手。

「太爺爺，吃。」手中正是路上黃豆給他的點心果子。

趙爺爺慈祥地蹲了下來，假裝吃了一口，喊道：「航哥兒給太爺爺吃的果子真甜！」

航哥兒以為太爺爺已經吃過了，又舉著果子跑到太奶奶身邊給太奶奶吃。等太奶奶假裝吃過了，他才心滿意足地抱著果子站在一邊啃了起來。

趙二嬸看黃豆的眼睛一直盯著航哥兒看，連忙假意地說：「航哥兒，怎麼不給奶奶嚐一口？」

聞言，航哥兒警戒地抬起頭，看看奶奶，又看看手裡不多的果子，不情不願地伸出手，看著趙二嬸撚起沾滿口水的果子，緊張地張大嘴巴。

「奶奶不吃，給我乖孫吃！」趙二嬸說著，又把果子放回了航哥兒的手裡。就見航哥兒立刻把整個剩下來的果子全塞進嘴巴裡，像隻小松鼠一樣咀嚼著。

大家簇擁著趙爺爺和趙奶奶往屋裡走，老倆口的脊背已經彎曲了下來。爺爺和奶奶們都老了，這是黃豆這次回來最大的感觸。

被黃豆牽進來的航哥兒，乖巧地依靠在黃豆的懷裡，黃豆也不嫌他髒，認真地把他頭上油膩膩的髮繩解開，摸出一把木梳仔細梳理著。很多地方都打結了，沾黏在一起，黃豆都慢慢地、一絲一絲地梳通開。外面此刻又跑來幾個趙家的孩子，黃豆把身邊的荷包遞給航哥兒，讓他拿出去和哥哥們分享。

航哥兒看看黃豆，拿著荷包磨磨蹭蹭地走了出去。到了外面，荷包就被最大的哥哥一把搶了去，倒出來，兄弟幾個分了後一哄而散，只留下一個裝糖果的荷包孤零零被丟在地上。航哥兒憋著小嘴，撿起荷包又走了回去，走到黃豆身邊，委屈巴巴地舉起荷包給黃豆看。

黃豆心疼地把他攬到懷裡，又摸出一個裝點心的小盒子給他，裡面是滿滿一盒子的綠豆糕。

趙大山陪著爺爺、奶奶和兩個叔叔說話。

趙二嬸的眼睛就一眼一眼地看向黃豆，和黃豆懷裡吃綠豆糕的趙子航。

最後，連趙三嬸也忍不住看過來，笑嘻嘻地說道：「航哥兒怎麼到了三姪媳婦這裡就這麼乖巧呢？果然是和他三媽有緣分呢，看這孩子，整個人都不一樣了！」
趙大山假裝沒聽見，黃豆只是笑笑不說話。
趙二嬸卻接上了話。「可不是嗎？三姪子，你們結婚也有好幾年了吧，怎麼一直不要個孩子呢？」
聞言，趙爺爺和趙奶奶的臉色一變。
趙家幾個和黃豆是妯娌的媳婦也變了臉色，不過怎麼看都是有點幸災樂禍的樣子。
「可能緣分沒到吧。」趙大山說道：「如果今年再沒有，我們就準備先抱一個孩子壓子，說不定很快就有了。」
聽到趙大山說要抱養孩子壓子，趙二嬸的眼珠子就轉了起來。
壓子是鄉下的說法，誰家一直沒孩子，就抱養個孩子回來。爹娘沒有子女緣，抱養的孩子說不定有兄弟姊妹緣呢，這樣就會引來他的弟弟、妹妹們，這就叫壓子，可以壓住子孫。
「大山啊，要抱也得抱自己家的孩子！不是說大川媳婦又有了嗎？你們要不還是抱大川的吧，到底是自家兄弟的，親！」趙爺爺聽說趙大山要抱孩子壓子，連忙說道。
趙二嬸看著黃豆懷裡的航哥兒，諂笑著沒出聲，只瞅了瞅對面的趙三嬸。
她們兩個人一直是一拍即合的，趙三嬸立刻就明瞭趙二嬸的意思，插話道：「哪裡用大川的孩子？這不有現成的嘛，喏，航哥兒啊！」
趙爺爺一聽就不樂意了。「不行！大鵬就留下這麼一根獨苗，給了大山，大鵬的香火誰來繼承？」

「大山他們只是抱去壓子，以後又不是不生。航哥兒做個哥哥，以後帶出來弟弟、妹妹，他就是大鵬的香火繼承；如果真的沒弟弟、妹妹，航哥兒也可以肩挑兩家啊！」說這話的是趙二叔。他早被趙二嬸說服了，如果他的孫子被大山抱去養，以後趙大山的萬貫家財可就是他孫子的了，到時候指縫裡漏一點，也夠家裡這幾個孫子享用的。

「這個……」趙大山沈吟起來，想了想還是道：「這個還是等我回去和娘商量商量。」

趙二嬸一聽就急了，跟大嫂商量，那穩定得黃！大嫂有多不待見她，她還能沒點數？

「他娘……」黃豆張嘴想問，又覺得問得不太合適。

看見黃豆開口，趙二嬸連忙接了話茬。「已經回娘家了！差不多也找好人家了，就等春天脫孝了好嫁人呢！」話說完，用力擠出幾滴淚來抹了抹。「可憐我航哥兒，沒爹沒娘的……」

「如果二叔、二嬸捨得，那航哥兒就給我們養著吧。他仍然是大鵬的兒子，我們就是身邊沒孩子，先替大鵬養著，等成家立業了再回來。」趙大山的話像一塊石頭擊中水面一樣，擊出大片的水花。

趙二嬸和趙二叔都沒想到趙大山這麼乾脆，這是要替他們白養孩子啊！不僅白養孩子，還給娶媳婦、立業，這是占大便宜了！

趙二叔張嘴想答應，趙二嬸連忙用胳膊肘搗了他一下，搶先張口道：「這不是誰養跟誰親嗎？我們都養這麼大的孫子了，真要說給，還有點捨不得呢！」

「大鵬死的時候，我讓人送了一百兩銀子回來，爺爺說存著給航哥兒讀書、結婚用，這錢……」說到這裡，趙大山停了一下，看向黃豆。

趙二嬸的心倏地提了起來，原來大山上次捎了一百兩銀子回來！一百兩啊，這得多有錢啊？聽說又是開貨行、又是買大船，現在建的莊園就在趙莊往南山鎮必經的路上，極氣派。如果航哥兒跟了他們，要是真引來弟弟、妹妹，那就是大功臣；引不來更好，以後直接讓航哥兒繼承香火，那些財物還不得都給航哥兒！

「豆豆，妳有什麼想法嗎？」趙大山問黃豆。

端坐著的黃豆聞言，抿嘴一笑。「我一個媳婦插什麼嘴？你決定就好。」

看見媳婦這麼說，趙大山也不賣關子了，繼續說道：「那一百兩就給爺、奶養老了。至於航哥兒，我在東央郡有個一百畝的地準備放他名下，等他成家後就直接交到他手裡，也不枉以後孩子跟著我們養了一場。」

趙家眾人都震驚了，一個姪子，還不是親的，抱去養而已，還不是過繼，竟然出手就是一百畝地？一百畝地啊，怎麼著也得幾百、上千兩銀子！這趙大山該不是瘋了吧？

趙三嬸先動開了心思，她也有孫子啊，還不止一個，過繼一個過去，這一百畝地可就是她家的了！

趙二嬸和趙三嬸是二十多年的妯娌了，她一抬屁股，趙二嬸就知道她要放什麼屁，趕在她開口前連忙插言道：「這一百畝地寫在航哥兒名下是可以，但得給我們管著！」這個主意打得好，航哥兒不過三周歲，結婚再早也得再等個十一、二年。一百畝地在他們手裡十一、二年，這收成就得賺多少！趙二嬸的算盤真是打得叮噹響。

趙大山用手撚了撚衣服上並不存在的毛絮，看了趙二嬸一眼。「二嬸，我們是養航哥兒，不是過繼他。就算過繼，這一百畝也是航哥兒的，給你們管，那以後到底是你們給航哥兒的，還是算我給的？」

「也不一定非航哥兒不可啊……」黃豆在一邊嘟囔了一句。

這一句，恰好點亮了趙三嬸的眼睛。「大山，你們兩口子要是不嫌棄，把我家子林抱去吧，過繼給你們也行！才剛四個多月，這麼大的孩子養得熟，以後還親！咋樣？」

這話一出，趙二嬸立刻跳了起來。「妳個不要臉的！航哥兒爹死娘走了，妳家子林也死爹了嗎？」

「妳家航哥兒命硬，要是我才不要這個孩子呢！」趙三嬸也不甘示弱。

眼看一場大戰即將打起，趙爺爺連忙大喝一聲。「都少說兩句！大山，這是你們兩口子的事情，你們說怎麼樣就怎麼樣。」

看著已經老得弓腰駝背的爺爺，趙大山心裡有些發堵。他們兩口子演這麼一齣戲，只不過是不想以後被二叔及二嬸左右。「爺爺、奶奶、二叔、二嬸，我也是看航哥兒沒個爹媽，而我們這幾年身邊也沒添個孩子，就想著要不依了二嬸的意思，把航哥兒抱回去養，這樣孩子有爹媽照顧，我們也有個孩子做伴。不過話說回來，真要抱養孩子，大川媳婦也懷上了，今年下半年就要生了，我們也可以等等，到底是親兄弟。」

「你這是什麼意思？你——」趙二嬸急得想插嘴，被趙二叔狠狠拽了一把，才把後面的話又嚥了回去。

「二嬸，我沒別的意思。如果航哥兒要給我們養，我保證和豆豆當他如親生兒子，供他讀書成人、娶妻生子。不過，我希望在他成人娶妻前，不要有任何人來干涉我們和航哥兒之間的事情。」趙大山正色說道。

一時間，趙家眾人議論紛紛，這是不讓孩子在成年前和這邊來往啊！孩子這麼小，還不是誰養和誰親？等成人後，趙二嬸也指揮不動他了！

「不行！我這麼大的孫子給你們，都不讓我們過問，我怎麼知道你們對他好還是不好？你們要是把我一個好好的孫子教養壞了，我上哪裡說理去？趙老二，你給我說句話啊，你姪子可欺負到我們臉上了！」

趙二叔蹲在一邊抽著煙袋，一言不發。

「如果二嬸不放心，這孩子我們就不要了，你們自己養吧！」說著，黃豆扯了扯趙大山的胳膊。「大山，算了。我們回去吧，娘說等我們回去吃飯呢！」

趙二嬸連忙跑過去攔住他們。「孩子你們帶走，給我們五百兩銀子就行，以後我們不管了！」

聞言，黃豆不由得笑了起來，站起身說道：「二嬸，妳知道外面買個黃花大閨女多少錢嗎？十二兩，還得挑好看的。我要是給妳這五百兩，不如回去給大山買幾個妾，要生多少孩子沒有？」

「妳……妳……妳能願意？」趙二嬸被氣得話都說不完全了。

「我為什麼不願意？生了孩子，再提出去發賣了就是，去母留子沒聽說過嗎？」黃豆走過去牽起航哥兒的手。「一百兩銀子，就當航哥兒這三年來吃穿用度的銀子了。剛好爺爺、奶奶、三叔都在，大山你去喊族長爺爺過來，我們立個契約吧，以後各不相干！」

看著強硬的黃豆、一臉冷漠的趙大山，趙二嬸又瞅瞅一直低頭抽菸的趙二叔，最終只得一跺腳。「好，簽字就簽字！一百兩銀子先拿來！」

在族長的見證下，一家人就這麼看著趙大山和趙二叔訂立了契約，雙方簽字畫押，各收一份。

在眾人的目光中，黃豆抱著航哥兒，坐著趙大山趕的馬車，揚長而去。

路過他們買的莊園時，趙大山打騾子上山，夫妻倆第一次踏進了莊園的大門。

敲開大門，在這裡打理的是孫武夫妻，他們過了正月十五就帶著閨女、兒子過來了。

孫武和他媳婦年前已經和趙大山說好了，以後山莊這邊就由他們打理，至於幾個孩子則留在東央郡跟著趙大山學點本事，以後也好有點用。見他們誠心誠意，趙大山索性連孫武的爹娘也讓他們一併帶到了莊園，以後也好方便照顧。

看見趙大山和黃豆過來，孫武連忙跑過去牽了騾車，交給一旁的僕人，隨即領著三個人往裡面走。

一邁進大門，便是一處寬闊的正院。旁邊是兩條正道，各通東西。

正院廳內，一水的黑漆家具，天青色的帷帳。擺件不多，等著主人來佈置它。

順山勢而建的迴廊青瓦紅欄，兩旁是栽種不久的花樹。

沿迴廊走到後院，東邊院子裡一邊栽種了幾棵高大的玉蘭花樹，一邊竟然引了溪水，石橋奇岩，蜿蜒而出。

「屋裡都簡單佈置過了，現在就可以住。還有什麼需要的，等主家和主母住進來再逐一添置。」孫武說完站到一邊，等著去年新買的丫頭端茶上來。

黃豆今天去了趙莊，感覺身心俱疲，心裡想著乾脆在這裡住著不回去了，卻又知道這樣不可，只能強打起精神應付道：「我們坐坐歇歇就走，你把航哥兒帶下去，讓你媳婦給他洗個澡，換身新衣服鞋襪後，再帶來給我。」說完，摟著航哥兒，低聲對他說：「你跟著這個伯伯去，他會帶你去洗澡、梳頭，換新衣服。等會兒三伯娘給你桂花糕吃好不好？」

孫武家的恰好端了點心走過來，連忙端起一小碟點心到航哥兒面前。「航哥兒，你嚐嚐這塊點心，好吃得很呢！」

到底是個孩子，沒一會兒就跟孫武家的混熟了，被帶下去洗澡、換衣服去了。

整個人斜靠在椅背上，黃豆看著門口那一小片陽光地帶。她有一種很累、很想睡覺、什麼都不想做也不想管的感覺。

想起趙大鵬，黃豆覺得很愧疚，她沒有對他父母更好點，反而和他們斤斤計較。對於現在的黃豆來說，一百兩和五百兩的區別不大，她之所以和二嬸算得這樣清楚，就是不想航哥兒有一天被制約住。她想好好教育這個孩子，才不負大鵬救她的恩情。

黃豆還想帶著孩子去看看大鵬的媳婦，告訴她，不管她以後嫁去哪裡，航哥兒永遠是她兒子。這個女人的不幸都是因為趙大鵬的死造成的，黃豆覺得也是自己的責任。如果沒有自己，趙大鵬不會死，大鵬媳婦就不會被婆婆十兩銀子打發回娘家改嫁，航哥兒也不會失去爹娘。想到這裡，黃豆忍不住淚濕雙眸。這件事情對她的影響太大了，快一年了仍無法放下。

一陣腳步聲響起，黃豆連忙擦乾了眼淚，看向門外。航哥兒穿了一身薄棉的襖褲，頭髮還沒完全乾透，軟軟地耷拉在頭皮上。

看見坐在椅子上的黃豆，航哥兒連忙喜笑顏開地跑過來，把手中的糕點塞給黃豆。「媽媽，糕糕！」

「航哥兒，你叫我什麼？」黃豆從椅子上滑下來，蹲到航哥兒的面前。

航哥兒怯怯地看著黃豆，不知道自己是不是做錯了什麼？

旁邊的孫武媳婦想開口提醒他該叫三媽，被黃豆一伸手阻止了。

黃豆輕輕攬著航哥兒，細聲慢語地對航哥兒說：「你剛才叫我，我都沒聽清楚呢，航哥兒再叫一聲好不好？」

「媽媽，吃糕！」航哥兒又大著聲音叫了一次。

黃豆的眼淚刷的一下就流了出來，卻還是清脆地答應了一聲，一口把航哥兒手中的糕點咬了一半。

其實她知道，航哥兒還小，三媽叫不好才叫她媽媽的，可她還是覺得有一種天生的緣分在裡面，航哥兒注定是她的孩子。

剛好走到門口的趙大山也聽見了，他假裝不在意地走了進來，蹲下身子一手攬著黃豆，一手拍了拍黃豆懷裡的航哥兒。「我們回家吃飯吧，奶奶該著急了。」

黃豆伸手笑著抹了抹眼淚，對著航哥兒說：「航哥兒，媽媽帶你回家，我們回去吃飯好不好？」

「好！」航哥兒很乾脆地點頭答應，又把手中的半塊糕點遞給了趙大山。「伯伯，吃！」

趙大山看著面前只有一半的糕點，接過來，掰開分成兩半，一半放到航哥兒的嘴邊，看著他吃下去，另一半才放到自己的嘴裡慢慢咀嚼著。

趙大山和黃豆牽著航哥兒的手，一起往大門口走去。

他們要帶著他，一起回家。

第六十六章　悠閒的田園生活

趙大娘怎麼也沒想到兒子和媳婦去了一趟趙莊，竟然把趙大鵬的孩子給抱回來了！

看著黃豆懷裡的孩子，趙大娘的嘴唇哆嗦了半天，話都說不出來了。

她想過種種可能，大川的孩子給大山，這是最好的，也許突然黃豆就懷孕了，或者抱個別人家的女孩來壓壓子。怎麼也沒想到，他們會把趙大鵬的孩子抱回來！

「大山！」

趙大山剛拴好騾子，走進庭院，就聽見母親的一聲大喝。明知道娘為什麼發怒，趙大山還假裝一無所知地問道：「娘，怎麼了？」

氣得直哆嗦的趙大娘伸手指向被黃豆抱在手裡的孩子。「他……他……你為什麼把他抱回來？」

「喔。大鵬不是去了嘛，他媳婦又要改嫁了。二嬸那個人妳又不是不知道，我看著孩子挺可憐的，就想著抱回來養著算了，反正我們現在沒孩子，等個一、兩年有孩子他也大了，還能看看弟弟、妹妹。」接過黃豆手中的孩子，趙大山抱到趙大娘面前，對著航哥兒說：「航哥兒，這是奶奶，叫奶奶。」

對「奶奶」一直沒好印象的航哥兒，一頭扎在趙大山懷裡，不說話。

趙大娘都快被氣瘋了，當初她受了那妯娌倆多少氣，現在還要替對方養孫子？沒門！她哆嗦著手，指著趙大山說道：「你給我送回去，現在就送回去！」

「娘。」趙大山拍了拍航哥兒的肩膀，壓低聲音說：「妳嚇著航哥兒了。」

這一幕，刺激得趙大娘一陣眩暈。她知道兒子的脾氣，從小到大爭強好勝，沒有服過軟。現在他孩子已經抱回來了，再讓他送回去，他肯定丟不起這個臉。

等孩子被趙大娘一把抱了過去，趙大山還沒反應過來，難道娘這是接受了？

誰知道，趙大娘抱著孩子就往後院走，邊走邊喊：「大川，你給我出來駕車！你哥拉不下這個臉送，我去送！我去問問莊月娥，有沒有這個臉把孫子丟我家！」

航哥兒被趙大娘緊緊抱在懷裡，嚇得大哭，邊哭邊向黃豆伸手，喊著：「三媽、三媽……」

這還是路上黃豆教了幾遍才教會的，她深怕孩子喊錯了，惹得婆婆不高興。

航哥兒的哭喊，把黃豆的心都要哭碎了，也跟著一起掉淚。

趙大川硬著頭皮走出來，他和媳婦不好摻合大哥及大嫂的事情，只能裝不知道，一直躲在房子裡，可現在娘都喊他了，他不得不慢吞吞地走了出來。

「娘，孩子是我抱回來的，妳有火衝我發，別嚇著孩子。」趙大山走過去，想把孩子抱回來。

趙大娘哪肯讓他近身？摸著一根竹竿就往趙大山身上打，邊打邊哭。「你是不是嫌你娘沒用？你誰家的孩子不好抱，非要抱她莊月娥的孫子！你是嫌你娘受她的氣不夠多嗎？」

被竹竿打了幾下的趙大山咬牙忍著，這是他的娘，他總不能還手。

趙大川和黃小雨兩口子站在一邊，不知道該怎麼辦。

看到媳婦黃豆哭成個淚人兒，趙大娘的心一下子軟了。她嫁進來幾年都沒孩子，心裡必定是苦的，要抱著多大的勇氣才能抱一個別人家的孩子回來？罷罷罷……是大山對不起她，又不是她黃豆不能生養。

午飯，趙大娘沒有出來吃，藉口頭疼，在屋子裡躺著。

看著強打精神的黃豆，又想想生氣不肯出來吃飯的親娘，趙大山鬱悶得一口老血都要噴出來了。

黃小雨把燒好的雞端上桌後，趙大川挾了一隻雞腿給航哥兒，又挾了一隻雞腿給自己的兒子。

沒想到，航哥兒伸手把雞腿抓過去，放到了黃豆的碗裡。「三媽吃！」

敬哥兒舉著已經咬了一口的雞腿，看看航哥兒，又看看自己親娘，再看看三伯娘，最後猶猶豫豫地把雞腿也遞給了黃豆。「伯娘吃雞腿。」

黃豆被弄得哭笑不得，連忙把兩隻雞腿又還給了兩個孩子。

「三媽不愛吃雞腿，就愛吃雞翅膀！」說著，誇張地挾起一隻雞翅膀啃了起來。

「我把飯端過去給婆婆。」黃小雨盛了一碗飯，壓了幾塊雞肉和菜後，準備端過去。

趙大山連忙站起來說道：「我去吧。」

「讓小雨去吧，你現在去，娘說不定碗都能砸了！」趙大川慌忙攔下趙大山，安慰道：「沒事的，娘的脾氣你還不知道嗎？讓小雨去和她說幾句就好了。」

黃小雨端著一碗飯，送到婆婆房裡，看著面朝裡躺著的婆婆，放下碗筷坐到床邊小聲地勸著。「娘，妳起來吃點吧？」

婆婆一動也不動，根本不搭理她。

黃小雨就像沒看見一樣，給婆婆理了一下被子，接著細聲慢語地說起雞腿的事情。「……娘，妳不知道，敬哥兒當時都咬了一口了，看見航哥兒把雞腿給了大嫂，他想了半天，又看看我、又看看他伯娘，最後還是下決心把雞腿給了大嫂。哎，我們家的雞要是有四條腿就好了，今天可把我家敬哥兒難為壞了呢！」

「那是敬哥兒孝順！」趙大娘說著，翻身起來，端起碗往外走。「吃飯不在桌子上吃，還端進屋，一點規矩都不講！都是我把你們慣的！」

黃小雨見狀，在後頭偷偷地笑了。

趙家老大結婚幾年都沒孩子，把自己堂兄弟家的孩子抱回來養了！

這個消息如驚風一樣，在黃家灣迅速颳了個遍。

有那尖酸刻薄的人就開始說了：看穿得人模狗樣的，掙再多錢也沒有用，生不出孩子！

第一個想問黃豆的，就是黃三娘。

她懷疑自己就是被閨女騙了，趙大山肯定有問題！難道上次黃豆小產也是假的？可是黃豆氣血兩虧，臉色確實蒼白，整個人也是養了一個多月才稍微好看點，她是親眼看見的。不能魯莽！問問兒子去。黃三娘轉身就去找兒子黃德磊了。

黃桃拎著一條豬肉、一尾魚，帶著兩個孩子，和張小虎先上了趙家門。

親家姊姊來了，趙大娘自然是笑容滿面地喊著黃豆把人迎進來。

黃小雨先出來，接過黃桃拎來的肉和魚，輕聲說道：「二姊，妳這是幹麼？來我們家還自己帶菜了。」

「就是！來了大娘家還能沒妳吃的，拎著魚肉來幹麼？等會兒帶回去，別讓妳家公婆到時候說妳。」趙大娘也客氣地說道。

黃桃笑吟吟地先掃了一眼走出門的黃豆，看見妹妹神態如初，才轉頭說道：「就是我公婆讓捎來的，說家裡就有，難不成我們來吃個飯，還要妹夫再多跑一趟去我家打肉不成？」

「一家人不說兩家話，快屋裡坐！豆豆，妳把昨天晚上炒的花生端給妳姊嚐嚐。」趙大娘這一點很好，不管心裡如何不痛快，在外人面前，面子很重要。何況她的不痛快，也已經消散了很多。

看見姊姊來，黃豆就知道是為了航哥兒來的。

姊妹倆進了房間，看見航哥兒和敬哥兒正在屋裡玩呢。

黃桃連忙把跟著張小虎的仔仔和小海洋都叫了進來，四個孩子很快就玩到了一起。

「姊，妳喝茶。」黃豆給黃桃倒了一杯茶，坐下說道：「那邊莊園已經建好了，要不要抽空帶孩子一起去看看？」

「等過了三月初六吧，三月份花也開了、草也綠了，天氣也暖和了，到時去住幾天，帶孩子們去放紙鳶。」黃桃說完，垂下眼簾，看著手中的茶盞。「豆豆，孩子是怎麼回事？」因航哥兒坐在身邊不遠，不管孩子懂不懂，黃桃也做不到直接開口說「妳為什麼抱養個孩子回來」。

「姊，妳知道嗎？上次小產一事，其實是……」黃豆將自己失蹤之事娓娓道來。「……那時就是他爹救了我，他爹是因為我才中了蛇毒的。」黃豆微抿唇角，看著玩得開心的航哥兒。真是個孩子，才來了兩天，就纏著黃豆，也不提太爺爺、太奶奶了。黃豆去哪兒他都跟著，一錯眼看不見黃豆就要找，深怕把他丟了。這是一個沒有安全感的孩子。

黃桃第一次聽黃豆提起當時的事情，她握著黃豆的胳膊，定了定神，半天才緩過來。

「我知道了。那妳還有別的事瞞著我嗎？」

「有。」

「什麼？」黃桃覺得自己的呼吸都不順暢了。

「太醫說我很可能不能再有孩子了。」

一句話說完，只聽「哐噹」一聲，黃桃手中的茶杯就掉到了地上，茶水潑了一地，茶杯滴溜溜地轉了幾圈，竟然完好無損。

「妳說真的假的?!」

黃豆彎腰撿起茶杯，拿了另一個茶杯，幫黃桃又倒了一杯水，溫聲說道：「真的。」

黃桃握著黃豆為她新倒的茶水，整個人都開始抖起來。她覺得這不是真的，只能兩手合抱著杯子，看著黃豆，希望她開口說一句「我是騙妳的，這不是真的」！

「太醫說艱難，也不是肯定沒有，只能說看運氣。剛好航哥兒他爹死了，他娘又準備改嫁了，我們現在又沒有孩子，這不是正好嗎？」

航哥兒聽見黃豆說他的名字，機靈地轉頭看過來，看黃豆還在跟姨說話，又轉過頭去，安心地玩了起來。

「肯定會有的！妳吃藥了沒有？找大夫抓點藥調理調理！」黃桃的心神定了下來，放下杯子拉過黃豆的手。「等去了東央郡，我帶妳去看大夫！」

「不用了，哥已經給我配了藥丸。」說著，黃豆走到梳妝檯前面，拿出一個小瓷瓶來。「妳看，就是這個，哥讓大夫配的，這樣就不用喝很苦的中藥了。」

「三哥也知道嗎？那就好，如果三哥知道，那娘那一關就好過了。可是我怎麼聽說，別人都說是趙大山的問題？」黃桃奇怪地問。

看了看黃桃，又看了看正在玩耍的孩子。「是大山這樣說的，他怕婆婆為難我。」

聽見黃豆這麼說，黃桃心裡的一口氣終於緩緩舒了出來。

外面傳來張小虎和趙大山說話的聲音，不一會兒，張小虎就在外面喊她們。

「妳們要不要去抓魚？」

「抓什麼魚？」黃豆和黃桃都走到門口，好奇地問。

「剛才德磊說，那塊河灘地的魚塘，去年冬天起了魚沒清塘，今天準備清塘，過幾天放魚苗，喊我們一起去幫忙。」趙大山正在院子裡收拾漁網，聽見黃豆姊妹倆問，便回答道。

聽見要去抓魚，黃豆興奮起來，她最喜歡看人下水抓魚了，特別是清塘的時候。不管是不是自己的塘，大家都能下去。人多魚少，搶得卻熱鬧。

於是，趙大山拿網，張小虎拿魚罩，黃豆提了個木桶並拉著航哥兒，黃桃一手拉著小虎仔、一手拉著小海洋，小海洋手裡還提了個小竹籃。

趙大川去地裡還沒回來，敬哥兒看航哥兒都能去抓魚，鬧著也要去，黃小雨沒有辦法，只能也提了個木桶，拉著他跟在黃豆她們後面跑。

黃家灣的住戶一看他們這一群提桶拎籃的，就知道是去抓魚了。

路上的孩子們有的跟著走，有機靈點的則拔腿往家裡跑。二月份很多人家已經開始挖凍土，預備肥料，準備春耕的開始。跑回家的孩子看沒有大人在家，又趕緊往河灘跑，不管能不能抓到魚，去看看熱鬧也好。

黃德光幾個在家的兄弟已經到了塘子邊，正在整理一張大網。

看見趙大山和張小虎來，黃德光高興地大喊道：「來得正好，正準備下塘呢，快過來！一邊加一個，我們也能省點勁！」

大舅哥一喊，趙大山和張小虎連忙挽褲腳、捲袖子，東西一放就下去了。

一張大拖網，這是前兩年新置辦的，一網拉下來，塘裡的魚基本上就去了個七七八八，回頭再拉一網後，塘裡剩多剩少都不要了，接著就可以由著大傢伙兒進去抓魚了。

大網拖魚可是個力氣活，因為河裡有淤泥，網是越拖越重，人是越走越累，到最後全憑一股子精氣神在支撐著。

剛開始大家還怕冷，穿著夾襖下了塘子，結果才走沒多遠，就紛紛脫了襖子往岸上扔。不脫不行啊，汗都把裡衣打濕了！

航哥兒第一次看見這樣的情景，站在岸上直蹦躂，看見趙大山喊著黃豆把衣服扔了上來，他連忙歡快地跑過去，抱著衣服拖給黃豆。

來看熱鬧的婦人、準備等會拖完魚下去撈點便宜的漢子，目光全都齊刷刷地看向航哥兒。這就是趙家老大抱的堂姪子啊？別說，虎頭虎腦的，還確實跟大山有幾分相似！

「這就是妳家剛抱回來的孩子呀？」有個莊上的婆子問黃豆。

黃豆不愛聽「抱回來」這句話，笑了笑回答道：「這是大山他八弟家的孩子，叫航哥兒。」說著，拉著航哥兒的小手讓他叫奶奶好。

「奶奶好。」航哥兒這兩天被黃豆帶得異常聽話，奶聲奶氣地喊了一聲「奶奶」。

「喲，這孩子還真乖巧！幾歲了？」旁邊一個婦人問。

「三歲了。」

隨著黃豆的話音落下，航哥兒也配合地伸出三根小指頭。

看見他這麼乖巧，黃豆表揚地摸了摸他的小腦袋。「我們航哥兒真聰明！」見那些人還想說，黃豆轉身把趙大山的衣服疊好放在準備裝魚的籃子裡。

黃桃把張小虎的衣服也撿過來疊好，放在一起。

黃小雨順手把籃子和桶都放在一邊，接著三個人就拉著四個孩子跟著網跑，好像這樣她們也能幫下面拉魚的人一把勁一樣。

小虎仔大聲地喊「爹」，把周圍幾個孩子都帶動起來，大家紛紛開始拚喊「爹、爹、爹」，好像這樣，就可以給在下面拉魚的幾個爹一些力量一樣。

敬哥兒的爹不在這裡，但這依然擋不住他的熱情，因為他有三伯啊！別人喊「爹爹」，他就喊「三伯」！開始時是他一個人喊，後來航哥兒也跟著喊，兩個人比賽似地拚嗓門。

一時間，河堤上喊「爹」的、喊「舅舅」的、喊「伯伯」、「叔叔」的，生音此起彼伏，比池塘裡還要熱鬧。

「大山家的，妳家孩子怎麼還喊三伯啊？沒改口啊？」有好事的鄰居看航哥兒喊三伯，實在忍不住，開口問道。

「這是八弟家的孩子，他爹死了，娘回了娘家。大山說我們暫時沒孩子，先幫著帶幾年。」黃豆笑笑地解釋道。很怕應付這種人，卻又無可奈何，不能不搭理。見八卦婆還想說，黃豆先一步去拉航哥兒，假裝怕他摔下去，小心地拉著他的小手。

下面拉網的幾人在淤泥裡艱難地走著，費了九牛二虎之力，才把大魚網拉到頭，只見魚兒歡快地在網裡跳躍著。

孩子們趕緊跟著跑下堤壩，儘量跑到離漁網近的地方，這樣就能離魚也近一點。

「航哥兒，要不要下去看看？」黃豆蹲下身子輕聲問道。

航哥兒看看黃豆，又看看下面魚網裡蹦跳的魚，大眼睛眨呀眨。他想下去，又有點害怕。

「如果你想下去就說好，或者點頭；如果不想就說不，或者搖頭。知道嗎？」黃豆輕聲哄著他。

看他捧著小臉使勁點了點頭，黃豆便提起一旁的木桶，一把抱起他，小心翼翼地往下走。下面拉網的人，幾個人站在一旁拉著網，防止魚跑出去，還有人在旁邊用籮筐開始拾魚。趙大山正站在一邊幫忙提著網，黃豆走到靠近他的地方，彎腰放下木桶，小心地蹲下身子，撿起一塊小土塊，砸向趙大山。看他回頭，她連忙做口型，讓他把航哥兒抱過去。

「髒。」趙大山指了指自己的衣服。看黃豆搖頭表示沒事，他也無所謂，遂放下網，邊走邊把雙手在褲子上擦了又擦，走到岸邊，伸手準備抱航哥兒。

黃豆也鼓動航哥兒向他三伯走去。

看見航哥兒被三伯抱起來，扛在肩頭上，敬哥兒都快抓不住了。

黃小雨只能把他也送了下去。

「三伯、三伯！我也要！」敬哥兒手舞足蹈。

看著站在岸邊的敬哥兒，航哥兒坐在趙大山的肩頭上，一臉的笑意。這是第一次，他感覺自己也是有人疼愛的寶寶。等到三伯和他商量換哥哥來坐，他毫不猶豫地同意了，還被三伯誇了句「航哥兒真是懂事，又聽話呢」，他的驕傲更甚。

為了哄兩個孩子，趙大山把敬哥兒放在岸邊，提起黃豆帶下來的木桶，按到塘裡汲上水，又去網裡撈了兩條魚放進去。「這兩條魚是給敬哥兒和航哥兒的，你們一人一條。」

看著趙大山遞上來的水桶裡有魚，兩個孩子又蹦又跳，高興壞了。

黃豆和黃小雨乘機將他們拉上去。

看著他們的魚，周圍的孩子都羨慕極了。

這一天，黃家灣家家戶戶都在煮魚。

黃豆和黃桃親自動手，做了一鍋魚頭豆腐，又做了一鍋雜魚鍋貼。

晚上是全魚宴，滿院飄香。

這樣的日子果然是熱鬧又溫馨，是在東央郡感受不到的。

洗了澡後，跑了一天的航哥兒已經睡著了。

黃豆依靠在趙大山的懷裡，微仰頭看向他的下巴。「趙大山，如果我們日後沒有孩子，我們把航哥兒撫養成人就行了。我不想抱養別人家的孩子，誰家爹娘也捨不得把自己的孩子給別人。」黃豆把頭在趙大山的懷裡輕輕蹭了蹭，這個懷抱，溫暖而安心。

「好。」伸出手，捋了捋黃豆垂散下來的髮絲，柔軟而光滑，帶著沐浴後的清香。

「你會後悔嗎？」黃豆問。

「不會。」他毫不遲疑地回答。

第六十七章　錢老太太後悔嗎

三月初六，黃家老少歡聚一堂。

巳時，京城派來傳旨的太監到了黃港碼頭，三艘大船，威風凜凜地進了黃港。

別說黃家灣轟動了，就是南山鎮、襄陽府都轟動了。

當今聖上把南山鎮碼頭和黃港碼頭合併，直接劃給了黃家的三姑娘、趙家的媳婦黃豆！

一時間，各種傳言在這片土地上流傳開來。

有的說，因為黃豆救過當今聖上，所以才有這一次開通黃港碼頭，並將兩個碼頭合併歸黃豆所有。

是所有，不是管轄也不是管理，是所有。這大概是聖上要還黃豆一座金山的表示吧？

至於黃豆會怎麼做，那就是黃豆的事情了。

做得好，可以繼續給她；做得不好，聖上也可以收回。

當今聖上給了她，但等兒孫繼承，一樣能收回。

給是給了，至於以後能走多遠、走多好，那就看黃豆的本事了。

皇家榮寵，哪有經久不衰的？

接到聖旨的黃家有高興、有失落，覺得趙家這次肯定占了大便宜。

那麼，錢家呢？錢老太太聽到聖旨內容後，一口氣沒上來，暈厥了。她知道，錢家難保了！錢多多從襄陽府趕回來的時候，錢老太太已經醒了過來。只是，她再也不是當初那個意氣風發、掌握錢家、運籌帷幄的小老太太了。她倒下了，而錢多多還稚嫩，該怎麼辦？

南山鎮碼頭，趙大山和黃豆正陪同朝廷派來的官員巡視碼頭。

「不知道趙夫人是準備把主碼頭放在南山鎮這邊還是黃港那邊？是合二為一，或是齊頭並進呢？」派來的官員姓齊，在東央郡和趙大山有過一面之緣。

這也是安康先生特意替黃豆謀劃的。

「齊大人怎麼看？」黃豆沒回答，反而問了齊大人。

齊大人四十出頭，膚白而且瘦，一派文人作派。他今天從黃港那邊一路走到南山鎮這邊，不但不覺得疲憊，反而興致勃勃。「來之前，聖上特意召見了我，只說了『萬事由黃豆心意就好』，其餘一字未提。所以趙夫人問我，我也只能答，此事由趙夫人作主。」

看著熱鬧繁華的南山鎮碼頭，黃豆開口道：「兩個碼頭共存吧，我是這樣想的。」話音剛落，看見遠遠走來一個人，分外眼熟。是錢多多！

看見黃豆和趙大山一行人，錢多多也很意外。但已經走到這裡，無路可退，也只能硬著頭皮走上前打招呼。「大山、黃豆，這麼巧。」

趙大山微笑點頭。

黃豆也微笑地替他介紹道：「這是齊大人，聖上派齊大人來巡查的。」

聽說是聖上派來的，錢多多忙上前行禮。

趙大山也替齊大人介紹道：「這是錢家家主，錢多多，南山鎮這邊的貨倉有一半以上屬於錢家——」

話沒說完，齊大人就插言道：「喔，錢家，知道，來之前聽聖上提過。」說完就不再搭理錢多多，而是看向碼頭過來的船隻，仔細向黃豆詢問著。

錢多多聞言，只覺渾身一陣冷汗。聖上提過？聖上怎麼知道這偏遠地區的錢家？只能是黃豆和趙大山在聖上面前提過錢家！那麼黃老漢怎麼死的，聖上知不知道？黃豆失蹤小產的事情，聖上知不知道？想到這裡，錢多多不敢在這裡停留了，即使他有心停留，齊大人也不待見他。他趕緊找了藉口，施禮告退，匆匆回家。

也不知他這一趟回去，錢家又得提心吊膽多少日子。

趙大山夫妻陪同齊大人巡了碼頭，又陪齊大人去了山上的莊園。

聖上早聽說趙大山在家鄉建了莊園，準備和黃豆回來種地，自然要讓齊大人看看，回去好和他說說。

齊大人在南山鎮待了三天，期間還隨趙大山、黃德磊進了一次山，抓了幾隻野雞、幾隻野兔、十幾隻竹鼠，用籠子養著，說要帶回東央郡，給聖上嚐嚐鮮。

送走齊大人後，趙大山和黃豆都感覺渾身輕鬆自在起來。與官應酬，確實不是他們這樣的人擅長的。

趙大山更覺得他不肯做官，要回鄉種地的決定是對的。

趙家媳婦得了當今聖上的嘉獎，聖上竟然把南山鎮碼頭都賜給了她，這個消息如風一般地傳開，趙莊的趙家眾人得知後更是大喜過望。

趙健派了大兒子拎了家裡的雞蛋，以看大伯娘的名義到了黃港，才知道趙大山和黃豆不在家，在山莊招待朝廷來的大人。

第二天，又換趙康派兒子來了。

一連來了三天，才確定朝廷派來的大人已經走了，趙大山他們隔天回來。

早上，黃豆起來喝了碗稀飯就不想吃了，被趙大山又逼著吃了一個水煮雞蛋才甘休。

自從那天德妃娘娘的藥送來，黃豆就停了黃德磊給她配的藥丸，開始吃德妃娘娘的藥丸。沒想到，吃了兩天，黃豆心裡就覺得如喝中藥一樣，噁心、開始不想吃飯了。

趙大山覺得，要不還是不吃了。以前吃黃德磊讓人配的藥丸也沒怎麼樣啊，德妃這藥怎麼吃得人都不好了？那還不如不吃。反正天高皇帝遠，德妃也不知道妳吃沒吃。

可是黃豆不願意，她覺得德妃娘娘肯定不會害她。宮裡的太醫，既然是對症下藥的，肯定要比外面的大夫本領大，所以她還是想再吃幾天看看。趙大山沒辦法，只得說再吃三天，如果還是這樣，肯定不許吃了。

吃過早飯後，兩個人帶著航哥兒一起下山。三個人，也不用趕車，一路晃晃悠悠地往家走，途中他們還帶著航哥兒在河灘邊抓了一會兒的小魚才回去。反正不急，到家裡吃飯就行了。

魚很小，三個人費了半天勁才抓了兩條，小手指長的。

航哥兒歡歡喜喜地看著趙大山用大葉子裝了點水，把兩條小魚放進去小心捧著，走一會兒就讓三伯幫他看看魚跑沒？

走到家，推開院門，滿滿一院子的人。

趙二嬸看見穿著新衣、新鞋的航哥兒，眼前一亮，跑過去喊道：「航哥兒！奶奶的心肝寶貝，可想死我了！」

航哥兒看奶奶朝著他跑來，忙躲到黃豆身後，緊緊拉著黃豆的衣袖，驚恐地看著他奶奶。他很害怕，奶奶不會是來帶他回家的吧？

在趙二嬸衝過來的剎那，趙大山眼疾手快地把航哥兒提了起來，抱到懷裡。

航哥兒的小手緊緊抱著三伯的脖子，把頭都埋在了三伯的肩膀上。

「航哥兒，你個小沒良心的，這才幾天啊，連你奶奶都不要了？」趙二嬸伸手就要過去強抱航哥兒，被黃豆擋了一下。

「二嬸，你們什麼時候來的？坐吧。」

被黃豆擋開的趙二嬸無奈地瞪了航哥兒一眼，這個小白眼狼，白餵他這麼大！

「爺爺、奶奶，二叔、二嬸，三叔、三嬸，你們今天怎麼來了？」趙大山抱著航哥兒，和黃豆一起向來人打招呼。

趙二嬸沒抱到孩子，卻不著惱，笑呵呵地說：「這不是你爺爺跟奶奶想航哥兒嘛，我們恰好也沒事，就一起過來看看了。」

「屋裡坐吧。」趙大川招呼著。

他們一行人也是剛進門，趙大娘招呼著人進了門，她就和黃小雨去灶房燒水煮雞蛋了。今天來的是趙爺爺、趙奶奶、趙二叔夫妻、趙三叔夫妻、趙大河及趙大鵬兄弟倆。

還是一人一碗糖水荷包蛋，趙大娘在這方面從來沒錯過。

看二嬸邊吃邊說，黃豆心想，怎麼吃也堵不住她的嘴呢？難怪婆婆一提起二嬸就頭疼，確實是個讓人頭疼的。黃豆帶著航哥兒和敬哥兒走了出去，乾脆回娘家去轉一圈。

平安和康康看見三姑來很高興，四個孩子圍著黃豆丟了一會沙包就開始去挖沙了。當初黃豆給黃德儀準備的沙堆還在，這麼多年了，仍然是家裡孩子回來時最喜歡玩的地方。

「豆豆，妳今天在這裡吃飯吧！」黃三娘看見閨女回來也很高興。雖然黃豆離家就幾步，可回來這麼久，不是去莊園就是有別的事情，也沒回來幾次。

「不行啊，趙莊的爺爺、奶奶來了，我得回去吃飯，不然要說話的。」黃豆搖頭道。

黃三娘一聽，趙莊老頭和老太太來了？連忙問道：「那大山他二叔二嬸、三叔三嬸呢？

來了沒？」

「哎。」黃豆嘆了口氣，無奈地說道：「他們不來，爺爺和奶奶不會來的。」

對於趙莊，黃三娘還是知道的，不過這是正經親戚，卻又無可奈何，只能不滿地白了黃豆一眼，點了點她的腦袋。「妳呀，就是個沒心眼的！」說著，看了正和平安他們玩得起勁的航哥兒。「妳說妳抱這個孩子回來幹麼？大川媳婦不是懷孕了嗎？抱大川的不好嗎？實在不行，等妳嫂子再生個，妳抱去也行啊！」本來想說康康的，可康康都這麼大了，她還是捨不得。

「娘，妳說什麼呢？別讓哥嫂聽見了不高興，還累得我們兄妹離心！」黃豆心裡不滿意，也只能壓低聲音嘟囔一句。

「妳呀！」黃三娘恨鐵不成鋼，真想扒開閨女的腦袋看看。小時候不是很聰明嗎？怎麼越長大就越傻了呢？「妳說，妳又是碼頭、又是貨行的，妳哥嫂有什麼不願意的？到時候直接都給了他們生的孩子，總比便宜了外人強！」

看黃三娘越說越離譜，黃豆氣得站起身，乾脆回家了，兩個孩子也不帶了，等吃飯的時候再讓趙大山來領吧，不然就丟在這邊吃飯也行，反正也就幾步路的事情。

黃三娘和黃豆說話，吳月娘是避開的，但也不是特意避開，因此多少還是聽了一點。

吳月娘這個人，識文斷字，是個非常通透的女子。就是黃豆，也自覺自己不如她。

看見黃豆氣呼呼地走了，吳月娘也沒去留。她不想摻合進去，她的孩子她也捨不得給黃豆。不是說黃豆和趙大山不好，恰恰相反，這個小姑子她很喜歡。可再喜歡，她也捨不得把自己的孩子給她。

出了娘家門，黃豆邊走邊看，這個點，門口人都不多。三月了，地裡草都上來了，大人及孩子基本上都下地了。

有那不會走路，或者不能下地的孩子，有老人看著還好，沒人照看的，只能鎖家裡，隨便他在家裡撒尿、拉屎。

小的時候，黃豆就見過農忙，沒人帶孩子，怕孩子亂跑，拿繩拴桌腿上的。

到了家裡，一家人都陪著爺爺、奶奶坐在院子裡曬太陽。

春天最忙，能這樣一大家子整整齊齊地坐院子裡曬太陽還是很少見的。

看見黃豆回來，趙家兩個嬸子心裡是不痛快的。家裡爺爺、奶奶、叔叔、嬸子來了，不在家陪著，竟然還帶著孩子出去溜門子？

「三姪媳婦，航哥兒呢？」趙二嬸看黃豆一個人回來，連忙問。

「在我娘家呢，剛才過去玩，非要和我兩個姪子玩沙，拉都拉不回來。我想著讓他們玩會兒，等會兒吃飯的時候再讓他們三伯去帶回來。」

在灶房燒火的黃小雨聽見黃豆說孩子在娘家，也沒放在心上，有人看著她就放心了。

趙大娘卻在心裡犯嘀咕，豆豆把孩子放娘家，她二嬸要說話了！

果然，趙二嬸一聽，孩子被黃豆送娘家去了，臉上就不太好看。「豆豆，航哥兒雖說是給你們養著的，可他到底是我的親孫子，妳這是防著我們，怕我們把孩子帶回去嗎？」

黃豆一聽愣了，她還真沒想到這茬。

黃豆是愣了，但趙大娘沒有，聞言就從灶房出來了。「他二嬸，妳這話說的我就不愛聽了。什麼叫大山媳婦防著你們呢？大山兩口子，看航哥兒爹死娘改嫁，心疼孩子，才抱過來養的。妳不感激還訛錢，現在又來找茬？妳要是覺得委屈，孩子你們立刻抱回去，把錢退給我們，別說得好像我們有多稀罕妳孫子似的！」

趙大娘一席話，把趙二嬸堵得是啞口無言。她只是想借著看孫子再來沾點光的，沒想要回孫子，更別說退錢了，此刻也只能硬著頭皮說話了。「大嫂，妳這話說的我也不愛聽了。孩子是大山心疼我們，幫我們抱回來養著，這個情我們領。這不是這麼久沒看見孩子了嘛，結果來了後，黃豆還把他送娘家去了，這不是讓人覺得防著我們嘛！」

「莊月娥，當時大山帶孩子回來和你們簽字畫押的契約還在，那可是族長畫押的！怎麼，現在又反悔了？」趙大娘冷冷地問道。她就知道，不能抱這個孩子，莊月娥這個妯娌根本就是塊狗皮膏藥，沾上了就別想扯下來！

「大嫂——」趙二嬸還想說，被趙二叔大喝一聲。

「行了，閉上妳的嘴巴！」看自己媳婦終於閉上了嘴巴不再說話，趙二叔才轉向趙大娘說道：「大嫂莫怪，她就是想孩子，沒別的意思。聽說當今聖上都給我們家大山頒聖旨了？這是大事，這聖旨可是要請進祠堂供奉起來的！」

「聖旨是聖上頒給大山媳婦的，我已經叫大山媳婦收起來了。」趙大娘不鹹不淡地道。

「收起來好、收起來好！」趙二叔不過是借聖旨說話，想問問碼頭的事情。

「聽說聖上把南山鎮碼頭都賜給我們趙家了？」趙三叔看二哥猶猶豫豫卻說不到點子上，不由得心急，插言道。

黃豆見灶房黃小雨又是灶上、又是灶下，忙得不可開交，連忙一拉趙大山的袖子進了灶房。這些人，有趙大娘對付就好，她還是幫忙做飯就行了。

趙大山燒火，黃小雨洗菜、切菜，黃豆掌勺，灶房忙得熱火朝天。

外面趙大娘針鋒相對，半句不讓，把趙家老兄弟倆懟得啞口無言。趙大娘怎麼能如他們的意，把碼頭說成是賜給趙家的？即使是趙家，也和他們沒有半毛錢的關係！想借機占便宜？門都沒有。

趙大川把殺好洗好的魚遞給嫂子黃豆。

黃豆起鍋燒油，放蔥、薑、蒜熗鍋，再把魚放進鍋裡。

一股魚腥味瀰漫在鼻息間，趙小雨和黃豆同時奔了出去，站在院子一處乾嘔起來。

大家都知道趙小雨已經懷了身孕，但黃豆也這樣，院子裡的眾人不由得面面相覷。這是懷上了？

趙二嬸就是個嘴上忍不住的，連忙問：「三姪媳婦，妳這是懷上了？」

就連趙大娘也不懟趙二嬸了，張著嘴巴等著黃豆的答案。

趙大山端了一碗熱水遞給黃豆，等黃豆漱了口，又緩了緩，臉色好看一點，才回了趙二嬸一句。「不是，是昨晚受涼了。」他不想提德妃娘娘賜藥的事情，說起賜藥，必定要牽扯出一堆的麻煩事情。

見兒子都說不是，趙大娘原本一顆火熱的心也跌入了冰窖，但當著眾人的面卻還得強顏歡笑地對黃豆說道：「豆豆，妳不舒服怎麼不說？我說呢，進門就見妳臉色不好。快去屋裡躺著吧，別硬撐，妳爺奶不會介意的，妳叔叔嬸嬸也不是那挑刺的人。」

見大嫂這麼說，趙二嬸和三嬸也連忙說：「是啊、是啊，快去歇著吧，都是一家人！」

黃豆看向趙家眾人，見趙爺爺、趙奶奶坐在躺椅上曬著太陽竟然昏昏欲睡。老倆口耳聾眼花，平時也不大出來走動，今天到南山鎮，就覺得有點累了。要不是兩個兒子非要拉著他們來南山鎮，他們還是寧願待在家的。

黃豆也不想和這些親戚糾纏不清，叮囑趙大山給爺爺、奶奶拿兩床薄被蓋一蓋，別受了風，就準備去娘家看看孩子。

趙大娘又對黃小雨說：「小雨妳別進灶房了，去妳三叔家看著孩子去，等會兒吃飯我讓大川去接你們娘仨。」

聽婆婆這麼說，黃豆索性拉著黃小雨的手一起出了門，回娘家看兩個孩子去了。

推了門進去，見孩子們正坐在小桌子旁吃東西。走近一看，是吳月娘給他們做的小點心，一人還有一碗羊奶。

看見黃豆和黃小雨過來，航哥兒連忙捧了小碗端給黃豆嚐嚐。「三媽，喝奶！」

黃豆笑著摸了摸他的頭。「乖，航哥兒自己喝，三媽不渴。」

其他三個孩子見航哥兒這樣，也連忙端起小碗喊著姑姑、娘來喝奶。

吳月娘連忙把剩下的羊奶都端了出來。「不用你們的，家裡煮的還有，快放下，別端灑了。」

見真的還有，四個孩子才放下心來，端起小碗埋頭喝了起來。

黃豆和黃小雨推辭不過，一人喝了一碗羊奶。吳月娘熬的羊奶和以前黃豆熬羊奶一樣，放了茶葉在裡面去腥膻味。

黃豆看航哥兒一手捏著小點心，一隻小手小心翼翼地放在點心下面，防止點心渣掉落。那小模樣，要多萌就有多萌。這樣的孩子，完全和趙二嬸沒有半點相似之處，黃豆絕不容許趙二嬸那樣的奶奶帶壞或者影響這個孩子。

或許他們還是應該去東央郡，等孩子大了，再回山莊來居住。畢竟新帝在東央郡立都，那邊的書院也比這裡的私塾好。八弟黃德儀已經過了童生試，過幾年還準備考秀才試試呢！航哥兒聰明伶俐，即使學業不能有成，想來也不會差到哪裡去的。想到這裡，黃豆暗暗下定決心，晚上和趙大山商量一下。

對了，還有敬哥兒，也是個聰明的孩子。要不，叫大川一家和娘都去東央郡吧，省得三朝兩日受二嬸騷擾！

第六十八章 得寸進尺的趙家

想打發走趙莊這波親戚並不是件容易的事情。

吃飽喝足後，趙二叔當著爺爺、奶奶的面，和趙大山及黃豆提條件，要讓趙大江他們兄弟來碼頭幫忙管理。這是趙家的碼頭，你們不用趙家的人，難道還想給黃家占了去？

趙爺爺沈默不語，他已經老了，耳聾眼花，十幾年前，大山他們他就沒護住，何況現在？只能曬著太陽打盹，由他們去鬧，反正肉爛在湯鍋裡，還是自己家的。

黃豆把航哥兒哄睡著，放到敬哥兒的小床上一起睡，囑咐黃小雨看著。

走到兩家院子中間的門，黃豆站了一會兒，微微嘆了口氣，被親情挾持的感覺真不好過。趙大山這一家都算是老實人，受盡欺負也從沒反抗過，才會讓人得寸進尺、步步緊逼。

她也不想說話，更不想揹個不孝的罪名。

黃港碼頭是她黃豆的，她說給誰那是她的事情，還輪不到任何人來指手畫腳。

然而她不說話，不代表人家不找上她。

看大家都不說話，趙二嬸先看向黃豆。「三姪媳婦，妳說說，聖上把碼頭給你們了，給家裡人安排個位置總沒話說吧？這可是親兄弟，打斷骨頭還連著筋呢！」

「二嬸……」

黃豆剛開口，趙大山就說話了。「二嬸，這個碼頭是要交給黃德光管的，這件事情，我已經和德光說過了。」

「什麼?!」趙二叔和趙三叔都站了起來。「大山，你這是眼裡沒有我們老趙家啊！」

「你娶了媳婦就忘了祖宗了！」

「爹，你說說，大山這是不是不孝？聖上賜給趙家的碼頭，憑什麼給黃家管？」

趙大山站前一步。「這件事情，我和黃豆、大川都商量過。本來是準備給大川管的，可是大川說他志不在此，所以我們商量了讓黃德光負責。」

「趙大山，給黃德光管可以，你得把大鵬他們兄弟幾個安排進去碼頭！」趙二叔怒氣沖沖地說道。

「不可能。二叔，碼頭就這麼大，我不能作這個主，他們也不適合去管理碼頭。」趙大山斷然拒絕。

「他們不適合，黃德光就適合了？他還不是和大河他們一樣都是泥腿子！」趙三叔也忍不住了。

趙大山剛要說話，黃豆輕輕拉了他一把，開口說道：「我說我大哥可以，他自然可以。他這幾年一直沒停止過學習，他是我爺爺當做黃家接班人培養的，你們以為他這三年都是在混日子嗎？」黃豆真的已經開始煩了。「我先說清楚，碼頭是聖上賜給我的，不是賜給大山的，所以它是我黃豆一個人的，不是趙家的，也不是黃家的，就是我一個人的。我給黃德光管理，是他有這個能力，不是說把碼頭送他，也不是我偏袒娘家人，只是他確實可以做。」

「爹，這件事情，你老必須說話！嫁進趙家，妳就是趙家的人了，竟然還分妳的和大山的？」

「爹，這樣的孫媳婦，我們趙家可供不起！」

趙大娘一聽這話就不樂意了，站起身要說話，被趙大山和黃豆眼疾手快地給按住了。

趙二叔伸手去推在打盹的趙爺爺。

趙爺爺迷迷糊糊醒了過來，摸起枴杖站起身。「要回去了？那就回吧，天不早了。老婆子、老婆子，回了！」

「爹，誰說回去了？是大山，碼頭不給他兄弟們，給了黃德光！」趙二叔氣得頭頂冒煙，卻拿趙爺爺沒辦法。

趙爺爺剛剛推醒老伴，聽見二兒子大聲衝著自己耳朵說話，當即生氣地推了兒子一把。

「我不聾，聽得見！不就是黃老漢周年祭嘛，大山當然要去，那是親家爺爺！」

「爹，誰和你說周年祭？我說的是大山兩口子要把碼頭給黃德光！」趙三叔也被趙爺爺氣得不清。

「啥？碼頭？碼頭不是聖上給了大山媳婦嗎？那就是大山媳婦的，誰也搶不去！」

「爹……」

「行了，吃也吃了，喝也喝了，還想賴你們大嫂一頓晚飯啊？走，回家！」說著，趙爺爺扶著老伴，老倆口往門外就走。

趙大山和趙大川連忙跑過去扶著二老。

「爺爺、奶奶，你們在這兒住幾天再回去吧？」

「不住了，地裡草都青了。種地就要有個種地樣，天天往外跑，地都荒了。」

無論大山和大川兄弟倆怎麼留，趙爺爺帶著趙奶奶執意要走。最後趙大山沒辦法，叫大川駕車把老倆口送回去。

老倆口要走，趙康兄弟倆想賴一會兒也不行，老頭子非說家裡地長草了，叫他們回。於是一群人又鬧哄哄地回了趙莊。

黃豆感覺這一天過的，真是暗無天日。

晚上躺在床上，黃豆把身子拉直，才感覺到自己終於是緩過來了。

看著在一邊看書的大山，黃豆用胳膊肘搗了搗他。「大山，讓大川和娘跟我們一起去東央郡吧。」

「怎麼了？怎麼想起這茬？」趙大山翻了一頁書，頭都沒轉。

「第一，東央郡的發展可期。第二，敬哥兒以後可以進厚德書院。第三，離你叔叔和嬸嬸們遠點兒。」

趙大山聽完，不由得笑出聲。「第三個最關鍵吧？」

「也算是吧。」黃豆翻了個身，打了個哈欠，懶洋洋地說道。「沒辦法啊，這種親戚斷又斷不掉，是你的叔嬸，又是航哥兒的親爺奶。」

「嗯，我明天和大川說，然後再問問娘。」趙大山伸出手拍了拍黃豆的肩頭。「今天晚上是不是好點了？」

「嗯，晚上吃了藥沒吐，好多了。」

「那是不是說，現在適應了呢？不吐就好。妳晚上要喝水了叫我。睡吧，我再看會兒書。」

「嗯。」黃豆又翻了一個身，面向裡，一會兒就睡著了。

趙大山目光灼灼，視線從書上移到已經睡著的黃豆身上。他發覺這一段時間，黃豆好像瘦了，身上白色的中衣看著都寬大了一些。趙大山把手輕輕放在黃豆的肩頭。

黃豆微微動了一下，又安靜地睡著了。

三月的天氣，早晨還微有涼意。

吃了早飯，趙大娘去了菜地，趙大山兄弟倆去田裡看看，黃豆和黃小雨則領著兩個孩子去黃德磊家擠羊奶，準備拎一桶回來給孩子們做點心。

小村此刻已經喧鬧起來，雞飛狗跳，大人們扛著鋤頭下地，孩子們在門口跑來跑去，歡呼雀躍著。

敬哥兒有一群玩得不錯的同伴，連帶著，現在航哥兒也跟他們混得很熟。看見他們倆出來，一個黑瘦的小男孩喊道：「敬哥兒，來玩！」

「不要，我要去擠羊奶，做點心吃！」敬哥兒拉著黃小雨的手，昂首得意地說道。

聽說是去擠羊奶、做點心，旁邊幾個孩子們都羨慕地跑了過去。

一個拖著鼻涕的小男孩，差不多七、八歲，伸出袖子，在鼻子間狠狠一抹，大聲問道：「做了點心能給我嚐嚐嗎？我可以給你抓泥鰍！」

敬哥兒還在猶豫，航哥兒就急了，搖著黃豆的手。「三嬤，給他嚐嚐吧，他抓泥鰍可厲害了！」

拖著鼻涕的小男孩立刻興奮起來，覺得自己確實很厲害，挺起瘦弱的小胸脯看著黃豆。

黃豆摸了摸航哥兒的小腦袋，微笑著說：「做好了會給你和敬哥兒各三塊點心，你們有權利決定自己吃還是和朋友們分享。」

航哥兒和敬哥兒懵懂地點頭，牽著手蹦蹦跳跳地往平安哥哥家跑。

讓他們作主，他們就要好好想想，是給還是不給？或者怎麼給？

身後的孩子們全羨慕地看著小兄弟倆。真好，自己要是他們家的小孩就好了，每天都有點心吃、有鞋穿！

黃德磊一早就把羊奶擠好了，家裡留一桶，給黃豆一桶，還有一桶等會兒張小虎會來拎。

大家好像都習慣了早上給孩子喝羊奶、吃雞蛋的做飯，孩子們喝不完的就大人喝，或者做點小點心。不過，做點心的很少，一般人家都覺得沒那個細功夫。

「三嫂，我們先回去了，我把奶煮了，天氣不熱也不能久放。」黃豆見羊奶擠好，忙提了羊奶去拉航哥兒的手。

看小姑子要回去，吳月娘也不攔著，笑吟吟地把他們往門口送。「敬哥兒、航哥兒要不就留下和平安他們玩吧？」

兩個孩子眼巴巴地看著自己的娘和三伯娘，他們可喜歡和平安哥哥玩了！有時候二姨父還會把仔仔哥哥帶過來，那樣就更熱鬧了。

「行吧，你們在這裡玩一會兒，要聽舅媽的話，不要太鬧騰、不要亂跑，知道嗎？」黃豆放下羊奶桶，蹲下身子給航哥兒和敬哥兒都理了理衣服，小聲地囑咐兩個孩子。看他們都點頭了，才放心地站起身。

黃小雨也摸了摸敬哥兒的頭，小聲叮囑了幾句。

也是兩個孩子都聽話，這也是她們放心把孩子留在這裡的原因。

路上，黃豆問黃小雨。「小雨，妳想過搬去東央郡嗎？」

黃小雨詫異地看向黃豆。「怎麼了，嫂子？去東央郡幹麼？」

「那邊比這裡繁華，不管是做生意還是隨便弄塊地種菜賣，都能掙到錢。」

黃小雨認真地想了想後，搖頭道：「沒想過，在這裡也挺好的，吃得飽、穿得暖，還靠我爹娘近。」

「那妳不覺得趙莊那邊很煩嗎？」黃豆問道。

「唉……煩啊！」黃小雨嘆息道：「可是那有什麼辦法？畢竟是大川的爺奶叔嬸，我能怎麼辦？」

「去東央郡，敬哥兒也可以進厚德書院，說不定能考個秀才呢！」黃豆繼續說道。

提到敬哥兒以後讀書，黃小雨認真起來，仔細想了想。「南山鎮也有私塾，雖然沒有東央郡的好，可也要看敬哥兒是不是讀書的料不是？」

黃豆原以為黃小雨會滿口答應，畢竟東央郡日後做為帝都，繁華是肯定的，一般人都會心生嚮往，她沒想到黃小雨竟然不想去。一時間，黃豆竟然無話可說了。

進了家門，熬羊奶、做點心，妯娌倆在灶房忙碌了一上午。

等趙大山兄弟倆踏進院子，已經是滿院飄香。

敬哥兒和航哥兒正在院子裡奔跑嬉鬧，趙大娘則坐在院子裡挑揀著要種的菜種。

「地裡的麥子怎麼樣？」趙大娘看見兄弟倆進門，不由得問了一句。只要趙大川去一次地裡，趙大娘就會習慣性地問一次，好像問一次，離豐收就近一點。

「挺好的，去年麥子種得厚實，現在看上去，一地都是綠油油的麥穗。要是沒有大的風雨，今年必定大豐收。」

「吃飯了！」黃豆從灶房伸出頭來。「敬哥兒帶弟弟去洗手。」

敬哥兒立刻小大人一樣，拉著與他同歲、只比他小一個月的航哥兒一起洗手，準備吃飯。

趙大山一時恍惚，這樣的田園生活，不正是他一直追求的嗎？

沒兩天，黃寶貴和小蓮帶著孩子準備去東央郡，來詢問黃德磊他們要不要一起走。

黃德磊來找趙大山，商議著他們現在就過去，還是等一等，或者是另外有什麼別的打算。

碼頭的事情很繁瑣，要擴建。黃豆還想著，把南山鎮碼頭和黃港這邊連起來，沿著河道做一條寬闊的、可以並行三輛大車的路。這樣，兩個碼頭之間就可以停船，一些漁船還可以在這裡停靠休息。要做路就要花錢，是自掏腰包還是集資，或者是找襄陽府的府衙要錢？

這件事，黃德磊和趙大山還有張小虎一起，拉上黃德光都反覆討論過，最後決定，先去襄陽府要一部分，能要多少都拿著，然後找南山鎮的富戶籌錢，再不夠，就自掏腰包補上。

黃德磊和張小虎紛紛表示，他們可以先拿一部分出來，但黃豆覺得沒必要，當然得先看襄陽府那邊的說法。

幾人還沒討論完，黃老三走了進來，聽了一耳朵後，笑著說：「這事沒你們想的那麼複雜，可以讓南山鎮派民工，等秋後開始修路就行，你們要出的錢就是民工的伙食和工具。」

「石頭不要錢嗎？民工不要錢嗎？」黃豆奇怪地問道。

「石頭是山上的，山上有就可以採，這個要什麼錢？民工是鎮上攤派的，提供伙食就行，也不要錢。」黃老三奇怪地看向黃豆，他覺得她提的這個問題才奇怪。

「那就是說，我們只要準備糧食、工具及運石頭的車輛就行了？」黃豆覺得有點明白了，又不是很明白。

「就這些也要不少錢呢！你們是為南山鎮建路，又不是為你們自己家建路，這些其實都不應該讓你們花錢的。只要去襄陽府找府衙就行，他們如果不同意，你們再提出由你們出錢，南山鎮這邊出力，那麼肯定就沒問題了。」黃老三細細說道。

「對！」張小虎一拍大腿。「這是政績，一分錢不花就做了一條路，這條路也不長，不過三、四里地，要不了多少錢。」

好吧，黃豆承認，是她把問題想複雜了。

有了民眾，免費的勞力是不缺的。

糧食和工具，這件事要提前辦起來，黃豆想趁著農閒時開始先做著，不想等到秋後。這個時候地裡有活，也不需要全家出動。而且春天很多人家都打了饑荒，開始靠挖野菜度日，做民工反而是一個不錯的選擇，有糧食可以飽腹。

「你們先去東央郡吧，那邊也不能一直沒人管。我和豆豆就留下來，碼頭需要人管著，還要修路，家家要建房子、開鋪子，這些都要人來管理。」趙大山先黃豆一步開了口。

黃豆點點頭，她也是這麼想的。

「那行，我和老叔就先去東央郡，還有外面幾個商行也要去看看。我先都去跑一圈，到時候沒事了再回來。」

黃德磊先開了口，而黃寶貴只是點點頭。他越來越覺得，自己離豆豆他們更遠了。可能這就是他要為自己衝動的行為所付出的代價，人總要因為自己做錯的事情，或多或少地受到懲罰。

「我都想把店開回來了，這次回來，爹娘抱著虎仔和小海洋就捨不得撒手。爹娘頭髮都白了，想想挺難受的。讓他們跟去東央郡他們也不願意，回來嘛，起碼一家子在一起，也挺好的。」張小虎說著，摸了摸自己已經胖出來的肚子。

「神仙醉火鍋不是到處開分店嗎？你怎麼沒考慮把分店開到南山鎮來？雖然南山是個小鎮，我覺得實力還是夠的。」黃德磊覺得可行，東央郡那邊有掌櫃，過一段時間去看看就行，不需要一直盯著。

「開在南山鎮，這我有想過，襄陽府那邊的店生意就不錯，南山鎮也能開。可是單單開火鍋不行，得把醉仙樓的招牌菜也給弄進去。」張小虎遲疑地說道。

「想法不錯。碼頭不是要重新修建嗎？當初二妹出嫁的時候，爺爺不是分了塊地給她？可以蓋成酒樓。你要是嫌五畝不夠大，讓豆豆和大妹的都租給你，你給她們分利就行。」黃德磊覺得這個計劃不錯，又不用租房子，一年房租下來也能省不少錢。

「分利可以，不過我們要談談幾分利，少了我可不給你蓋房子，留著它荒就是了，反正我不缺錢。」黃豆開玩笑道。

「妳要多少給妳多少，關鍵是，建那麼大有必要嗎？」張小虎覺得有點疑惑。

「有。」黃豆正色道：「集吃飯和住宿一體的酒樓，還要可以停大車，就怕二十畝都小了。」

「妳心太大了，二十畝還小，要多大？這是南山鎮，不是東央郡。」趙大山忍不住插了一句。

黃豆恍然大悟道：「也對，那就吃飯、住宿、澡堂子都有。」

「為什麼還要開澡堂子？」張小虎覺得這個話題已經越跑越偏了。

「那些大船一上岸，船工是不是就想吃飯、洗澡、睡覺？你都給服務到位了，有錢的人自然不在乎錢。在酒樓裡吃多少錢的飯，可以免澡堂子的錢，住宿的話就免費洗澡。反正就是不出這門，錢都給你賺了。」黃豆越想越覺得可行。

看看認真的黃豆、贊同的黃德磊，張小虎拍板道：「行！我們合作，索性做大點！」

「合作沒必要，土地可以給你。不過我的不是五畝地，是二十五畝。當初爺爺另外給了我二十畝地，是單獨給我的。」黃豆淡淡地說道。

別說黃寶貴不知道，就是黃德磊也是第一次聽說，都驚奇地看向黃豆。

「妳是說，隔壁那一片地是爺爺買了單獨給妳的？」黃德磊看看沈默不語的老叔，先開了口。「我們還一直想著，那片地是誰家的，買了怎麼沒用。」

黃寶貴暗暗捏了捏拳頭，原來爹一直是喜歡黃豆的，單獨給了她二十畝地也是間接承認她對黃家的功勞吧？只是怕人多口雜，患寡不患均，才偷偷摸摸買、偷偷摸摸給吧？是自己狹隘了，不如爹看得長遠清明啊！

第六十九章　有妳陪著哪都好

「豆豆，我們也不去東央郡了吧，在這裡種種地也挺好的。」晚上，睡覺的時候，趙大山突然對黃豆說出了這句話。

看著趙大山認真的模樣，黃豆微微一笑，點了點頭。「好。我們去山莊住好不好？那些果樹也活了不少，還要養雞、養豬、養羊和牛。這邊的房子租出去，讓別人開鋪子，如果大川想開鋪子也可以讓大川開。」黃豆想了想，還有什麼遺漏的？

「房子租不租無所謂，現在也不差那點錢。就是航哥兒怎麼辦？不是說等他大了去厚德書院的嗎？」趙大山有點猶豫地問黃豆。

黃豆拿了剪子，認真地剪燈花，明滅的燈光映照在她的臉上，顯得格外寧靜。「他還小，先在鎮上啟蒙，如果他真是讀書的料，等七、八歲可以送去東央郡。反正三哥和老叔他們都在那裡，小八也在厚德書院讀書。如果他對讀書沒興趣，我們可以培養他經商，或者做點別的都行，也不是就讀書一條路。」

趙大山本還擔心黃豆會執著，沒想到聽了她這一番話才發現她現在越來越看得開了。

「那就這麼定了。沒想到前幾天還想著把娘和大川一家帶去東央郡發展，結果今天又變成了留在黃港這裡。如果不是大川說不想去東央郡，就想留在這裡，可以照顧娘，還有岳父母，我也沒這些想法。當時他說了，我就心一動，覺得這也是我想要的，為什麼現在卻出現了那麼大的偏差？」說到這裡，趙大山不由得有點感慨萬千。多少人為了離開這片窮困的土地而努力，而他們明明有機會卻選擇回來。「豆豆，留下來，妳就準備種種果樹、養養雞，沒有別的想法嗎？」看著燈光下的黃豆，趙大山覺得今晚的她格外的迷人。

「有。」黃豆認真說道：「我想把麥子和稻穀的產量試試再提高。這麼多年來，我一直執著於掙錢，反而忽略了根本。只有多出糧食，才能有更多的人吃飽。黃港碼頭的擴大和開通，只能帶動一小部分的人富裕，如果能提高糧食產量，那麼就能解決很多人的溫飽。我相信，我不是老天派來湊人數的，應該也算是有用的。如果我能讓糧食高產，哪怕一畝地多一百斤，都算是對那些窮苦老百姓的一點貢獻不是？」

看著燈光下侃侃而談的黃豆，趙大山覺得既熟悉又陌生。一個女子，懷揣著這樣的夢想，算不算很偉大？而她從來不是那種拘泥於鍋灶間的女子，給她多大的地方，她就能發出多大的光芒。

「妳不是已經把稻穀和麥子都提高了產量嗎？很多人都誇妳是活菩薩，說妳救了他們的命。黃家的稻種、麥種，那是比金子都珍貴的東西，每年有多少人想得到哪怕幾斤的黃家種子，這不是妳做到的嗎？」提到這個，趙大山不禁由衷讚嘆。黃豆先出了插秧法，使得稻穀高產，然後又從外地取得麥種，和當地的一起播種，產量竟然確實提高了。大概用了三年時間，現在產量大致穩定在畝產四百多斤。趙大山看著黃豆，忍不住問道：「水稻和麥子都提高了，妳還想提高什麼？」

「你不知道，在我的世界裡，稻穀畝產都是一千五百斤以上了，麥子畝產也能達到千斤左右，五百斤真的不是我的夢想，但現在，基本上是連五百都達不到。我要的是，即使不能上千斤，每年進步一點，一年哪怕多個十斤二十斤的，只要穩定，都是進步。」

看著眼前的燈光，黃豆彷彿又回到那個世界。她住的地方沒有饑荒，男女平等，人可以在天上飛，橫跨海洋、高山。那是她回不去的夢，回不去沒關係，她要為自己打造一方樂土，也不枉重新活一場。

看著恍惚的黃豆，趙大山不由得屏住呼吸。這是黃豆第二次提起以前的世界，第一次是她小產的時候，她為了失去的孩子而傷心，他一度以為她是胡言亂語。原來不是，真的有那麼一個世界，比現在的世界更值得她嚮往。那邊有她的親人吧？比現在更好吧？那麼，那邊有沒有人等著她？有沒有兒女？如果她可以回去，她會不會毫不猶豫地回去？想到這裡，趙大山心一緊，覺得就好像被人用手攥住心臟一樣，讓他疼得喘不過氣來。

「豆豆，不管以前有多好，忘記好嗎？妳現在有我，妳想做什麼我們就做什麼。我保證，一定聽妳的！我們去把稻穀、小麥、苞米、豆子都試試。」

黃豆只覺得自己被擁入一個寬大的懷抱，他緊緊地抱著她，怕失去她一樣，抱得緊緊的，不敢鬆手。「你是不是傻啊？」黃豆笑著想掙脫開他的懷抱，可惜沒能如願，索性依偎著，輕聲問道：「你在害怕嗎？」

「嗯。」趙大山把下巴抵在黃豆的頭頂，看向窗外的月色映在窗櫺上。「我害怕，怕妳有一天突然厭倦了，離開這裡，回到妳那個世界去。」

「回不去了。」黃豆想想，深深嘆息一聲。「如果能回去就好了……」感覺到自己腰間的雙臂忽然收緊，她連忙繼續說道：「如果能回去，我一定帶你回去看看。那真是一個奇妙的世界，有你想像不到的東西和神奇。」

「我不想去，不想知道，覺得現在已經很好了。有妳，娘的身體好，大川娶妻生子，小雨嫁人後過得也好，這些是以前我想都不敢想的事情。那時候，爹剛死，我覺得活著都很難，為了不被餓死、凍死，我和娘拚命工作，拚命掙錢，可是，我們還是餓，還是冷，還是沒房子住。現在，好像什麼都不用努力就很自然地到了手裡。有時候，我都感覺是不是活得不真實，忍不住要去掐一把自己的大腿，等感覺疼了，心才能安定下來，原來這是真的。」

趙大山緊緊抱著黃豆，在心裡感激道：因為遇見妳，才會有這麼多美好而幸福的日子。

黃豆聽得又心疼、又好笑，真是個傻子！「大山，我們還會更好，你相信嗎？」

「相信，有妳陪著我，我們一定會更好。」這是真的，趙大山相信，未來有黃豆陪著會更好。

進入五月，陽光越發溫暖，到處都是濃鬱的綠，空氣中都帶著清爽清涼的氣息。

黃豆帶著航哥兒在後山餵小羊，這是航哥兒最喜歡的事情之一。

他喜歡看小羊伸出舌頭，從他小手中把青草捲走，表情又激動、又害怕。第一次看黃豆餵羊，他差點嚇哭了，拚命拉著黃豆的手，怕她被小羊咬了手。慢慢地，他也敢伸手抓著草，隔著欄杆餵小羊了。

「三媽，小羊吃飽了嗎？」

一旁的黃豆，正把割來的青草往木欄裡的石槽放。「還沒有，你再多餵牠一點，牠吃得多，才能長得快。」

聽到黃豆說還沒有，航哥兒興致勃勃地又抓了一把草，從木製欄杆的空隙遞了進去。

這是莊園的後山坡，砌了羊圈，用圍欄圈了起來。

羊圈的對面是個用竹子圈起來的、大棚一樣的長棚子，上面蓋著稻草，是養雞的地方。今年，黃豆他們養了兩百多隻雞、二十頭羊、三頭大牛、兩頭小仔牛。

航哥兒最喜歡的事情之二，就是每天來撿雞蛋。在草棚裡，有一窩一窩的雞蛋，拎個小竹籃，很快就能撿滿一籃子。

有時候，幾隻不聽話的雞，也會在別的地方生蛋，黃豆會和航哥兒滿山遍野去找，找到了就記住位置，下次來一定還有。

航哥兒的籃子是趙大山特意為他編織的，口小肚子大，是個把雞蛋放進去就不會摔出來的籃子，很適合航哥兒的身高、年齡，一次能裝五、六個，裝滿了送到一邊的大竹籃裡。

一趟一趟地，航哥兒樂此不疲，他喜歡幫三伯、三媽做事，他這麼能幹，三伯和三媽一定喜歡他，就不會送他回奶奶家了。

趙大山今天去了東央郡，說要看看有沒有新的農具，他要把後山還沒有開發的地方都開發出來。

黃豆帶著航哥兒餵完小羊，起身準備走的時候，突然眼前一黑，一陣眩暈。如果不是她眼疾手快地一把扶住欄杆，肯定要摔一個跟頭。

站在一旁的航哥兒眨巴著眼睛看著黃豆，他不知道發生了什麼事。

一旁的孫武媳婦卻嚇得臉都白了，連忙上前扶著黃豆。「夫人，您怎麼了？」

黃豆也是有封號的，現在稱呼夫人並不為過。

借著孫武媳婦的力道，黃豆站定一會兒，緩和了一下，才覺得好一點。

「可能是蹲久了，起身太猛，腦供血不足吧。」黃豆說道。

孫武家的不知道什麼叫腦供血不足，黃豆常常會說一句半句奇怪的話，聽不懂她也不多問，只是小心地扶著黃豆。「奴婢先扶您去屋裡歇息一會兒。」

大概是眩暈感還在，黃豆「嗯」了一聲，由著孫武媳婦扶著往回走。

航哥兒這個時候有點知道害怕了，拎著空籃子緊緊跟著。

一邊餵雞的馬文家媳婦連忙跑過來，一把抱起航哥兒，跟著往山莊走。

這帶的山林眾多，卻沒有什麼毒蛇。趙大山又命人在附近種了鳳凰草，這種植物又叫蛇滅門，是從外地特意挖來栽種的。院子裡，還種了鳳仙花、薄荷……這些東西也可以防蛇。

雖然說沒有毒蛇，趙大山還是不放心，隔一段時間就會在屋前屋後撒上雄黃。趙大山發現，順著圍牆邊種了一圈鳳凰草，連蛇蟲鼠蟻都不見了，心才放了下來。

真是難為他了，住在山上，又是只有一棟山莊，確實沒有想像中的那麼美好。

當然，這都是小事。能住這麼大的山莊，雖然生活平淡，卻很溫馨，這是黃豆喜歡的生活，所以甘之如飴。

趙大山是近黃昏時刻到家的，兩輛大車，載得滿滿的貨物。

「今天順便去看了店鋪。」

這是趙大山看見黃豆說的第一句話。

此刻黃豆正坐在屋簷的陽光下，旁邊桌子上放著一壺熱水、兩碟小點心、一碟櫻桃。

櫻桃是孫武媳婦去南山鎮買菜的時候看見的，她知道夫人喜歡水果，價格貴是貴點，也不差錢，就都買了回來。

總共就半籃子，黃豆和航哥兒吃了一碟子，留了一碟子給趙大山，還讓孫武媳婦給敬哥兒送去一碟子，黃小雨則割了把韭菜，讓孫武媳婦帶回來。

黃豆讓孫武媳婦挑揀乾淨後，晚上炒了雞蛋，包韭菜盒子吃。

趙大山洗了手坐了下來，看黃豆在搖椅上悠閒地晃著，忍不住問：「妳不好奇生意怎麼樣嗎？」

「不好奇啊，不是德忠在管嗎？上次他回來時說了，生意不錯。」黃豆把櫻桃往趙大山面前推了推。「我們都吃過了，這是給你留的。」

「妳和航哥兒留著吃吧，我不愛吃這些小玩意兒。沒肉，光忙著吐核了。」趙大山把碟子又往黃豆那邊推推。

航哥兒見趙大山不吃，忙忙地從趙大山的腿往上爬，坐到他的懷裡。「三伯，航哥兒要吃。」

趙大山撚起一粒剛準備遞到他嘴裡，黃豆連忙出聲阻攔。

「不能這樣給他，小心吞下裡面的核。」

說得趙大山一愣，又把櫻桃放了回去，從旁邊拿起個茶盅，撚了幾顆櫻桃放在裡面，遞給航哥兒。「拿去，讓孫媽給你去核再吃。」

航哥兒歡歡喜喜地接過茶盅，捧著去找孫媽了。

「妳是不是不舒服？怎麼一直躺著？」趙大山擦了手，伸手去摸黃豆的額頭。

「沒事，就是今天有點累，太陽曬得舒服，就懶得動了。」

「那讓孫武家的把飯擺在這裡吧。」

趙大山說完，見黃豆點頭，揚聲喊了孫武媳婦一聲，吩咐她把飯菜準備好就送這邊來。

很快地，孫武家的拉著航哥兒，送到這邊坐好。

晚上熬了小米粥、蒸的菜包子，還有一碗油煎豆腐、一碟子醃好的鴨蛋、一碟子鹹菜絲拌芝麻油。

黃豆吃了一小碗小米粥、一個菜包子、一個鴨蛋黃，蛋白給了趙大山。

趙大山也習慣這種不公平的待遇了，伸碗接過來就吃。

「吃飽了沒？吃飽了我們去走走，消消食。」黃豆放下碗，看向趙大山和航哥兒。

「飽了！」航哥兒把最後一口饅頭塞進嘴裡，從小凳子上蹦下來，伸手牽著黃豆的手，轉頭看向趙大山。「三伯，快點！」

趙大山仰頭喝乾淨碗裡的小米粥，扯過帕子給航哥兒擦了擦嘴和手，自己又擦了擦，才把帕子放好，牽起航哥兒的另一隻手，一起出去逛逛。

此刻，太陽已經落到了半空中。

「趙大山，我有件事情要和你說。」

三個人走到後面羊圈繞了一圈，準備往回走時，黃豆突然停了步子，微微側頭看向趙大山。

趙大山正在一邊整理羊圈上的柵欄，看看有沒有鬆動。聞言，抬頭看向黃豆。「怎麼了？」黃豆一般是有重大的事情才會喊他「趙大山」，平常都是「大山」，討好他的時候就是「大山哥」。

「今天孫武家的給我請了大夫。」黃豆說道。

「請大夫幹麼？妳怎麼了？」趙大山連忙站起身子，手在身上擦了擦，又準備伸手去摸黃豆的頭。

「大夫說我有了。」黃豆滿面緋紅，眼睛閃閃發亮。

趙大山皺眉看向黃豆，有了是什麼意思？他一時沒反應過來。頓了幾秒，他腦子終於運轉開了，一下子跳起來，張手想抱起黃豆，又怕驚了黃豆，於是一把抱起航哥兒轉了一圈，又往上拋扔了起來。「航哥兒，你有小弟弟或小妹妹了！高興不高興啊？」

航哥兒哇哇大叫，又高興、又害怕，最後一把抱著趙大山的脖子，緊緊抱著，不敢鬆手。

「豆豆！」趙大山滿面通紅，伸手一把摟過黃豆的肩膀。「豆豆……我心裡……高興。」說完，聲音已經哽咽。

黃豆看著高興得不知道怎麼了的趙大山，心裡也是又酸又澀，微微有點潤濕了眼眶。「趙大山，我也很高興。我一定要把他平平安安、健健康康地生下來。」

只有夾在兩個人中間的航哥兒並不是很懂，只覺得今天三伯和三媽都摟著自己，分外高興。他現在已經是大孩子了，晚上都是一個人睡覺的。三伯說，他以後要有小弟弟或小妹妹了，那麼他就是哥哥了。小小的航哥兒暗暗發誓，他要多吃飯，長高高，這樣才能保護小弟弟或小妹妹！

因為是剛剛懷孕，才一個多月，趙大山聽孫武媳婦說三個月前不能聲張，就沒去山下告訴自己親娘和丈母娘。
「這個孩子大概什麼時候生啊？」趙大山摸了摸黃豆平坦的小腹問。
「我算過了，要上元以後，大概正月二十二左右。」黃豆斜倚在被子上，手裡拿著一件航哥兒的小肚兜比劃來、比劃去。剛出生的嬰兒她見過不少，但到底要做多大的衣服，她心裡沒底，最後索性放了下來。先等等再說吧，到時候娘和婆婆肯定會準備的，她再照樣子準備一、兩件就好。「等月份大了，去把敬哥兒和小海洋小時候的衣服要來洗洗收起來，等我們的孩子生了就可以穿。」黃豆推了推盯著她肚子發呆的趙大山一把。「看什麼你？他現在還看不出來呢。」
「不穿他們舊的，我們家都買新的穿。」趙大山也靠著被子歇躺下來，深深地、滿足地嘆了一口氣。
黃豆側了身子挪了挪，把位置讓出來一點，又被他伸手一把攬了回去。
「別動，妳躺好就行，別管我。」
「聽娘她們說，小孩子要穿別的健康又乖的小孩子的舊衣服，以後就會健康好帶。」黃豆由著他攬著自己，找了個舒服的姿勢窩在他懷裡。「趙大山，你喜歡男孩還是女孩？」
「男孩女孩都喜歡。」趙大山毫不猶豫地答道。
「相對而言呢？」
「沒有相對，就是都喜歡。只要是我們的孩子，男孩還是女孩都一樣。」趙大山側了側身子，讓黃豆躺得更舒服些。

「我也是，但我更喜歡小閨女，都說閨女是貼心的小棉襖，所以我更想要個閨女。不過娘她們肯定希望生個男孩子，可以繼承家業。」黃豆說道。

趙大山想拍拍黃豆的肩膀，又猶猶豫豫地輕放了下來。「那就先生個閨女，再生兒子。」

「哈哈，好啊！」黃豆笑著翻了個身，把整個身體都窩進趙大山的懷裡。「我們生很多很多孩子，男孩、女孩，哥哥、姊姊、弟弟、妹妹都要！」

第七十章　七月半回去過節

七月半，鬼節，照例要去趙莊看爺爺、奶奶，去給祖先上墳。

趙大山的意思，黃豆就不用去了。雖然已經三個月了，他還是不放心，總怕黃豆磕著碰著，不管黃豆去哪裡，他必定要跟著，每天早晚的散步，趙大山更是寸步不離。

可是黃豆想去，她覺得她現在害喜好多了，基本上都正常了。她想把航哥兒帶去給趙大鵬看看，讓趙大鵬知道他現在很好；她還想帶著航哥兒去看看他娘，聽說她八月份就要出嫁了。

這次航哥兒的親娘，找的也是個二婚。媳婦生孩子的時候難產，一屍兩命。男方家境不好，窮是窮了點，但是人老實。航哥兒的外公、外婆尋摸了好幾家，才定下這一家的。

一輛大車，載著黃豆和趙大娘，再加兩個孩子。趙大山趕車，趙大川騎馬。

黃小雨的月份大了，趙大娘囑咐她中午回娘家吃飯去，不用跟著回趙莊。也是不放心，他們這一門就兄弟倆，大山又一直沒孩子，就指望著大川多生幾個孩子了。

大川騎的馬是聖上賜給趙大山的，因為不準備去東央郡了，趙大山就讓孫武去把馬和些東西帶了回來。東央郡那邊的宅子則讓馬文夫妻看著，幾處的商鋪也由馬文帶著大春他們幾個小的負責。

今天原本是趙大川趕車的，到了山莊，趙大山和弟弟換了位置。他不放心趙大川趕車，又不好說，只說他趕車，讓趙大川騎馬。

這個趙大川是願意的，他有時候去灘地那邊也會騎趙大山的馬跑一圈。雖然他也想買匹馬，可他的身分不配，只能算了。現在趙大山的山莊裡，已經有三匹馬了，都是聖上送來的，碰見好的，他就想著送趙大山一匹。

「大哥，我們要不要再買點灘地？我想著是不是再擴大一下，又怕太多了。」趙大川騎在馬上，扭頭問趙大山。

「想買就買，糧食不怕多，就是太辛苦了，你吃得了苦就行。」趙大山小心翼翼地趕著馬車，頭都不抬一下。

趙大川爽朗一笑。「這有什麼苦的？和以前比，這就是享福的生活！」

「是啊，我作夢也想不到我們家現在能過得這麼好。那時候你們爹剛走，你們叔叔及嬸子逼我們分家，娘真怕養不活你們兄妹三個。」趙大娘忍不住也插了一句。

以前說起過去，她就是落淚，現在好了，提起也是輕描淡寫。如今這麼好的生活，只能怨老頭子沒福氣享受，她是不哭了。

「以後只會越來越好。」黃豆安慰地拍了拍婆婆的手。

這輛騾車是趙大川家那輛拖糧食的敞篷車，沒有車廂，太陽再高點就有點嫌棄曬人了。幸虧今日天氣不熱，沒出太陽，陰沈沈的，就是不知道會不會下雨。

「大山，我們去上完墳就回家吧，別在你爺奶那邊吃飯了。這天看著不太好，要是下雨了，回來也麻煩。」趙大娘看看天氣說道。

「好，那就早去早回。跟我爺奶說一聲，回頭你們就去山莊吃飯，吃完了再回去。」趙大山並沒有因為天氣不好而急著趕路，還是不緊不慢地趕著車。

「大山，你快點，別真的沒趕回來就下雨了。」趙大娘伸手拍了拍趙大山的肩頭。這孩子今天太奇怪了，趕個車都這麼慢。

「不急，娘，看這天，有雨也要到下午去了。」趙大山說著，把車往一邊趕趕，避開了一個土疙瘩。

看兒子這麼不緊不慢的樣子，趙大娘也不催了。他不急，她更不急，索性和兩個孩子在車上說起話來，指給他們看蜻蜓、看蝴蝶。

眼看趙莊遙遙在望，航哥兒收回目光，抿了抿唇看向黃豆。「三媽，我們給爹上完墳，就回去嗎？」

「嗯，是的。你想在這邊吃完飯再回去嗎？」黃豆摸了摸他的小腦袋問。

「不！我要早點回去，小羊該餓了。」說著，往黃豆身邊挪挪，伸手環住黃豆的胳膊。

「三媽，妳不要把我給奶奶……」小眼神裡滿是緊張、害怕、擔心、企盼等情緒。

黃豆不禁有點心疼地把他往懷裡攬了攬。「我們家又不在這裡，你留下來睡哪兒啊？還有，你不回去，小羊誰餵啊？雞蛋誰撿啊？」

「嗯，我要回去餵小羊、撿雞蛋呢！我和太爺爺、太奶奶說，等以後有多多的雞蛋，再送來給他們吃！」航哥兒看著車廂裡的一籃子雞蛋說道。

趙二嬸早早就等在門口，看見趙大山的車遠遠駛來，連忙跑上前，就要去抱航哥兒。

「奶奶的乖孫哎，可想死奶奶了！」

誰知道航哥兒身子一擰，轉向趙大山說：「三伯，抱我。」

趙大山答應一聲，轉身把航哥兒抱了下來，又等著黃豆她們都下來後，才把車趕到一邊卸了，騾子拴在一旁的樹底下。

「航哥兒，你別跑啊，讓奶奶抱抱！」趙二嬸連忙追著航哥兒跑。

航哥兒拉著敬哥兒，一直跑到太爺爺的屋才停了下來。

「太爺爺、太奶奶，我大奶奶給你們帶肉、帶魚、帶滿滿一籃子雞蛋來了！」航哥兒喊道。

「還有還有！還有糖，還有好吃的點心！」敬哥兒也喊道。

「好好好！」趙爺爺拄著枴杖走了出來。老婆子在屋裡躺著，這幾天有點受了涼，不大好，剛吃了藥。

趙大娘拎著一籃子雞蛋，黃豆拎著的魚、肉、菜被趙二嬸眼疾手快地接了去，一起走在後面。

等趙三嬸急急忙忙從茅廁裡出來時，趙大山和趙大川都進了趙爺爺的屋裡了。看了趙奶奶，和奶奶說了幾句話後，趙大山順手在枕頭邊塞了個十兩的銀錠子，就和趙大川退了出來。趙爺爺和趙奶奶現在有趙大山補貼，手裡不缺錢，可每次來，趙大山還是習慣塞點錢。人老了，心裡有錢就不慌張了。

說好了先上山，不在這裡吃飯。老人也怕天不好下雨，就答應了。

今年是趙二叔、趙三叔領著趙大山兄弟幾個一起上山的，趙爺爺就不去了，他腿腳不好。

因為趙大娘要去，黃豆跟著也沒什麼不妥當。

一群人一起往山上走，剛走到山腳下，就看見航哥兒的娘站在一棵柳樹下等著。大家都沒想到她會來，不由得愣了愣。

趙大娘連忙走過去。「妳來了怎麼沒回家去？這裡這麼熱。」

「大伯娘，不熱，我剛來一會兒，就是過節了來看看大鵬，再看看孩子。」航哥兒的娘一邊說話，一邊眼巴巴地看向航哥兒。

她知道航哥兒被趙大山領回去了，她去南山鎮繞過幾次山莊的門口。不敢出現，都是躲著遠遠地瞧一眼。她沒看見航哥兒，卻看見山莊裡高大氣派的房屋、一人多高的圍牆。有一次，她還聽見航哥兒和黃豆一邊走、一邊唱歌的聲音。聽見聲音，她嚇得趴在草叢裡，半天都不敢抬頭。她怕黃豆看見她會不高興，也怕航哥兒看見她會哭著要跟她走。跟著她有什麼好？吃不飽也穿不暖。在他三伯家，吃得好、穿得暖，多好……

她還有一個月就要出嫁了，等嫁人後就不能再來給趙大鵬上墳了。這一次，她還是瞞著爹娘偷偷跑出來的，因為她實在是想航哥兒想得心都疼。

今天航哥兒穿著一身棉布短褂短褲，頭上紮著小抓髻。皮膚白皙，胖乎乎的小手上都養出漩渦來了。這哪裡還是當初又黑又瘦的孩子？分明是大戶人家的小公子。

航哥兒的娘又是高興、又是心酸，眼淚止也止不住。都是自己無能，如果自己有三嫂一半的本事，她就能自己帶著孩子過，不用被航哥兒的奶奶趕回娘家去了。

「航哥兒，去，叫娘，那是你娘。」黃豆輕輕推了一把航哥兒。

航哥兒不但沒去，反而越發抱緊了黃豆的腿。他不記得他娘了，爹死了一年多，娘早就被奶奶趕回外婆家，很少回來。這麼久，足夠一個四歲的孩子忘記當初娘的懷抱了。

黃豆蹲下身，摸了摸航哥兒的頭，低聲說：「這是你娘，她生養你，就像小羊羔媽媽照顧小羊羔一樣。你不記得了嗎？」

一句話，把航哥兒他娘的眼淚說了下來，她哽咽著要往下跪。「我對不起孩子！謝謝大娘、謝謝三嫂，妳們把航哥兒照顧得這麼好……」

「說什麼呢？」趙大娘連忙把她拖起來。可不能由著她跪，這來來去去的，不好看。男人們不好過來，都往山上去了。

趙大山仍站在遠處的一片樹蔭下等著，他不放心黃豆一個人上山。

無論黃豆怎麼說，航哥兒就是不過去，黃豆也沒辦法。這個孩子很敏感，黃豆也怕說多了，他會以為他們不要他了。

「妹妹，我們先上山吧，一會兒天要是下雨了也麻煩。」黃豆不好喊她八弟妹了，就喊了一聲妹妹。

趙大娘也連忙扶著她往山上走，邊走邊安慰她。

黃豆暗暗觀察，航哥兒的娘黑了也瘦了，以前豐腴的身材變得纖細了很多。在娘家，即使爹娘心疼，還有哥嫂在，總不能那麼如意。希望她再嫁的人家能是個好的，對她好。回頭得問問趙大山，她要嫁的男人是做什麼的？要不幫他尋點事情做做，家裡日子好過了，也就不會那麼辛苦。

三個人邊走邊說，帶著兩個孩子，到了山上，趙大川他們已經燒紙磕頭了。

黃豆先去給趙大山他爹燒了紙錢，孕婦不能給先人磕頭，所以她就在旁邊站了站，又拉著航哥兒去趙大鵬的墳前站了站，讓航哥兒給他爹磕了三個頭。

趙大娘狐疑地看向黃豆，平時這個兒媳婦沒有這麼矜持高貴的樣子啊，今天是怎麼了？難道有了錢、有了權，連在自己公爹墳前磕個頭都不願意了？

看著趙大娘的目光，趙大山就知道娘誤會了，連忙小聲地在趙大娘耳邊嘀咕了幾句。

趙大山話音剛落，趙大娘就睜大眼睛，直拍趙大山的胳膊。「大山，你說的是真的？真的？」

「真的。」趙大山肯定地點點頭。

趙大娘激動得難掩自己的情緒，連忙又蹲在趙勤墳前給他燒紙，邊燒邊唸叨，讓他保佑黃豆平平安安，健健康康地給趙家生個大胖孫子。

本來在一邊什麼都不知道的趙大川聽他娘這麼一嘀咕，也知道是黃豆懷孕了，自己大哥有孩子了！他很替大哥高興，雖然讓他把孩子給大哥他也不是不願意，但是大哥有自己親生的孩子當然是最好的了。

趙大山和趙大川被趙大娘拉著，硬是給他們爹多磕了幾個頭，這才放手。

在山上，又當著趙莊人的面，趙大娘的情緒壓了又壓，才沒有當眾嚷嚷開，只時不時左一眼、右一眼地看著黃豆，生怕她一個不小心摔了、磕了、碰了。

航哥兒的娘很平靜地給趙大鵬燒了紙，眼淚都沒流一滴，大概是該流的早就流完了吧。

「三嫂，航哥兒要是不聽話，妳就打他，不要捨不得下手。孩子不打不成器，沒事的。」航哥兒的娘嘴上這麼說，心裡卻是捨不得，但還是強忍著把該說的話說了出來。

「航哥兒很好，不用打，他很乖、很聽話也很聰明。妳不用擔心，沒事的，我一定當成我自己的親生孩子一樣照顧他。妳放心，他真做錯了，我還是會打的。對不對，航哥兒？」

黃豆拍了拍航哥兒的小腦袋，他還是不肯和他娘親近。

「多謝三嫂！我人笨，不會說話，心裡是知道的。」航哥兒的娘看了航哥兒一眼又一眼，兒子對黃豆親近，她是又高興、又心酸。

兩個人燒了紙後，都在趙大鵬墳前站了一會兒，才一起往山下去。

到了山腳，航哥兒的娘躬身向趙大娘和黃豆施禮，準備告辭。

黃豆一把托住她的手，在她手裡塞了個荷包。「這是航哥兒和我一起做的，給妳，留個念想。」

航哥兒的娘捏在手裡，並沒有什麼硬東西，也就放心地收了下來。她拿出隨身挎著的一只布包遞給黃豆，裡面是她抽空納的兩雙鞋、一套夏天的衣褲及一套春秋天的。

黃豆收了下來，看她一個人順著田埂遠去，似乎在低頭抹淚，心裡很酸楚。最終，航哥兒也沒讓她抱一抱，喊她一聲娘，換了誰，心裡都不會好受吧？

「走吧，回去，別看了。」趙大山走過來，抱起航哥兒，和黃豆一起往趙莊走去。

遠遠地，航哥兒的娘轉回頭來看，看見趙大山抱著航哥兒，黃豆走在一邊。綠樹成蔭，遠處的山莊映照著他們的身影，就像一家人一樣。航哥兒的娘「撲通」一聲跪在地上，朝著遠去的身影結結實實地磕了三個響頭，才站起身。

她手裡還握著黃豆和航哥兒一起做的荷包，那裡面是張一百兩的銀票。航哥兒的娘不認識字，卻知道這應該是不少錢，哆嗦著又塞進了荷包。這個錢，她捨不得用，她要留給航哥兒。她不能既讓人幫她養孩子，還給她錢。

八月十六，航哥兒的娘再嫁。

這一天，農家小院並沒有想像中的那麼熱鬧，畢竟雙方都是二婚了，但對方還是有心，借了輛驢車來接航哥兒的娘。

航哥兒的外婆端出三碗糖水荷包蛋，一碗給了新女婿，一碗給了趕車的鄰居大伯，又把另一碗端進屋給穿了一身新衣裳的閨女。吃了這碗糖水荷包蛋，閨女就要走了。

這身新衣裳，還是她嫂子給她做的。閨女回來，趙家給了十兩銀子，閨女給了大哥五兩，給了娘老子二兩，自己留了三兩在身上。航哥兒的大舅媽也不是那刻薄人，拿了小姑子的銀錢，就給她做了身出嫁的衣服，還給她彈了一床新被子，也算盡個心意了。

吃了雞蛋，新女婿和鄰居就要帶著閨女走了。

航哥兒的外婆忙給閨女梳了頭，拉著閨女的手，嘴唇直哆嗦。她不知道該叮囑什麼，該說的、該叮囑的，當初閨女嫁去趙家時都說過也叮囑過了。用力握緊了閨女的手，扶著她往外走，那個憨厚的新女婿正在門口站著。

今天是男人新婚的日子，雖然是二婚，還是講究地穿了一身沒打補丁的衣服。衣服還好，就是褲子有點短，吊在腳脖子上面，明顯不合身，應該是借別人的。

看他拘謹的樣子，航哥兒的娘心裡就軟了幾分，看著也是個老實的。自己終究是二嫁，也不能太挑剔了。

一對新人剛要出門，門外院子的大門就被人敲響了，航哥兒的舅舅走出去一看，不認識。

來人是孫武，進門先一拱手，接著說是替航哥兒給娘送嫁妝來的。

一頭兩年牙口的小青牛、一輛大車上面載著兩個紅木箱子。一個箱子裡是六疋布料、一頂湛清的蚊帳；一個箱子裡是六包點心果子、兩千貫壓箱底的銅錢。另外還有一床綠緞面的被子，正好和娘家嫂子的一床紅棉布面被子配成一對。

這份嫁妝太貴重了，不但貴重，還有心。

航哥兒的娘哆嗦著唇，看著孫武，她見過他，知道他是趙大山家的僕從。她沒想到，趙大山和黃豆還為她準備了嫁妝。這份嫁妝，她受之有愧啊！「這……」

「夫人說，只有妳過得好，航哥兒才能過得更好，長大了才不會怨恨自己沒有照顧親娘，自己錦衣玉食。」孫武一抱拳，把黃豆的話，原原本本地說個清楚。

一滴一滴淚，從她仍然年輕明亮的眼裡滴落出來，摔在泥土地上，然後跟著是第二滴、第三滴……她要過得好，航哥兒才會更好。因為航哥兒過得好，她這做娘的就不能委屈自己，不然就是航哥兒不孝。

「替我多謝三嫂。」航哥兒的娘擦了淚，含淚帶笑。

「夫人還說，這是妳的嫁妝，妳有這麼多嫁妝，再過不好，就不配當航哥兒的娘親。」孫武還是實話實說。

「好。」航哥兒的娘規規矩矩地行了一禮後，從目瞪口呆的新郎官身邊走過，坐上了驢車。

「這……這……」新郎官看看自己的新媳婦，又看看孫武往車上搬箱子。最後一直到孫武把牛繩放在他手裡，他才醒悟過來，脹紅了臉，忙把牛繩遞了回去。「不能收，這個太貴重了！留給孩子吧，我們家地少，不需要。」

「需要的，夫人還在你們那邊買了二十畝地給妹子做嫁妝。」說著，孫武掏出幾張地契，遞給坐在驢車上的航哥兒他娘。「夫人說了，妳以後就是她妹子，路過山莊時，記得去看看她。」

二十畝地、一頭牛，娶個老婆直接成了富戶了！一旁的老伯羨慕地看著新郎官，這是走了啥狗屎運啊？

最後，新郎官暈暈乎乎地把自己的新娘子接回家，一邊走還一邊想：我要怎麼對媳婦好呢？這麼好的媳婦，我張老三是燒了高香才娶回來的啊！

航哥兒的娘捏著手裡的地契，看著新郎官牽著的牛，又看了看驢車上的兩個紅木箱子，滿心感動。

此刻正是金秋時節，稻穀飄香，收穫的時候到了。

第七十一章　張家新媳婦進門

酷熱難擋，懷孕的黃豆越發嬌氣了。

孕婦不能吃冰，冬天儲存在地窖的冰，趙大山都不敢隨便拿出來用，怕她受了寒氣。不用冰，山上也不算熱，因為位置高，綠樹成蔭下，涼風習習。

然而黃豆自懷孕後心火旺盛，輾轉難眠，睡不著了就會各種胡思亂想，甚至還會落淚。第一次見時，把趙大山驚得半天都不敢大聲說話，他很少見黃豆如此嬌氣的，沒想到她會為了早膳做得不合胃口而流淚、會為了早晨花開得不夠多而落淚、會為了睡覺熱而落淚。次數多了，趙大山也摸准了規律，一般都不惹她。她想幹麼、要幹麼，全都依著她。

這一寵，黃豆的脾氣越發的大了。

這天，航哥兒不聽話，竟然把寫大字的紙拿去折小船，把黃豆氣的，折了樹枝要打他，結果航哥兒嚇得哇哇大哭，黃豆氣得直抹眼淚。

唯有趙大山，左右為難。這原本不是什麼大事，換成以前，黃豆可能還會和航哥兒一起折、一起玩呢！只是現在成了孕婦，大概有點自己寵自己的感覺，就嬌氣起來了。

趙大山哄了航哥兒，讓他和孫武媳婦去餵小羊，然後回頭來找黃豆，見她躺在床上發呆，不由得嘆口氣，硬著頭皮上去哄她。

「怎麼了？還生氣嗎？航哥兒還小，只是個孩子，妳和他置什麼氣？」

趙大山話剛說完，黃豆一個翻身，臉朝外，哭得微微有些紅腫的眼睛看著他。「我不是和航哥兒置氣，我是氣我自己。我是不是因為有了自己的孩子，所以就不把航哥兒當一回事了？」

看著昂首看向自己的黃豆，趙大山無奈地在床邊坐下來，拂了下她的頭髮。「亂講，妳不是因為有了自己的孩子，就不把航哥兒當一回事，而是因為有了自己的孩子，太把航哥兒當一回事了。妳怕自己冷落了他，怕自己對他不夠好，怕自己偏心，所以才患得患失了。」

聽趙大山這麼說，黃豆再想想自己自從知道有了身孕到現在，好像確實是這樣。她在害怕。並不是孩子有了就萬事大吉，懷孕的過程、生產的過程、孩子成長的過程，都有可能碰到潛在的危險。養大一個孩子，太不容易了。

從知道黃豆有喜開始，黃三娘和趙大娘這對親家就跟比賽一樣，輪流往山上跑。要多吃、多睡。在她們的想法裡，吃飽睡好、營養充足，才能生出健康的孩子。然而，黃豆卻不聽。她們的想法沒有錯，那是因為她們所生活的大環境就是這樣，條件艱苦，一大家子還在為溫飽忙活，懷孕了多吃一個雞蛋就是特殊待遇了，挺著大肚子還要下地幹活，不到生產的時候都不會休息。所以，當然要吃好、喝好、睡好。

但現在的生活，只要黃豆想吃，趙大山大概連天上的月亮都會想著怎麼摘下來餵到她嘴裡，更別說下地做事了，就連撿雞蛋、餵小羊的事情都不許她做了。
黃豆最大的運動就是每天早晚散步，陪著航哥兒遊戲。
越是懷孕的時間長，黃豆越是注意飲食和休息，每天雷打不動地要走多少路。家裡頭她能做的事情，也儘量自己動手。她可不想因為自己吃得多、養得壯，到時候難產，那就太划不來了。
這孩子對她來說，來得太不容易了，她不但要自己活得好好的，孩子也要活得好好的。
九月份，黃豆又讓孫武給航哥兒他娘送了兩百斤麥種。黃家的稻種和麥種都是搶手貨，有錢也買不到。這兩百斤麥種不算多，只能種三、四畝地，卻已經讓張家全家感恩戴德了。
回來後，孫武細細說了在張家的見聞。
航哥兒的娘再嫁的這家姓張，男人排行第三，上面有兩個哥哥、一個姊姊，下面有一個弟弟、一個妹妹，都已經成家出嫁。
一大家子十幾口人，全住一個大院子裡。
原本張三結婚的房就是東廂房兩間，頭個媳婦死後，張三守了三年才重新找的人，照舊住那兩間。他比航哥兒的娘大兩歲，今年剛剛二十一歲。
張三的爹娘還算正常，不算好也不算壞。張三娶媳婦是二婚，他們也沒指望新媳婦能有多少嫁妝，自家花出去的二兩銀子能帶回來就不錯了。沒想到，新媳婦進門，帶進來的是二十畝良田、一頭壯實的青牛，還有兩千貫壓箱子錢！這是嫁妝，老頭跟老太太不能伸手拿媳婦的嫁妝來養活全家。可帶著這麼多嫁妝嫁過來的媳婦，他們也不知道該怎麼辦是好。

不動媳婦的嫁妝，那田地幫不幫著種？幫忙的話，糧食要不要帶著分？分，那是老三家的嫁妝；不分，另外三個兒子肯定有意見。不幫著種也不行，沒分家，老三兩口子光忙自己的二十畝地去了，但吃還是吃公家的糧食，三個兒子肯定又不願意了。

思來想去，最後老倆口決定分家。

南山鎮因為黃家是娶了新媳婦就分家，日子還越過越好，所以大家也不再這麼拘泥於「父母在，不分家」的想法。

分了家，兒子和兒媳婦做事都有勁；不分家，妳多做了、她少做了，還容易有疙瘩，碰見那種不講理的，飯桌上多挾一塊醃菜都能吵一架。

他想著，分家後，大兒子仍是住老屋，二兒子、三兒子及小兒子都分出去。自己有錢就自己去村裡分的宅基地蓋房，沒錢就在原來的地方繼續住著。

航哥兒他娘嫁過來正好趕上秋收，新媳婦沒兩天就挽起衣袖下了地。

今年，不但張家自己家的地要忙，還有陪嫁的二十畝地，等人家收穫過後就要交給他們種麥子了。

這二十畝地，是黃豆和趙大山知道航哥兒他娘定下的人家是哪家後，才開始尋摸著買的。買地不是那麼容易的事，古代人把地看得比性命還重要。恰好，有個地主，家裡在張家那邊有幾百畝地，趙大山放出要買地的消息後，知道只是買二十畝地，對方主動找上門了。二十畝，對方還是捨得的，能和黃家及趙家搭上關係，這才是最關鍵的。二十畝地買得輕而易舉，只等秋收過後就可以交到張三兩口子手裡了。

張三和媳婦趁著下地回來的空檔，兩口子跑去仔仔細細看了地。跟著去的還有張老漢，他也想看看地在哪兒？怎麼樣？

這二十畝地離張家不算遠，地主既然想搭上趙家，賣給他們的地自然不會是差的。二十畝都是良田，灌溉也方便，是真正的好地。

張老漢看得很滿意，這二十畝地要是自己的多好，四個兒子就可以分分了。可惜，是老三媳婦的嫁妝。聽說，老三媳婦的前面一個男人跟黃港碼頭的那個趙家是堂兄弟，老三媳婦生了個兒子還在他家養著，這情分自然非比尋常。

老婆子眼皮子淺，想著要嘛不分家，用老三家的二十畝地，再加上家裡的幾畝地，養活一大家子多好。好是好，可老三家的肯定不願意，要是鬧起來，大家都不好看。

張老漢從媳婦進門就開始尋思，一直到秋收、秋種結束，都沒尋思好。

家是要分的，但怎麼分，才能讓大家都滿意？

好在四個兒子加上四個媳婦都沒多說，多出來的二十畝地一起幫忙種了。也是家裡有了牛，才忙活得這麼快，這大畜牲別說張家了，就是整個村子也沒一家有牛的。

自從三媳婦進門後，張老漢天天早起，去割最嫩的青草給牛餵飽了才忙活自己。幾個兒子，誰都不許碰，天天都是他看著。捨不得牛放在外面，特意在東廂又搭了一間牛棚，四周遮得嚴嚴實實的，晚上還熏了艾草趕蚊蟲。

用張老婆子的話說，張老漢恨不得跟牛同吃同住才好！

犁地的時候，那叫一個快！這犁也是三媳婦掏錢去鎮上訂的，一天十來畝地下來，輕輕鬆鬆。可張老漢捨不得下死力用牠，都是犁半天地，讓牠歇半天。

牠犁出來的半天地，就夠全家忙活一天了。全家連孩子都上陣，幫忙收、幫忙種，牛就放在田埂附近吃草、喝水。

秋收多少戶人家過來幫忙，都想著秋種能使使他家的牛。可張老漢家地少，三媳婦的地要等秋收後才能到手，因此還沒等幾家伸手，他家就都收拾得差不多了，讓想幫忙卻沒幫上的人家懊惱得不得了。

秋種的時候，看張家只花了三、四天，二十多畝地就種完了。大家都忍不住上門，想請張老漢帶著牛去他們家幫一天忙。

最後，張家全家商量了一晚上，主要就去親戚家，一家幫忙種半天。兄弟四個和張老漢輪流帶牛去，只種上半天，下午天熱，一定要把牛趕回來休息。

就這樣，一頭牛在一個村子裡轉悠了大半個月，秋種就結束了。

張家全家該商量著怎麼分家了。

張老漢開口說分家，至於怎麼分，兄弟幾個商量著來。結果大兒子、二兒子、小兒子三家都面面相覷，他們不想分家。也許以前想過，但現在多了老三家的二十畝地，全家要溫飽起碼沒問題了。真分了，大家只能看老三全家吃肉，他們就剩聞味了。

幾個兒媳婦妳看看我、我看看妳，都不開口說話。老三媳婦剛進門一個月，做事不惜力，平時不多言，還摸不清性格呢！

看大家都不說話，老三媳婦先開口了。「爹說分家，是因為我嫁過來帶的嫁妝，二十畝地及一頭牛吧？咱家日子在這裡擺著呢，我也不會說話，說錯了大家別怪。我想著，家暫時就不分了吧？」

聽到老三家的說家暫時不分了，全家人包括張老漢老夫妻都鬆了一口氣，全家一聲不吭，繼續聽老三媳婦說話。

「我剛嫁進來，我和老三啥也不會，地和牛還得爹娘看著呢！等三年吧，三年後我們再分家。這三年內，種地收的都是大家的，也別分你的我的了，餘下銀錢我們家就買地，買不到地開荒也行，不是有牛嗎？三年開的地養養，也不會太差。你們說，行嗎？」

行啊，當然行！三年內有牛有地，全家日子就能緩過來了！老三家說的啥都不會，不過是說的好聽，讓大家面子上好看罷了，不管是老三還是老三媳婦，下地就是一把好手。

這件事一定下來，全家人都喜笑顏開。

晚上，躺在床上，張老三忍不住感嘆道：「妳當時和我商量說在家待三年，我還不咋願意。還是妳對，妳沒看爹娘及哥嫂，進進出出，看見我都要比平時多笑幾次呢！」

「一家人，在一起過日子，計較那麼多幹麼？若我們天天吃香喝辣的，他們卻吃不飽、穿不暖，你難道就能吃得下、喝得下？不如大家綁在一起多辛苦三年，三年後，大家日子都好點了，我們再分開，也不會讓別人說我們沒良心不是？」老三媳婦低頭整理著衣服，又看看老三說道：「箱底那兩千貫錢，我尋思著交一半給爹娘，留一半我們自己用。還有六塊衣料，給你做一身秋裝、一身冬衣，我就不做了，再給爹娘各做一身，剩下的留著以後用，就不給兄弟和嫂子、弟妹他們了。」

「那不成！」張老三一骨碌爬了起來。

老三媳婦以為他嫌棄給少了，心裡咯噔一下。

沒想到張老三張嘴說道：「給爹娘最多兩百貫！家裡買犁還是用妳的錢呢，雖然以後還是我們的東西，但也是妳花錢買的不是？我們以後還要過日子，分家後還得蓋房，妳的錢妳自己留著，以後想吃個零嘴也得有錢不是？給爹娘布料就行，做不做是他們的事情。我就做一身冬衣行了，秋天不冷，糊糊也能過，妳再做身冬衣穿穿吧，我瞅著那布料不孬。」

看著面前的男子，老三媳婦微微一笑。「好，都聽你的。」

進入九月，黃豆的肚子漸漸顯露出懷了。

早上，吃早飯的時候，突然覺得肚子一動，黃豆連忙挺直身子，一動也不敢動。

「怎麼了？」趙大山放下筷子，忙看向她。

「他動了！」黃豆把手放在肚子上說道。

「真的？」趙大山連忙湊了過去，伸手去摸。「怎麼不動了？」

航哥兒也放下飯碗，眨巴著大眼睛看著三媽。

「現在不動了。」黃豆又拿起筷子吃起飯來。

趙大山看了一眼又一眼，不死心地又伸手摸了摸，還是沒動，才伸手拿筷子繼續吃飯。

從這天開始，黃豆每天都能感受到孩子在動，並不頻繁，有時候早上，有時候晚上，有時候睡覺。

直到三天後，趙大山總算在摸肚子的時候感受到了肚子裡孩子的動靜。他大概是踢了一腳，輕輕的一腳，動靜不大，卻讓趙大山感動得一塌糊塗。

天氣越來越涼爽，後山的果樹一棵半棵地掛了果子。

都是這樣，去年新栽的果樹，今年花開得不多，結得果子更少。

今天，他們逛到了梨園，梨園今年結的果子多一點。黃豆和航哥兒一個人抱一顆梨在啃，趙大山還在滿樹枝扒開尋找，身邊的小籃子裡已經放了五、六個長熟的梨子。

「那邊的板栗也要去看看了，還有松子妳不是喜歡吃嗎？我等會兒去敲點回來給妳炒。」趙大山邊說邊從樹上摘了一個梨，看看旁邊有一塊被鳥吃過了，不由得有點懊惱。

「妳看看，又被鳥吃過了。」說著，從籃子裡拿刀開始削，削掉皮和被鳥吃過的地方後，遞給黃豆。「這種小鳥吃過的最甜，也不知道牠們怎麼這麼聰明的，吃的都是最甜的。」

黃豆接過來咬了一口。「真甜！」又遞給航哥兒在另一邊咬一口。

航哥兒有樣學樣，跟著說：「真甜！三伯你嚐嚐。」邊說邊把黃豆的手推向趙大山。

趙大山順勢在黃豆手裡的梨上咬了一口。「真甜啊！」

他一口就把一個吃過又削過的梨給吃了一大半，看得黃豆和航哥兒的眼睛都瞪大了，看著他的大嘴巴，面面相覷。

「哈哈哈……」趙大山忍不住哈哈大笑。「走，去看看板栗！」說著一手提著梨、一手準備去扶黃豆。

「不用，我自己走。」黃豆推開他的手，自己小心翼翼地走到梨園外面的路上。她雖然心大，現在還是很小心的。這個孩子來得不容易，要是自己不小心磕了、碰了，別說她心裡過不去，趙大山心裡肯定也過不去。

栗子林也是新栽的，才一人多高，三個人在裡面穿梭，找了半天也沒找到幾個栗子。林子裡的荒草被雇的工人割乾淨了，踩在上面會發出清脆的斷裂聲。

趙大山拎著一根樹枝在前面拍打，雖然有種防蛇草，又是秋天，他還是擔心會遺漏一、兩條蛇，驚著黃豆和航哥兒就不好了。

「板栗如今太少了，過兩年就多了，我們要不要去看看松子？」

「不去了，明天再去吧。」黃豆走得有點累了。

趙大山看她不願去，就又往回走。摘下來的十幾個板栗放進籃子裡，準備回去熬粥吃。

「要不要去黃港住住啊？最近幾天，我發現碼頭的船越來越多了，挺熱鬧的。小虎新店的生意還不錯，我們去他那邊混頓飯吃吃再回來吧？」趙大山建議道。他天天在家陪著黃豆，都覺得太悶了，何況黃豆從懷孕到現在，除了回趙莊祭拜，就八月十五去了黃港一趟，到現在都沒下過山玩。

九月的山上住得是十分舒服的，不冷不熱。家裡雖然有田地，他們自己也不用下地，都是雇了附近的村民幫忙種。孫武還去買了十幾個僕從，平時收拾山林、田地總需要人手。

黃豆不太想下山，又不想辜負趙大山的心意，想了想便說道：「好吧，那就去蹭一頓飯。告訴孫武媳婦，我們中午跟晚上都不在家吃了，吃了晚飯再回來。太遲了就在那邊睡，明天再上山也行。」

航哥兒聽說能下山，還是很高興的，他和敬哥兒的感情突飛猛漲，一日不見，如隔三秋，基本上見一次面都要熱情地摟著抱著玩半天，走的時候還依依不捨。黃豆說讓他在黃港和敬哥兒住幾天，他又不願意，又是惦記家裡小羊要吃草、又是惦記家裡雞蛋沒人撿。

總之一句話，他喜歡和敬哥兒玩，但更喜歡在山莊陪著黃豆。

趙大山要趕車，黃豆要走路，三個人邊走邊歇，兩、三里地，走了半個多時辰才到黃港。

此刻的黃港和以前大不相同，碼頭上人來人往，河邊停了十幾艘大船。黃港街道兩邊不是正在建房子，就是已經開業的店鋪。

張小虎的店是整個黃港和南山鎮最大的，兩層樓房，一棟吃飯、喝酒，一棟睡覺兼澡堂。兩棟連在一起，還有一個超大的停車場地，可以停幾十輛大車。

看見黃豆和趙大山來，張小虎連忙從屋裡接了出來。

「你們怎麼來了？今天就在我這裡吃飯，我等會兒去把大川也喊來，中午給你們試試新菜！」張小虎大概因為回家鄉來，心寬了許多，整個人又胖了不少，都圓潤了起來。

反觀趙大山，一直很精瘦，不長肉不說，回來還黑了。

「你這裡出了什麼新菜啊？」黃豆好奇地問。

「全羊宴！」張小虎得意地說道。

「這麼早就吃羊肉啊？太上火了吧？」趙大山忍不住道。

張小虎一聽連忙擺手。「不早了，已經九月底，馬上要進入十月了。羊肉湯、羊肉火鍋、烤羊肉、烤羊雜、烤羊排，你們想吃什麼，我現在就讓廚房準備！」

「吃羊排、喝羊肉湯，別的你看著辦吧！」既然是姊夫的店，黃豆也沒在客氣的。點了羊排和羊肉湯。

自黃豆從外地給張小虎帶回來孜然粉後，張小虎就對烤肉情有獨鍾。烤好的肉撒上孜然粉，那滋味，用張小虎的話來說——簡直銷魂！

第七十二章　去黃港吃全羊宴

結果，中午的全羊宴沒有吃成，因為黃小雨發動了。

黃豆和趙大山剛準備回去轉一圈，就看見趙大川去接穩婆，趙大娘忙著燒水。黃豆和趙大山剛巧趕上，也不好走了，趙大山就接了燒火的活，讓趙大娘去照顧黃小雨。

庭院裡，陽光正好，黃豆坐在陽光下看航哥兒和敬哥兒兩個人玩耍。

小孩子不識愁苦，不知道擔心，玩得很開心，你推我一把、我靠你一會兒的。

穩婆來得很快，洗了手就挽起袖子進屋。

黃豆以為最少要到晚上，結果中午的炊煙剛剛升起，一聲嬰兒的啼哭就在小院裡響起。

「是個帶把的！」穩婆走出來恭喜趙大川。

一旁的趙大山聽了也是笑容滿面。

生男孩就是比生女孩子讓人歡喜。

趙大娘收拾好出來後，也沒時間做飯了，就隨便煮點疙瘩湯，大家對付了一口。

黃豆是孕婦，不方便進去看新生兒，就在外面看孩子，等著吃飯。

家裡忙忙碌碌的，她不由得有些發呆，不知道自己生孩子的時候會這麼順利嗎？都說第一胎難，第二胎就好了，不知道自己第一胎會不會難？想想，心裡還是有點害怕的。

剛才聽見黃小雨的叫聲，她心裡直抽抽。以前幾個嫂子生孩子時她也在旁邊，但是不能感同身受；現在她懷孕了，黃小雨的聲音，對她有了更直觀的刺激。

趙大娘看黃豆臉色不大好，也不太放心，趕緊囑咐趙大山帶她出去轉轉，回娘家看看。看著黃豆，趙大山也有點害怕，乾脆連哄帶騙地把航哥兒、敬哥兒都帶著，一起去黃三娘家轉一圈。

黃三娘正在家裡挑種子，準備在菜地種點青菜、蘿蔔、大蒜，看見黃豆和趙大山來，連忙拍了拍手，站了起來。「你們吃了沒有？我給你們擀點麵條吧！」

「不用了，我們在婆婆那邊吃過了。」黃豆連忙攔住黃三娘。「娘，我爹呢？」

黃三娘伸手拖過一個凳子給趙大山。「大山，你坐。妳爹去地裡了，他呀，忙碌一輩子，就是捨不得他那幾畝地，一天不去看看，覺都睡不安穩。」

黃豆靠著黃三娘，聽她嘮嘮叨叨，心也漸漸平靜下來。沒懷孕的時候，對娘，她多少還是有點不滿的。可是有了孩子後，她突然非常理解黃三娘的一些做法。不是贊同，就是能理解。即使黃三娘有些事情的做法未必是對的，但她確實是實實在在為兒女好的。

「娘，等我生孩子，妳得去給我伺候一個月子。」黃豆把頭靠在黃三娘的肩膀上。

黃三娘也不嫌她礙事，只顧著挑自己的菜種。不好的挑出來就扔在地上，腳邊幾隻雞轉來轉去，就等著吃呢！「妳沒婆婆啊？我去伺候妳一個月子，美得妳！最多三天，我還要給妳爹做飯呢！去去去，別靠著我，煩人！」嘴上雖然這麼說，黃三娘的臉上卻是笑容滿面。

黃豆從小就不與她親近，現在嫁人了，反而親近起來，她心裡還是高興的。

「讓我爹也去山莊吃飯啊，又不遠！再說了，我生孩子是正月，又不忙農活。別人伺候得再好也沒親娘好啊，是不是？」說著還伸手搖了搖黃三娘的肩膀。

黃三娘被她搖得沒了脾氣，揮手趕她。「昨天晚上剛炒的松子，自己去堂屋拿著吃。妳爹還說今天送點給妳呢，結果妳就來了。」

趙大山立刻進去拿出來給黃豆。

「這東西不能多吃。」黃豆吃了十幾粒就不敢再吃了，太油了。

「要不我去山上給妳打點板栗回來吃吧？」趙大山想起岳丈家後山有松子也有板栗，今天三個人竟還傻乎乎地在自家山頭找了半天。

「我還是覺得我們家的好吃！」黃豆笑咪咪道。

「我也覺得我們家的好吃！」航哥兒跟著喊道。

敬哥兒看看三伯，又看看三伯母，小聲地和航哥兒商量道：「我也想去你家山上玩、餵小羊，可以嗎？航哥兒。」

「好啊，我和三媽說，三伯都聽三媽的！」兩個孩子竊竊私語，以為大人們沒聽見。

一旁的趙大山被說得無語，黃豆則是直接笑彎了腰。「趙大山，你聽我話嗎？」

趙大山又好氣、又好笑地白了黃豆一眼。

在黃三娘家玩了一會兒，他們幾個又回趙家了。
此刻家裡已經收拾妥當，趙大娘在灶房給黃小雨燒火，趙大川正在井邊殺魚。
在家一直待到日落黃昏時，張小虎過來喊吃飯了，他的全羊宴準備好了。
趙大川的媳婦今天剛生，不肯過去，趙大娘自然也不肯去。於是就趙大山和黃豆帶著兩個孩子過去，那邊張小虎又去喊了在家的黃德光兩口子。
牡丹廳裡，黃德光兩口子、趙大山兩口子、張小虎兩口子，帶著群孩子。桌子中央是一個熱氣騰騰的炭燒鍋，裡面是滿滿的羊肉湯。旁邊還有一個推車，上面是各種蔬菜、水果。
很快地，小二送來一盤烤羊排，滋滋作響，黃豆立刻覺得自己能吃下三碗飯。
「還是在家好啊！」張小虎感嘆道。
黃德光的性格很符合他的身分，沈默寡言，卻又很有大哥的樣子。就連他的大兒子大寶也很像他，邊吃飯，邊照顧著身邊的弟弟們。
「唉，我們家沒有女孩子啊！」黃豆突然發出一聲感嘆。
黃德光、趙大山和張小虎都看向她，又看向一旁吃飯的孩子們，小一輩的到現在，確實一個女孩子都沒有啊！
深秋的田野，草枯葉落，一片灰、一片黃。
半夜，山莊的大門被趙大鷹敲響，趙爺爺去世了。

老人晚上還好好的，吃了一碗紅薯玉米麵稀飯，燙了腳，洗了手臉後跟老伴還嘮會兒嗑呢，結果睡到半夜，趙奶奶醒來起夜，一摸老伴都涼了，才驚起眾兒孫。

近六十的年齡，在村裡已經算高壽之人。大家趕緊紛紛起身，忙活起來。

而趙奶奶受此驚嚇，病倒在床上。

趙大山匆忙起身，牽了兩匹馬，和趙大川先去了趙莊。

趙大娘和兩個兒媳婦並孫子只能等天明再去，路上風大又寒涼，大半夜的，就是去了也幫不了什麼忙。

天一亮，黃豆就起身梳洗，航哥兒也被孫武媳婦叫醒穿好衣服，正迷迷瞪瞪地在一邊等著洗臉。

「航哥兒，太爺爺去了，我們今天要去給太爺爺守靈。你等會兒吃飽點，三媽再給你準備些點心，你收好，餓了吃，知道嗎？」黃豆輕聲叮囑航哥兒，又讓孫武媳婦把他穿的外衣換成素色的。

剛端碗吃飯，趙大娘帶著黃小雨和兩個孫子就到了，是一大早孫武駕車去接的。

「娘、弟妹，先吃飯。」黃豆也不起身，招呼大家坐下，先吃了飯再說。

早上孫武去得早，趙大娘還沒來得及做飯，聽說山莊這邊準備了，也就不做了，收拾好東西就往這邊來了。

看見黃小雨抱著孩子，黃豆開口說道：「妳把孩子給孫武家的，她會帶孩子。孩子就不去趙莊了，留在山莊，讓孫武家的熬點羊奶給他喝，我讓孫武接送妳早晚回來。」敬哥兒的弟弟還在襁褓之中，帶去擔心孩子小，受了風寒。這時代，孩子雖生得多，也難養活。一時大意，就能弄丟一條鮮活的生命。

「不帶去行嗎？」黃小雨遲疑地問道。她也不想孩子去，人多，連個睡覺的地方都沒有，吃不好、睡不好，孩子去就是跟著遭罪。敬哥兒大點還好，這個小的才剛剛兩個月。

「是啊，這是太爺爺，孩子不去不是要被戳脊梁骨？以後大了，提起來，都要被人指指點點的。」趙大娘也捨不得孫子去受罪，卻又怕別人指指點點，以後對孫子的名譽有妨礙。

黃豆也覺得頭疼，古代孝道大如天，不去確實會有人在背後說些不著調的話。

婆媳三個正商量著怎麼辦時，趙大山騎馬趕了回來。

趙大山是和趙大河、趙大鵬去鎮上置辦東西，順便回來的。趙大河、趙大鵬先去了鎮上，他回來一趟，囑咐黃豆幾句就走。

「妳們只管去，我讓二嫂給收拾了一間屋子，東西都清空了，被褥妳們從家裡帶去。到時妳們去爺爺靈前燒幾張紙就去房裡待著，沒事別出來。讓孫武家的跟著，幫著看孩子。」

趙大山的二嫂就是趙大海的媳婦，趙大海比趙大山大三天，兄弟倆從小一起玩到大，一直到趙大山的爹去世、分了家，兄弟倆才疏遠了些。那時候剛分家，趙大山家沒有壯勞力，趙大海常常偷偷過來幫忙趙大山做事，給他帶窩窩頭麵餅子，兄弟倆感情一直不錯。

這幾年趙大山過得越來越好，就把趙大海介紹給了岳丈，跟著黃老三學了幾年木匠活。別人當學徒都是跟著師傅白幹三年，趙大海不一樣，他是有工錢拿的。

襄陽府那邊很多玩具都需要木工做出來，趙大海就專門幫著做玩具，這兩年黃老三大致已把這些事情都丟給了趙大海。趙大海成了主事的，家裡條件自然是越來越好，連帶兩個弟弟也跟著沾光，農閒時給趙大海搭把手，也能掙不少銀錢補貼家用。

趙大鵬和趙大鷹也被趙大山安排進了碼頭，嘴上說是不去照顧他們，實際上趙大山根本做不到視若無睹地讓他們一直窮下去。

當初鬧著分家，上竄下跳的是二嬸，三嬸是個沒腦子的，二嬸一挑撥她就跟著鬧。至於二叔跟三叔，當然也在裡面推波助瀾了。可幾個兄弟那時候還小，並沒有做什麼對不起趙大山家的事情，自小的感情還在。

趙大山說完安排，站著喝了一碗稀飯，抓了一個菜包子邊吃邊吩咐孫武媳婦給他包幾個包子帶著，他等會兒帶給趙大河他們墊墊肚子。

也沒時間多說什麼，只囑咐了黃豆注意身體，別累著，人多的地方不要去擠，就趕緊上馬走了。今天要採買的東西很多，趙大河、趙大鵬兩個人去也忙不過來。

等黃豆一行人坐著馬車到了趙莊，遠遠就看見趙爺爺屋前一群人在搭靈棚。

人還沒走近，趙二嬸就接了出來，伸手就要去抱航哥兒，被航哥兒讓開了。她又要去幫著趙大娘提東西，也被拒絕了。即使這樣，趙二嬸也是臉皮厚的，嘴裡一直不住地唸叨，說她想航哥兒了，敬哥兒真是長得好，還說黃豆這肚子尖尖的，一看就是個小子……

對趙二嬸，趙大娘還是防備的。她家孫子航哥兒在大山家養著，黃豆現在懷孕了，她這樣的性子，說不定會有點不好的想法。黃豆懷孕七個多月了，正月就要生了，這個時候可不能出什麼差錯。趙大娘先帶著媳婦和孫子去給趙爺爺磕頭燒紙，黃豆是有身子的人，只在一旁站了站，既不用磕頭，也不用燒紙。

燒完紙，趙大海媳婦就過來，拉著黃豆說去她屋裡坐坐。

趙大娘帶著航哥兒、敬哥兒，讓兩個媳婦帶著小孫子過去。

這一走，黃豆和黃小雨就沒再露面，一直待到吃午飯、領孝袍的時候才出現。

趙大海的房子就在趙爺爺房子的西邊，三間大瓦房，兩間廂房是去年剛蓋的。

趙家沾了趙大山的光，這幾年都過得不錯。

大海媳婦是個乾淨伶俐的婦人，家裡家外收拾得乾乾淨淨的。今天她特意把東廂靠廚房的一間屋子給騰了出來，趙爺爺去世，得看日子，再加上弔唁、下葬，沒個七、八天都忙活不完。東廂這間屋子靠近靈棚，門卻朝西開。那邊人再多，來來去去也不會過來，而黃豆和黃小雨想過去，出了門走幾步路就到了。

本來，她想把大屋她和趙大海睡的房間收拾出來的，還是趙大海點撥她，說他們睡的房間，兩個兄弟媳婦住進去不好看。西屋孩子們的房間也別挪騰了，就把東廂廚房旁邊那間雜物間騰出來，她們待著自在。這間屋子小是小點，勝在乾淨索利，就一張床、一張桌子、四把椅子。這都是趙大海媳婦臨時挪進來的，連窗簾都是新掛的。

黃豆腰後面墊著被子，歪在床邊看黃小雨給孩子換尿布。

敬哥兒的弟弟剛取了名字，叫趙子禮，現在大家都叫他禮哥兒。

這是個比趙子敬還聽話的孩子，吃飽了睡，睡醒了也不哭鬧，咿咿呀呀地哼一會兒，吃了奶繼續睡。

「嫂子，妳腳是不是腫了？」黃小雨裹好孩子，把他放床上躺著，伸手來捏黃豆的腳。

黃豆這兩個月胖出來許多，腿粗、胳膊粗，腳都比以前大了一號。孫武媳婦給她做鞋，鞋面都要放大一些。

「是腫了，大夫看了說正常，娘也說正常，只能由它去了。」黃豆無奈地動了一下腳。

黃小雨索性幫她把鞋脫了，說道：「妳把腿放床上，別這樣懸著，這樣會腫得更厲害。」到底是生過兩個孩子的，就是比黃豆懂得多。

黃豆聽她這樣說，也不客氣，被子重新移動一下位置，把腿腳放到床上。

「還有兩個月才生，我都著急了，恨不得現在生出來就好。」黃豆笑著說。

黃小雨把禮哥兒往裡面挪挪，讓黃豆躺得舒服點，自己也脫鞋上了床，伸手給黃豆捏起腿來。「想都是這樣想，可真等生下來後，還不如揣在肚子裡自在呢！餓了哭，尿了哭，不高興哭，高興還是哭，關鍵還不會說話，什麼都是哭，妳也不知道他是哪兒不如意？還有這出門，去哪兒都得帶一大包東西。尿布得帶個十幾條，還不一定夠用；衣服也得帶，尿濕了也得換吧？這些都不是要緊的，最關鍵的是做啥都不方便！妳想啊，沒生的時候，他在妳肚子裡，妳去哪兒都空著兩隻手，又不怕他餓了，也不怕他尿了，更不怕他拉了，多省心啊！」

黃小雨捏得黃豆很舒服，她不由得微微瞇了眼。這話確實有道理，可是她心裡急啊，總想孩子早點生下來就放心了。而且她想知道他長得什麼樣啊？醜還是俊？有沒有哪裡不好啊？聰不聰明啊？反正晚上沒事，黃豆和趙大山兩個人就會像傻子一樣，各種想像猜測。

就連名字，男男女女也起了一大堆，到現在還沒決定好用哪個。

「我們啊，當初生敬哥兒的時候也是這樣，後來禮哥兒就好了。第一個孩子特別用心，不會就問，聽見哪個嬸子或者嫂子說孩子經，立刻都要豎起耳朵聽幾句。現在啊，就這樣胡亂養著，反正什麼都會點了。」黃小雨邊給黃豆捏腿邊說。

她們倆從小一起長大，黃豆從小就像個小大人，去哪裡都照顧著黃小雨，有好吃的也記得分她一份。這些年，兩個人從姊妹成了妯娌，感情沒淡，反而越來越好，竟然成了無話不說的好閨蜜。

妯娌倆感情好，趙大娘心裡更是舒坦。她受過妯娌之間的苦及欺壓，更能體會那種感受。見家裡兩個媳婦感情好，反而很高興。

兩個人說著話，一旁禮哥兒咿咿呀呀地玩了一會兒後又睡著了。

這時航哥兒和敬哥兒手牽手跑了進來。「三伯叫去領孝服了！」兩個人被孩子嚇了一跳，連忙去看睡著的禮哥兒。小東西也是心大，只動了動，又睡著了。

「聲音小點，弟弟在睡覺呢！」黃小雨輕輕拍了敬哥兒和航哥兒的背各一巴掌。

敬哥兒笑嘻嘻地歪倒在娘的懷裡。

一旁的航哥兒則用羨慕的眼神看著敬哥兒。他雖然和黃豆親，卻很少又摟又抱的。黃豆雖然帶過孩子，卻從來沒養過自己的孩子，別說太親熱的動作了，就連那些心肝寶貝的話都沒說過。

然而，航哥兒的眼神還是落入了黃豆的眼中，她連忙欠起身子一把將航哥兒攬在懷裡，對黃小雨說：「以後可不許打我們航哥兒，再打我就要翻臉了。」

這話半真半假，臉還沈著，兩個孩子都看不懂大人的臉色，以為黃豆真生氣了。

黃小雨卻一眼就明白黃豆的意思了，連忙假裝道歉地說道：「是嬸不對，航哥兒可是三嫂的心肝寶貝，嬸就是手欠。」一說著，還裝模作樣地打了自己的手一巴掌。

敬哥兒連忙抱著娘的手吹。

航哥兒也從黃豆懷裡撲過去，捧著嬸子的手看紅了沒有？還學敬哥兒一樣，也吹了吹。

「你嬸子不疼，誰叫她打我們航哥兒了！航哥兒可是哥哥，以後要幫著三媽帶弟弟跟妹妹呢！」航哥兒被黃豆攬回懷裡，笑開了顏，邊笑邊點頭說。

敬哥兒也忙喊道：「我也要幫三媽帶弟弟妹妹！我還要幫航哥兒餵小羊！」

「好，我們敬哥兒可是大哥呢，真是個好哥哥！以後弟弟和妹妹都歸你們倆管，你們可要做個好哥哥啊！」黃豆笑著從床邊摸出個盒子，給他們一人拿了一塊綠豆糕出來，才下床穿鞋，前往孝棚領孝袍去。

第七十三章　大山兄弟倆有錢

下午，趙老漢家門口，遠遠望去，一片縞素。

趙二叔、趙三叔不算有錢人，可趙大山、趙大川兄弟倆有錢，因此這喪儀之事就要大辦，搭戲臺、請一隊鼓樂隊，嗩吶鑼鼓敲得山響。

弔唁的這一天，親戚來得太多，黃豆也只能和抱著孩子的黃小雨在棺材旁邊坐著。不管晚上睡哪兒，今天還是要裝裝樣子的。

趙大山怕她們坐中間擠了，又怕她們坐外面進進出出的被碰撞到，乾脆把她們挪到最裡面的角落。航哥兒和敬哥兒也不敢亂跑，乖乖地坐在兩個人身邊。

吃飯的時候，孝子賢孫要出去跪謝，黃豆可以不去，黃小雨不能不去，就把禮哥兒放在黃豆身邊，讓她看著。

禮哥兒吃飽了就很乖，黃豆也不用抱他，就把他放在一邊躺，她把腿伸直舒緩一下。人太多了，坐都坐不下，她只能儘量少占點位置，給別人留點地方。

這個時候，溜溜達達過來個嬸子，張口就叫黃豆「三姪媳婦」，又說她家誰誰和大山是沒出五服的兄弟。但趙大山家這邊的親戚，黃豆認識的不多，因為回來得少，見得少，她還有點臉盲，無關緊要的人更是見過就忘。「嬸子妳坐。吃了沒有？」客氣一點，總是沒錯的。

「還沒吃呢，等下一桌再吃，不急。今天這席面擺得有排場，又是魚、又是肉，還有雞跟鴨，都是整碗整碗的。」說著，嬸子嘆道：「哎，你們這門算是起來了。就連趙老二、趙老三這兩房都忙著建房、買地了，都是沾大山的光。」

黃豆不太喜歡應付這種家長裡短的事，只點頭微笑不說，順便假裝低頭照顧禮哥兒，避避眼神。

「三姪媳婦，我也不瞞妳……」說著，抽出一條洗得發白的帕子來抹眼淚，邊哭邊說：「我家啊，這是窮得沒法子了……」

正說著，簾子一閃，是趙二嬸過來了。趙二嬸剛才被灶房喊去有事，就沒去參加親友答謝。這一掀簾子進來，就看見族裡一個堂妯娌正坐在黃豆身邊哭哭啼啼呢！

「呦！他嬸子，知道的曉得是我們家老爺子死了，不知道的還以為妳才是老爺子的親兒媳婦呢，看妳哭的！」一邊說，一邊走過來，往兩個人中間一站。「大山媳婦這還懷著身子呢，我們有事出去說！」就這樣，這個族裡的嬸子被趙二嬸連拖帶拽給拉了出去。

轉頭趙二嬸就來給黃豆邀功了。「這些人啊，不能搭理！你們年紀輕、面皮薄，不好拒絕，下次碰見這樣的就推給我來，妳二嬸這些事情最拿手了！」趙二嬸眼看黃豆的肚子越來越大，也不敢使什麼心眼子，現在看見航哥兒都離得遠遠的，深怕趙大山有了自己的孩子，就不要航哥兒了。這幾天見趙大山進進出出不是抱就是給航哥兒餵飯，心才放下來。

一天忙碌下來，等到晚上親朋好友都散了，黃豆也終於從趙爺爺的棺材旁邊起來。吃了飯後，她們回了趙大海家的廂房。正好碰見趙大海媳婦端著個粗瓷大碗，往一個嬸子手裡塞，碗裡是滿滿一碗肉菜。

看見黃豆和黃小雨帶著孩子過來，趙大海媳婦訕訕地笑了笑，也沒說什麼，就推著那嬸子走了。

這嬸子就是白天跑去黃豆身邊說話，後來被趙二嬸趕走的人。

見黃豆妯娌倆什麼也沒問就進了廂房，趙大海媳婦轉身進了屋，端了一大碗公的水煮花生出來，進了廂房。

「這是我娘家今天帶來的，我剛煮好，放了鹽，妳們嚐嚐。」

黃小雨抱著孩子，黃豆就笑吟吟地接了過來。趙大海媳婦這麼細緻的人，即使她們不問，她肯定也會過來解釋的。畢竟這次喪事，大部分都是趙大山和趙大川出的銀錢，二叔、三叔他們兩房只是做做樣子出了點而已。

「今天那個嬸子，是我們本家的，還沒出五服。她公公和我們死去的爺爺還是堂兄弟呢。」趙大海媳婦說著，乾脆拖了張椅子坐了下來。「她家男人病了幾年，好了後體弱，也不能做重活，家裡就拉了饑荒。好在兩個兒子都聽話懂事，就是太老實了，娶了兩房媳婦也都是個老實的，一大家子就靠家裡幾畝地過活，吃不飽、穿不暖是常事。誰知道今年夏天，三孫子和幾個孩子去河裡玩水，落了下去，雖然救是救上來了，孩子也醒了，但孩子沒以前那股機靈勁了，其他還好，沒癡沒傻，就是為了醫治，家裡的地又賣了兩畝多。現在別說吃，秋收過後就沒糧了……」大概是太可憐了，趙大海媳婦說得淚眼汪汪的，最後不好意思地掀起衣角擦了一把。

「我這都坐一天了，坐得腰痠背痛的，二嫂，要不妳陪我走走吧？小雨，妳帶著孩子先歇。」黃豆站起身，看向趙大海媳婦。

「行。」趙大海媳婦也站起身，扶著黃豆的胳膊。「我們出去轉轉，這天還不算冷。」

「二嫂，剛才那嬸子家住哪兒啊？」黃豆看著夜色中的村子問道。

此刻小村裡家家戶戶都亮起了油燈，隱隱約約、朦朦朧朧。

趙大海媳婦欣喜地答道：「就在前面！我帶妳過去，不遠。」

一座低矮的茅草屋，共三間。

即使在朦朧的夜色中，也能看見牆上有了很深的裂紋。牆東邊甚至還用兩根粗壯的棍子抵住，這是怕倒塌了。

茅屋旁邊搭了兩間歪歪扭扭的草屋，一間是灶房，一間是老倆口睡覺的地方。圍牆也只是竹籬笆，簡單簡陋。

「五嬸！五嬸在家嗎？」趙大海媳婦站在籬笆院子外面高聲喊道。

茅草屋的門被推開，一個瘦小的身影在昏暗的油燈下走了出來。「誰呀？」

「五嬸，是我，大海家的！我陪我家弟媳婦散步，剛好走到妳家門口。」大海媳婦的聲音清脆，說話響亮。

瘦小的身影連忙三步併作兩步地走了上前。「喔喔喔，快、快，快進來，外面有風！」籬笆院牆沒有院門，就是兩塊半人高的板子擋著。五嬸走過去，把上面的繩子解開，拉開板子。「進來吧！」

院子裡朦朦朧朧的看不清楚，不過地上沒有什麼亂七八糟的東西。進了屋，應該是剛剛吃罷飯，全家都在堂屋坐著。看見黃豆和趙大海媳婦進來，兩個二、三十歲的男子含糊地打了聲招呼就先走了出去。屋內有個四、五十歲的老頭，在油燈下，只能看見他滿臉的皺紋。

「五叔，吃飯了嗎？」趙大海媳婦進來屋內後挨個喊，個個都很熟絡的樣子。

黃豆只站在一邊微笑著，並不說話。

她來的時候換了鞋，身上就是普通的衣服。除了孝服、換了孝鞋，頭上也沒什麼別的東西，這樣是可以隨便進出的，也不會讓人不高興、忌諱。

「快坐、快坐！妳看，這地方小，連個落腳之處都沒有。」五叔笑著招呼。

黃豆不是沒有見過窮人家的樣子，小時候，她住黃家灣那兒，也有和這種生活狀況差不多的人家。這個五叔家確實窮，家裡東西不多，卻收拾得乾乾淨淨。黃豆剛才留心過，幾個孩子也收拾的很乾淨，沒有那種邋裡邋遢的髒亂，兩個小姑娘的小辮也都梳得整整齊齊的。

雖然窮，卻窮得讓人心裡不嫌棄。
五嬸家的兩個媳婦都是憨厚老實的那種，看見黃豆妯娌倆進來，也不會說什麼場面話，只攏著幾個孩子讓他們叫人，再出去玩。
一群五、六個小蘿蔔頭，大的十來歲，小的還在蹣跚學步，都怯生生地看向黃豆，大點的低低叫了聲「二伯娘、三伯娘」，就趕緊抱著小的跑了出去。
看著忙亂的一家人，黃豆又有點後悔自己來得莽撞。
「五嬸，別忙了，我們就是路過，剛好走到，就來轉轉。」
「不忙不忙！家裡剛起的花生，大媳婦，快去，炒一把過來，給妳兩個嫂子嚐嚐。」
二兒媳婦剛把桌子收了，五嬸快手快腳就把桌子擦了，拖了兩條凳子招呼兩個姪媳婦坐，又吩咐大兒媳婦去煮花生。
趙大海媳婦連忙一把拽住準備去煮花生的老大媳婦。「別忙，剛吃完飯，我娘家也送了花生來，五嬸又不是沒看見，我煮了一鍋呢！」
「是啊，剛在二嫂那裡吃過了，真吃不下了。我們就是來串門的，你們這麼客氣，我們可坐不住了。」黃豆也連忙攔著。
看兩個姪媳都攔著，五嬸也不勉強，吩咐大兒媳婦把花生收下去。大兒媳婦端著籃子準備走的時候，五嬸還是使了個眼色，也不知道她明白沒有？
黃豆和趙大海媳婦坐了一會兒，和五嬸、五叔閒聊了幾句，就準備起身走人。剛站起身，那大兒媳婦端著一盆煮花生走了進來，後面還跟著端了兩碗茶的小兒媳婦。

「五嬸，妳這是幹麼啊！」趙大海媳婦佯裝生氣地說道。

「來，吃點，家裡新挖的！來妳五叔家也沒什麼好吃的能招待，是家裡地裡長的，不是什麼稀罕玩意兒！」五嬸笑咪咪地招待兩個姪媳。

兩個兒媳婦也低眉順眼地在一邊坐下。

小兒媳婦大概二十多歲，一眼一眼地往黃豆的身上瞅。黃豆今天穿的也不是什麼錦衣華服，是襄陽府買回來的花棉布，做了一件碎花褂子。

黃豆覺察到她的目光，抬頭看去，她又慌亂地把視線挪開。

她和大嫂的衣服是剛換的，卻還是舊，一隻手緊緊拉著左邊的衣襟，那裡補了兩個非常顯眼的補丁。

黃豆見狀，不由得心裡一酸，強撐著吃了幾粒花生，就準備走了。

五嬸把煮花生倒進竹籃裡，非要塞給她們帶回去吃。黃豆大著肚子，五嬸不敢往她身邊塞，就硬塞給趙大海媳婦，不拿都不行。

趙大海媳婦硬著頭皮接了籃子往外走，心裡尋思著回頭送點什麼來，這一小籃子花生，家裡孩子得歡喜好幾天。

走了幾步，就看見五叔家兄弟倆帶著一群孩子在路上晃蕩著，看見黃豆和趙大海媳婦走過去，忙憨厚地笑了笑。

「過來，二伯娘給你們吃花生！」趙大海媳婦招呼著，伸手在一個孩子手裡各抓了一把花生放，又抓了一把往孩子們的口袋塞。

一旁的兄弟倆連忙喊道：「夠了夠了！太多了！」男人不像女人，碰見這種情況就有點不知所措。

很快地，趙大海媳婦就把籃子裡的花生抓出去一大半。看看籃子裡不多的花生，她笑著提著籃子，拉著黃豆就走，揚聲說道：「你們兄弟倆帶孩子先回去吧，我們也要回家了！」

村道不寬，妯娌兩個邊走邊說話。走到家門口，籃底的幾小把花生也被兩人給吃完了。

屋外，昏暗的油燈下，趙大山正站在門口發呆。看見妯娌倆遠遠走過來，他忙迎上去。「這麼晚，去哪兒了？」語氣裡都是濃濃的關切。

趙大海媳婦抿嘴一笑，轉身往堂屋走去，邊走邊說：「我去看看孩子們睡了沒？」很快地，身影就進了屋，這是給趙大山兩口子留下敘話的時間。

「我和二嫂去轉了圈，還去了村東五嬸家。」黃豆停下腳步，伸手扶著趙大山站著。走了一圈，她已經覺得有點累了。

「村東五嬸家？」趙大山想了想，恍然大悟。「喔，趙大林家！怎麼想起去他家了？」

趙大林是五嬸家的大兒子，也就比趙大山小一、兩歲，也是從小一起玩到大的。

「今天我在那邊給爺爺守靈時，五嬸來找我，大概是有事想求我們吧，還沒說就被二嬸拖走了。晚上聽二嫂說，他家這幾年很困難，給孩子治病花了不少錢，所以……」說到這裡，黃豆猶豫了。趙大山在趙莊受過委屈、受過苦，之所以對二叔、三叔家的兄弟好，那是因為爺爺跟奶奶。別人，也不知道從前對他怎麼樣，自己冒冒失失地去，會不會不太妥當？

「妳呀！」趙大山扶著黃豆走到公場邊，在一個石滾子上坐下，拍拍大腿。「累了吧？來，歇歇。」

此刻已經夜深，家家戶戶亮著微弱的燈光，小村莊都沈浸在安靜的夜裡。只有趙大山奶奶家因為逢喪，門口掛了兩個氣死風的白燈籠，還亮著光。

這個時候，大傢伙兒都回了家，仔細的人家連油燈都捨不得點，怕費油，早早上了床。黃豆看了一圈，才無所顧忌地坐到趙大山腿上。要是被莊上人看見，可是傷風敗俗的。

趙大山小心翼翼地伸手從她腹部下繞了過來，托著她已經很大的肚子。

七個多月的肚子，已經明顯出懷了。黃豆最近走路都有點像頭笨重的大象，一步一步踩踩實實。

越是月份大，趙大山越緊張，天天不離眼地看著她，生怕她磕了、碰了、摔了。

「五嬸和五叔都是老實人，大林人也老實，那時候我爹剛死，二叔和三叔鬧著要分家，五叔還幫著說過話。」趙大山仰頭看向璀璨的星空，大概想起那段過往，輕輕嘆了口氣後繼續說道：「五叔家也不富裕，那時候能吃飽穿暖的就我家和族長家。我爹在世時，和五叔的關係也不錯，有時候進山得的東西多了，也會丟隻雞，或者送半隻野兔過去。後來，我們分了家，我娘不會種地，我也就一個半大小子。第一年，是我幾個本家的叔叔、嬸嬸抽空幫著種的，其中就有五叔跟五嬸。第二年，我娘覺得能行，我們就自己娘四個下地，連小雨都能提著小籃子拾草了。等我們兄弟大了點，慢慢才好起來。

「五嬸經常給我家送菜，都是家裡長的，還教我娘醃菜過冬。有一次，大林抓了魚，五嬸煮好，讓大林端一碗送給我們了，結果路上大林摔了一跤，碗破了，魚也撒了，被跟著的狗子給吃了。大林捧著摔成兩半的碗哭回家，還被五嬸打了一頓。家裡就那麼幾個碗，他打了一個，吃飯的時候五嬸都要等他們吃完才能吃。後來，我娘知道了這件事，等我打了獵物，非讓我買兩個大碗親自送五嬸家去。她說，魚我們沒吃到，但心意要領。」

趙大山的聲音低沈而柔和，就好像在說故事，黃豆的眼眶卻聽得濕潤了。

「那我們幫幫他家吧？」黃豆終於把這句話說了出來。「今天去他家看過，實在太窮了，他家吃的糊糊，二嫂給的一碗飯菜，大人們一口都沒捨得吃，全分給了孩子。」

「好，讓大林兄弟去碼頭吧，五叔和五嬸讓他們幫著管理果園去。五叔很會種果樹，小時候他家的桃都比我們家熟得早一些。那時候不懂事，沒熟就跑去摘，還被我爹打了，說桃沒熟不能吃，會頭頂長瘡、腳底流膿。其實是五叔想著早熟可以賣錢，結果卻被我們幾個小子禍害掉了。五叔知道後也不生氣，桃尖剛好，就給我們挨家送，一個孩子一個，我家得了三個，可把我們高興壞了，那是我吃過最甜的桃……」大概是夜風溫柔，大概是心情沈重，大概是懷裡的妻子太溫暖，趙大山今天的傾訴慾望非常強烈，憶苦思甜，兩個人絮絮叨叨。

縮在趙大山的懷抱，一點都不冷，一直到黃豆昏昏欲睡，才驚覺夜已經深了。

黃豆進屋的時候，黃小雨還沒睡，正看著孩子睡覺。航哥兒和敬哥兒沒有在這裡睡，和趙大山、趙大川一起在靈堂守靈。

看見黃豆進來，黃小雨往裡側了側身子，把自己捂的熱被窩讓給黃豆。

「妳晚上走去哪兒了？」黃小雨躺好，轉頭看向黃豆。

「去村頭五嬸家。她家真窮啊，屋都要倒塌了，用棍子頂住，孩子們穿的衣服單薄且破舊。哎，想想真的挺難受的。」黃豆睡到另一頭，往外面挪了挪位置。她一直習慣睡大床，這張床太小，兩個人帶著孩子睡就有點擠的感覺。

「也不是一家兩家這樣，這幾年黃港那邊生活得不錯，妳還記得以前在黃家灣的時候，那個王大有嗎？他們家就一床被子，全家都捂被子裡。而且他們一家子，冬天只有一身棉襖、一條棉褲，王大有的娘起來做飯就他娘穿，王大有的爹出門拾掇柴火就他爹穿。有一次王大有穿出來玩，不小心劃破個大口子，裡面絮的都是蘆葦花，根本不保暖，後來還是三嬸給他縫的，縫好了回家還挨了一頓打。」

黃小雨說的王大有，黃豆也有印象，就是衣服扯破了這件事情不記得了。「蘆葦花能保暖嗎？」黃豆聽說過，卻沒見過。

「當然不能。但有什麼辦法？總比空殼子強啊！」黃小雨索性坐起身。「嫂子，妳是不是想給五嬸家找點事情做啊？」

「妳披一件衣服吧。」說著，黃豆準備伸手給她拿衣服。
「不用，我自己拿，妳別亂動，小心摔了。」黃小雨欠身拎起棉襖，披在身上。
兩個人都不睏，索性都坐起來聊天了。

第七十四章　趙爺爺抬靈下葬

由於夜裡妯娌倆聊的時間太久，夜裡又給小的把尿、餵奶，早上竟然就起不來了。

今天趙爺爺下葬，趙大山等了一會兒還沒見到黃豆和黃小雨過來，不禁有點焦急，只好抽空蹲下身，叮囑了航哥兒幾句，就見航哥兒「咚咚咚」地往趙大海家跑去。

黃豆和黃小雨剛起來，一個在洗漱，一個在忙著包裹孩子。

「三媽、嬸嬸，三伯說要請喪主準備抬靈了。」航哥兒現在話學得很溜，一字不錯。

「好的。航哥兒吃飯了沒？」黃豆挽好頭髮，又放下手摸了摸航哥兒梳得整整齊齊的兩個小抓髻。「這是誰幫你梳的頭髮？奶奶嗎？」

「吃了。不是奶奶梳的，是三伯給我梳的。」航哥兒最近幾天都很興奮，因為天天跟著趙大山跑前跑後，高興得不得了。趙大山也寵他，吃飯都是趙大山端著碗餵他，可把他美壞了，覺得自己是獨一無二的受寵。

趙大海媳婦捲著袖子，正在灶上幫忙，看見黃豆她們抱著孩子過來，忙招手把她們喊到灶房去。「這是我給妳們留的飯，快吃一口，等會兒要出棺了。」桌子上，滿滿兩大碗白米飯，上面壓著素炒芹菜、豆腐白菜。旁邊還有一碟子魚，是昨天剩下來的。

孝子賢孫不能吃葷，不過不知道為什麼魚不算葷呢？

一個是孕婦，一個是哺乳期的母親，兩個人都需要充足的營養。現在不好吃葷的，趙大山一般都會吩咐灶上給她們倆單獨做點可口的。

大米飯就是特例，煮飯的時候，在雜糧米飯旁邊放上一個布口袋，裡面裝的是白米，煮熟了倒出來就行了。

抬棺的人是莊子上請的三十多、四十出頭的，共八個人，其中就有趙大林。

昨天晚上黃豆沒看清楚趙大林的模樣，今天一見，果然是個老實憨厚的人，自己老老實實蹲在一邊，也不和人搭話。這時，一個五、六歲的小男孩牽著個三、四歲左右的小女孩跑了過來，學著趙大林的模樣蹲在一旁，應該是父子倆，趙大林摸摸他的小腦袋後，從懷裡掏出兩個大葉子包著的東西遞給他。小男孩歡歡喜喜地接過去，準備打開，被趙大林按住了手，大概是覺得旁人看見不太好，小聲叮囑了幾句。然後黃豆就看見小男孩又拉著妹妹走了。不知道葉子裡包的是什麼？黃豆很好奇，忍不住遠遠地跟著走了過去。

兄妹倆並沒有跑多遠，就在屋後一個背風向陽的地方蹲了下來。

兩個葉子被小男孩小心翼翼地打開了，一個裡面裹的是米飯，雖然是雜糧米飯，卻是粗糧少，白米多；另一個葉子裡包著一些米飯，還有兩片很厚的肥肉、一隻雞腿。

小男孩把手在身上擦了擦後，撚起一片肥肉放到小女孩嘴裡，看她笑咪咪地吞下，不由得嚥了口口水問道：「好吃嗎？」

「好吃！」小女孩邊咀嚼邊笑，眼睛都瞇成了一彎月牙。

小男孩這才托起另一塊肉，慢慢放進嘴裡，細細咀嚼品味著。真是人間美味，他從來沒有吃過這麼好吃的肉，真香啊！

小男孩把雞腿和米飯又細細包起來，捏在手裡，看了看小女孩眼巴巴的模樣，想了想後，小聲對妹妹說：「我們把雞腿留給三哥吃，三哥身體不好，要補補。米飯給娘做飯的時候放進去，這樣大家都可以吃到了，好不好？」

小女孩大概還太小，不能理解小哥哥的行為，只眨巴著眼睛看著小哥哥，細聲細氣地說：「可是大伯不是讓我們分嗎？」

「可是哥哥跟姊姊也想吃啊！」小男孩有點不高興地看著妹妹，為她的不懂事生氣。

「好吧，那我們回家去吧！」小女孩大概想通了，討好地伸手去牽哥哥的袖子。「大伯說，等會兒帶糕給我們吃。」

看著小兄妹倆走遠，黃豆也悄悄走了回去。

一人能分兩碗大米飯，看那小子手裡的兩包，應該不低於一碗飯。真是慈父心腸，吃著飯還捨不得吃，想著留給孩子。小兄妹倆還不是一家的，一個叫爹，一個叫大伯，關係卻這麼好。三哥是誰家的好像也沒那麼重要了，不管是誰家的，對他們來說都是一家人。

趙老漢有個閨女，還有兩個妹子。抬棺材出來的時候，三個女人加上趙大娘妯娌三個，哭得是驚天動地，旁邊勸著的親戚都被哭得淚眼汪汪。趙二嬸更是兩個人都按不住，幾次欲撲到棺材上，不知情的，還以為這是親閨女呢！

黃豆偷偷看了婆婆一眼，哭得果然也是傷心，但沒有二嬸跟三嬸那麼誇張而已。

黃小雨抱著孩子，和黃豆在後面慢慢走，航哥兒和敬哥兒還是趙大川帶著。

其餘幾個妯娌看黃豆她們走得慢，也慢慢走，大家都放慢腳步，漠然地看著前方。

秋日的荒原，滿目瘡痍，麥子出得稀稀落落，還看不出什麼來。

趙家的祖墳在山上，墳地是早就請先生挑好，早上早早就派人來挖好的。

只等棺木吉時下葬，盤好墳就可以回家了。

男人們都圍在旁邊幫忙，女人們則聚集在一起小聲地說著話。

真正傷心難過的也許只有趙奶奶，老伴去世，對她的打擊太大了，病了這些天，還沒有完全恢復過來。

今天趙爺爺下葬，她強要跟過來，被趙大山勸住了。夫妻一方喪，另一方是不能送棺的。也不知道是什麼時候流傳下來的規矩，蘊含著什麼樣的道理。

人死如燈滅，子孫的痛苦只是暫時，對於伴侶來說，失去才是寂寞的剛剛開始。

收拾好院落後，趙大山決定把趙奶奶接回山莊住住。那邊條件好，有人照顧，也算趙大山兄弟的一份孝道。

趙二叔和趙三叔都沒有意見，趙奶奶接過去，他們就可以借孝心的名義常去看看。不同意的是趙奶奶，她說她要守著老伴七七四十九天，不然老伴回來看不見她，會擔心的。

趙二嬸見婆婆這麼說，乾脆厚著臉皮提出，等過完四十九天，守完七，剛好年二十九，到時候趙大山順便把奶奶接過去，他們全家年三十那日一起去大山家過年，以後要不就輪著過年吧，熱鬧又喜慶。

接奶奶去過年當然沒問題，年三十去大山家過年也沒問題，但輪流過年，別說黃豆和黃小雨願不願意，就是趙大娘這一關也是肯定不願意的。

趙大娘淡淡地說道：「都分家這麼多年了，就不用輪流過年了。今年公公剛去世，婆婆一個人我也不放心，這麼多年都是你們在伺候公婆，現在也該輪到我盡盡孝心。婆婆我們接去過年，等到三十你們中午一起來吃個年夜飯。以後，年還是各過各的。大山和大川可沒分家呢，他們領著孩子一直往叔叔、嬸子家過年也不是個事，對吧？」

當初分家，老二跟老三兩家是占了大便宜的，現在趙大娘拿分家來說話，他們也啞口無言，只能悻悻地訕笑著，把話題岔開。

回去的路上，黃小雨問趙大娘。「婆婆，他們兩家有二、三十口人，過年我們可要好好準備準備了。」

趙大娘摸了摸小孫子的襁褓，笑著說：「不用準備，豆豆她二姊家不是開了酒樓嗎？訂三桌就行了。我們家不差錢，就不去伺候他們兩家老的老、小的小了。」

「這個好！」黃豆也贊成，過年要伺候一群人吃吃喝喝，確實繁瑣又累人。

「那我們禮哥兒也跟著三伯他們沾光，一起下館子嘍！」黃小雨笑著搖了搖懷裡睜開眼睛、睡眼朦朧的二兒子。

趙大娘看了小兒子媳婦一眼，對著敬哥兒說：「以後，記得喊大伯跟大伯娘，不要喊三伯、三伯娘了。奶奶就生了你爹跟你大伯，這才是你親的大伯跟大伯娘，知道嗎？」

「知道了！」敬哥兒點頭，脆生生地答應道。

看敬哥兒叫大伯，航哥兒頓時慌了，趴在大奶奶的膝蓋上，眨巴著眼睛問：「大奶奶，那我呢？航哥兒要叫三伯什麼？」

趙大娘的手放在航哥兒的小腦袋上輕輕摩挲了一下。

黃豆的整個心都提了起來，她怕趙大娘說「你該叫三伯」，讓航哥兒失望，又覺得和敬哥兒一樣叫「大伯」好像也不妥當。

「航哥兒，你和敬哥兒不同，你想叫你三伯跟三媽什麼呢？」趙大娘問道。

「我……我……」航哥兒看看黃豆，又看看趙大娘，再看看半靠著自己親娘的敬哥兒，眼圈驀地一紅。他想叫三媽「娘」，可以嗎？當然不可以吧？以前奶奶讓他哄著三媽，說以後做三媽的孩子。可是，現在三媽自己有寶寶了，他就不能做三伯跟三媽的孩子了。

眼看航哥兒的眼圈紅了，黃豆不禁有些心疼，伸手準備攬過來，卻被婆婆擋住了。

「航哥兒，你心裡怎麼想，就怎麼和大奶奶說，說錯說對都不怪你。你不說，別人怎麼知道你心裡怎麼想的呢？」趙大娘把航哥兒半抱在懷裡，輕輕拍著他的肩膀。

「我、我……我想三伯做我爹，三媽做我娘！」航哥兒說完，哇地一聲哭了起來。

禮哥兒頓時被嚇得哭了起來。

一旁的敬哥兒看兩個弟弟都哭了，眼淚也不由得落了下來。

趙大山正專心駕車，沒注意車廂裡的動靜，突然聽見哭聲，嚇得他連忙停下車子。「怎麼了？怎麼了？」弟媳婦在裡面，又是個帶著奶娃娃的，他再急也不好伸手去掀簾子。

簾子刷一下被趙大娘掀了起來，她推了一把航哥兒。「去，叫爹去！」

航哥兒怯生生地看向趙大山，又轉頭尋找黃豆的身影。見黃豆朝他點點頭，連忙衝著趙大山喊了一聲。「爹！」又回轉身，衝著黃豆喊了一聲。「娘！」

看著車裡的黃豆和趙大娘，趙大山瞬間明白了一切。他一把將航哥兒從車廂裡拖了出來，笑道：「好小子，過來跟爹一起趕車！」

看著航哥兒歡歡喜喜地坐在大伯腿邊，敬哥兒也撲到窗口喊道：「爹，我也要騎馬！」

趙大川聞言，朗聲笑道：「來吧！」

「你們兄弟倆就由著他們，小心嗆了風！」趙大娘笑容滿面地放下簾子前，還是故意罵了一句。

車廂裡其樂融融，車廂外歡聲笑語。

「航哥兒，你要做我趙大山的兒子，就要有長兄的氣派，知道嗎？」趙大山一隻手一抖韁繩，另一隻手小心地護著航哥兒，怕他摔了下去。

「爹，什麼叫長兄的氣派？」航哥兒好奇地問趙大山。剛剛認了爹，趙子航一口一個爹，喊得異常親熱。

「長兄是要挑家族重擔，護佑兄弟姊妹，孝敬長輩的。你能做到嗎？」趙大山轉頭看向航哥兒，認真說道。

聞言，航哥兒挺起小胸脯，大聲說道：「我能！」

「好兒子，不錯。」趙大山朗聲大笑。

這其實是他和趙大娘早就商量好的，那日他從趙大鵬怎麼救豆豆、怎麼被蛇咬、怎麼喪命、豆豆怎麼小產都詳細說了——

「娘，航哥兒這個孩子原本應該有溫暖的家庭、疼愛他的爹娘，現在因為意外，全都失去了。兒子想讓他做我的長子、趙家的長孫，繼承家業。」

「那你的孩子呢？這樣不是對你的兒子們不公？」趙大娘雖然心裡覺得航哥兒不錯，可還是接受不了他以後可能要繼承趙大山的家業。

「好兒不吃分家飯，以我們現在的能力，別說航哥兒，就是以後我們有再多的孩子，也不會太差的。鍛鍊他們生存的能力，比給他們萬貫家財強。」趙大山誠懇地說道。

雖然趙大娘還是不能理解，但最後母子兩個各讓一步——趙爺爺喪葬期間不提此事，等過了喪葬再提，不改族譜，一肩挑兩家。
為什麼要等趙爺爺喪葬過後？這也是趙大娘為了自己的親孫子留的一步後路。
趙大山不是趙爺爺的長孫，卻是長房長子，孝布都要比所有兄弟長的。如果在這個時候認了航哥兒，那航哥兒是要做為長房長孫來披麻戴孝的。
人心總是偏的，這也是趙大娘和兒子商議的最後底限。
車外傳來兩對父子說話的聲音，黃豆伸手摩挲了一下自己隆起的肚子，她終於也算了了一件心願。

臘月二十九，趙爺爺四十九天祭奠。
這一天也是趙大山認下航哥兒做繼子的一天。
誰都沒想到，趙大山在妻子懷有身孕，眼看就要生子的情況下，會把航哥兒這個失怙的孩子認到膝下。
航哥兒的親爺爺趙二叔還有點微詞，聽說要繼承兩家香火，也就無話可說了。至於趙二嬸，那真是滿臉都是興奮之情，如果今天不是趙爺爺的七七，她怕是臉上都要笑開花了！
這算不算是占了天大的便宜呢？對於趙老二兩口子來說，這算是吧。
辦完趙爺爺的祭奠後，趁著族親都在，趙子航恭恭敬敬地給趙大山和黃豆磕了頭，改了口，算是繼承到兩人膝下了。

這個冬天，雪來得特別遲，一直到三十的下午，才紛紛揚揚地落下來。遠山近樹，銀裝素裹，蒼茫大地只見一個顏色。

黃豆的肚子越發大了，下雪了只能在屋裡來回走動。

航哥兒和敬哥兒在屋外堆雪人，一旁趙大山兄弟倆在幫忙。

中午是在張小虎的酒樓吃飯，趙家三十多口人，三張大圓桌，擠得滿滿當當，熱鬧異常。趙大山還和趙大海兄弟幾個商量，把山莊到趙莊的兩個山頭也承包了，種果樹，帶著趙莊鄉親一起掙點錢好吃飽飯。

這個主意得到了趙大海兄弟幾個的熱切關注，如果不是看著天色昏暗，眼看一場大雪就要落下，他們還要拉著趙大山再好好商議一番呢！

吃完飯，趙大山派孫武和趕來過年的馬文，駕著兩輛大車，把趙二叔、趙三叔兩家輪流送了回去。

趙大川一家四口和趙大娘，加上趙奶奶，今年都是住在山莊過年。

黃豆正月二十二左右就要生產了，趙大娘放心不下，山上又裝了地暖，在屋裡不出門，都不用穿夾襖。

過了正月十五，新年就算結束了。

雪又一次落了下來，山莊的大門被人「嘭嘭」地敲開。孫武爹冒著大雪跑過去一看，是趙大山的二叔及二嬸來了。

自從趙奶奶搬來，趙老二跟趙老三已經來過兩三次，這次再來，也正常得很。

誰知道門一打開，平時笑容滿面、謙遜有禮的夫妻倆竟然是滿面怒容，氣沖沖地踏了進來，直奔正院而去。

此刻，黃豆正在屋裡看航哥兒、敬哥兒寫字。兩個人調皮，沒有人看著，能把墨汁沾得到處都是；而趙大娘在廚房安排晚飯；黃小雨哄著禮哥兒，剛剛在東院睡下。

孫武爹還奇怪，這兩口子今天是怎麼了？感覺態度不對啊！別是來找麻煩的吧？他連忙囑咐老婆子看門，他自己往後山跑，打算去喊趙大山他們幾個回來。

趙大山兄弟倆帶著孫武、馬文還有十幾個僕役正在後山清理水溝，等春雪一化，水溝灌滿，正好滋潤果樹。

孫武剛好轉頭，看見自家老爹慌裡慌張地跑過來，急忙喊道：「爹，怎麼了？」

趙大山等人聞聲，都看了過去。

孫武爹連汗都來不及擦一下，急忙說道：「趙二爺他們兩口子來了，看臉色不大好，怒氣沖沖的！」

手中的鐵鍬咣噹掉了下來，趙大山心中暗叫不好，拔腿就往家裡跑。

趙大川不知道出了什麼事，也扔了鐵鍬往回跑。

進了大門，就聽見吵吵嚷嚷的聲音。趙大娘和趙大山同時到達正院，就見趙二嬸手一揚，「啪」一聲，一個耳光打在黃豆的臉上，打得黃豆趔趄了一下，腳底一滑，摔倒在地！

「豆豆！」趙大山眼中怒火騰地升起，狂奔過去，用力撞開趙二嬸，一把抱住黃豆。

趙大娘手扶著門框，已經被嚇得癱軟在地，一步也挪不動了。

第七十五章　黃豆驚動了胎氣

原來，今天下午，趙二嬸和趙二叔去鎮上買東西時，正好碰見錢家的棄子——錢研墨。

錢研墨沒死，只是被錢管事偷偷派到了離襄陽府不遠的一個小鎮，讓他娶妻生子，安度餘生。

這幾年，他也老實了許多，今年正月十五，就厚著臉皮來給錢老太太送禮。

下午和幾個小管事喝了幾杯酒的錢瘸子晃晃悠悠地出了酒樓的門，一眼就看見趙二叔和趙二嬸。當時趙大鵬進船隊，這老倆口可是給他送過禮的。今天看老倆口，新鞋、新襖子，精神抖擻的，竟然比幾年前還顯得年輕許多，看樣子生活不錯，才有這樣的狀態。

見錢瘸子看向老倆口，有熟悉的人就低聲告訴他，說老倆口死了個兒子後，孫子被趙大山領養了，現在算是享福嘍！

趙大山！這個名字讓錢研墨恨之入骨，就是他踩斷了自己的另一條腿！現在的他兩腿皆廢，雖說靠著老爹，在錢家還有幾分臉面，但幾個兄弟都因為他被耽誤了前程，對他是冷面冷心，等老爹一死，怕是兄弟們喝他血、吃他肉都不能解恨。

心胸狹窄的錢瘸子一時沒控制住自己的酒勁，直接衝過去嘲笑道：「你們的兒子就是死在黃豆手裡，你們還讓自己的親孫子認殺父仇人做爹娘！你們這錢用的，心裡不覺得對不起自己兒子嗎？」

一旁的幾個小管事聞言臉色大變，急忙上去拖扯著錢瘸子就走，可是大家也捂不住他的嘴，只聽見他大喊大叫，最後被塞了塊抹布在嘴裡才被拖走。

趙二叔、趙二嬸當即就傻了，是抱著探探的心態來找黃豆的，沒想到趙二嬸一開口問趙大鵬是不是因為她死的，她竟然親口承認了！

自己的親孫子、趙大鵬唯一的兒子，居然認了這個惡毒的女人做娘？趙大鵬死不瞑目啊！再沒有什麼比這個更讓趙二嬸、趙二叔難堪的了！趙二嬸當場就要拖著航哥兒走。

航哥兒卻哭著喊著不願意走，小小年紀的他還理解不了，明明前幾天還好好的爺爺、奶奶，今天怎麼又變臉了？在他的心裡，爺爺、奶奶是不能和爹娘及大奶奶、敬哥兒比的。

黃豆追了出來，請求他們放了航哥兒，不要帶他回去。

趙二嬸怒急攻心，忘記了黃豆還大著肚子，一巴掌打過去，然後黃豆就滑倒了。

還有七天就要到預產期的黃豆，提前發動了。

雪紛紛的落下，黃豆在產房裡疼得直打顫，趙大山則在屋外急得團團轉。

趙二叔、趙二嬸嚇得龜縮在一邊不敢吭聲，現在沒人顧得上找他們的麻煩，可是他們也出不去，因為孫武就在大門口虎視眈眈地看著。

航哥兒不知道自己該奔向哪裡，他像一隻迷茫的小鹿，蜷縮在一角，睜著濕漉漉的大眼睛，看著眼前的一切。他想娘，想娘溫暖的懷抱，可是娘在生小弟弟，誰都不願意管他。

屋裡黃豆的聲音漸漸嘶啞，最後無聲。

趙大山驚得撲到窗前問：「豆豆！豆豆，妳怎麼了？」

「大山，你小點聲，豆豆睡著了！」趙大娘急忙掀了簾子出來，攔著趙大山，怕他驚醒了剛睡著的黃豆。

趙大山狐疑地看看自己的娘，不是生孩子嗎？怎麼睡著了？娘會不會騙他？

「她累了，現在這一陣子疼痛過去了，剛緩過來，就睡著了。你去歇會兒，吃點東西墊墊肚子吧，天也不早了。」趙大娘說著，疲憊地找了張椅子坐下來。

孫武媳婦和馬文媳婦急忙把早早準備好的飯菜端了上來。

趙大山吃不下，被趙大川強按著坐了下來。

「航哥兒呢？」趙大娘厭惡地看了一眼訕訕地站在一邊的趙老二夫妻倆，目光又轉開，才發現航哥兒蹲在黃豆的房門口，一動也不動。

「航哥兒，過來。」趙大娘衝著航哥兒招招手。

航哥兒迷茫地瞪大眼睛，仍是一動也不動。

無奈的黃小雨只好走過去，彎腰抱起他，輕聲哄道：「別怕，你娘在生小弟弟，生了小弟弟就出來了。」

「給我吧。」趙大娘伸手去接。

航哥兒一落進她的懷裡，這才小聲而壓抑地低哭起來。

「別怕、別怕，航哥兒這麼愛哭，以後怎麼做大哥哥，幫你娘帶小弟弟？來，吃飯，吃飽了才有力氣哄弟弟對不對？」趙大娘拿起一個調羹，舀了一勺飯遞給他，他張開嘴接了過去。

對面的趙大山也端起了碗筷，看了他一眼，溫聲說道：「航哥兒自己吃，你是大哥哥了。」

聽了趙大山的話，航哥兒連忙從大奶奶身上滑了下來，自己捧著碗，拿起筷子。

「讓你二叔、二嬸走吧，以後別進我家門了。」趙大娘疲憊地端起碗，先喝了口湯。她要多吃點才有力氣，等會兒還要進去陪黃豆呢。

也就小半個時辰，黃豆的聲音又響起了，趙大娘慌慌地給她端進去一碗雞湯麵，趁著一波疼痛過去就餵她兩口。

天已經黑了。這一夜，黃豆都在一陣一陣的疼痛中度過。不疼了，她就迷迷糊糊地睡著；剛睡著一會兒，又會從疼痛中醒過來。

天剛放亮，有點昏昏欲睡地蹲守在外的黃老三被閨女的一聲叫聲給驚醒，一下子跳了起來，就見自己的女婿趙大山已經衝到了門口。他們昨天在黃豆摔倒後沒多久就趕了過來，黃三娘和趙大娘都進了產房，他就和趙大山在外面守著。

一聲嬰啼在破曉的黎明響起，趙大山呆立良久，直到趙大娘出來推了他一下，他才反應過來，伸手摸了一把，竟是滿臉的淚。

黃豆生了，正月十六凌晨破曉時分，生了個六斤重的小女娃。

趙大娘自己沒考慮什麼重男輕女，倒是拉著趙大山叮囑了一聲。「你媳婦生的是女孩，你進去說話時可得留心些。女人生孩子的時候心思重，你可不許重男輕女！」看自己的大兒子只知道傻愣愣地點頭，不由得又有點氣惱，用力拍了他一巴掌。「聽懂沒有？」

「懂了、懂了！」趙大山直點頭。他哪有心思管什麼男孩還女孩？只要是他的孩子，男孩或女孩都不重要，母女平安就行。「娘，妳問問，我可以進去嗎？」趙大山就站在門口，時刻準備著，只要說能進去，他就會一步邁進去。那裡面，有他的命。

「還早呢，等會兒穩婆收拾好了，你再進去。先去洗洗，乾乾淨淨的，順便烤烤火，別把寒氣帶進去了。」說著，趙大山被趙大娘推了一把，愣愣地坐到了火盆旁。

很快地，穩婆收拾好黃豆，裹好孩子，把孩子放到黃豆身邊時，黃豆已經累得睜不開眼了。

「看看，這小姑娘可漂亮了！」穩婆把小被子扒拉開，遞給黃豆看。

大紅的襁褓中，一個黑瘦的小孩閉著眼睛，發出小貓一樣的叫聲。

真醜！黃豆嫌棄地想。不過她也知道，剛出生的孩子都醜，長長就好看了。自己家的孩子，就是醜也比別人家的孩子醜得好看！

「外面冷，就不抱出去了，我把她爹叫進來瞅瞅。這麼傻的閨女，這可是我接生以來最傻的了！」穩婆笑吟吟地說著好聽話。趙大娘剛才可給她包了一個大紅包！旁邊籃子裡有一刀肉，足有四、五斤，還有四樣點心，再加上剛才得的銀票，可比她在襄陽府一年都掙得多呢！

這個穩婆是趙大山特意從襄陽府請來的，過完年初十就早早接來了，生怕黃豆什麼時候生產，臨時接不到人就麻煩了。

趙大山進來的時候，黃豆已經睡著了。孩子就放在黃豆頭邊的小床上，閉著眼睛，也靜靜地睡著。

趙家的大媳婦生了個閨女，大部分人聽到消息的第一反應就是——哎，運氣不好！趙家那麼多家業，應該生個男孩子繼承才是，一個女孩子有什麼用？遲早是要嫁人的。就怕黃豆已經生不出兒子，趙大山的家產要白白便宜了堂兄弟的兒子趙子航了。

對此渾不在意的不只趙大山，包括趙大娘。自從有了小孫女後，她進進出出都滿面笑容，顯得分外高興，就連照顧黃豆和孫女也都是親自動手，別人做的她還不太放心呢！

黃豆還沒出月子，東央郡宮裡就派人來傳旨，給黃豆生的閨女賜了一對玉如意。東西有價，意義無價。

情！

此舉更是讓有心人在背後有了一套說辭——要是男孩子多好，這可是光宗耀祖的事

趙大山的長女叫趙璟妍，太子賜字。璟，玉的光彩；妍，美麗。太子還賜了美玉一對。

妍姊兒是個很乖巧的孩子，黃三娘都嘖嘖稱讚，說跟她娘當年一模一樣，不愛哭，特別乖巧，是個省心的孩子。

妍姊兒滿月，趙大山大宴賓客，山莊一片張燈結綵，竟是比新年還要熱鬧。

趙大山提前通知了趙大鵬兄弟倆，以後大家還是兄弟，至於他孩子的滿月，他不希望看見不想看見的人。

趙大鵬和趙大鷹兄弟倆一商量，決定以後無論如何不能讓爹娘壞事了！

妍姊兒滿月這天，趙大鵬兄弟看看來參加姪女滿月宴的人，不由得暗暗咋舌。東央郡的、襄陽府、各地的富商，其中竟然還有官員。

他們一直以為，趙大山有錢有勢，不過是因為靠著幾條大船。今日一見，才知道自己孤陋寡聞了，實乃井底之蛙。兄弟倆對視一眼，更加堅定了決心，絕對不能讓爹娘出來，把他們和趙大山這點微薄的兄弟情分給折騰光了！兩個人回去後立刻叮囑了自己的媳婦和子女，要求他們以後見到航哥兒都要用心，對他好點兒。

妍姊兒滿月的熱潮還沒散盡，錢家出事了。

錢家先是大船出事，一船貴重貨物盡數沈沒，船上工人卻無一人喪命。有人懷疑是趙大山下的手，唯有錢多多堅信，趙大山夫妻不是這種背後使陰的人，他們有什麼當場就會報了，不會等這麼久。

緊跟著，錢家倉庫又失火，賠款加上損失，即便錢家苦心經營這麼多年，也一下子捉襟見肘了起來。

此刻，就連錢多多也不敢那麼肯定了。

是錢老太太力排眾議，要求孫子先從身邊人徹查起。

最後終於查到錢研墨的爹，錢大管事身上。

錢研墨挑撥趙二叔夫妻，害得黃豆提早發動，錢多多看在他從小陪伴自己到大的情分上，只將他逐出錢家，錢大管事退下來頤養天年，錢研墨幾位兄弟的職位則不變。原本是主家仁慈，錢大管事卻懷恨在心。他收買了兩個當初得力的手下，製造了兩起大事件，期望挫一挫錢多多的銳氣，也抱著錢多多主持不了大局，會把他這個大管事召回錢家的想法。

不得不說，錢老太太高瞻遠矚，比錢多多更聰明、有能力。然而，她已經老去，錢家交給錢多多只能守成，卻無再創業的可能。

錢老太太臨終前，拉著孫子錢多多的手字字句句叮囑。

她放心不下錢家，放心不下她的孫子。她更後悔，當初用手段對付了黃家。

如果她讓孫子光明正大去爭取，而不是以勢壓人，也許黃豆不會拒絕得那麼乾脆。畢竟她的孫子並不比趙大山差，甚至比趙大山更知禮，也更該是大部分姑娘會傾心的佳婿人選。

錢多多拉著祖母的手，輕輕拍打她的手背，低聲安慰道：「祖母，孫兒不勝趙大山良多。黃豆是個很聰明的女子，她知道什麼是對她最好的生活。她不願嫁入錢家，不是因為孫兒不好，是因為她不願意做籠中鳥。錢家的規矩太多、限制太多，不能讓她自由翱翔。但趙大山不同，趙大山最無視的就是規矩，她嫁給趙大山確實比嫁給孫兒強。」

錢老太太不甘心啊，她為錢家謀算了一輩子，不料最後還是替錢家結了這麼大一個仇家。以錢多多和黃豆自小的交情，即使不能成為夫妻，他們也應該會是關係不錯的朋友。然而，一切都不可能了。

錢老太太握著唯一孫子的手，至死都沒有閉上眼睛。

南山鎮這一年飄了幾次白。

春天，錢老太太去世。

剛入夏，黃老太太重病，臥床不起。

深秋，趙大山爺爺周年祭，趙奶奶一病不起，隨後去世。

有新生，就有死亡。生命的更替就是這樣，不會偏袒誰，也不會刻薄誰。

因為黃奶奶重病，黃梨的婚事提上了日程。

黃梨要嫁的人家是襄陽府的董家，塗華生牽的線。

如今塗家，塗華生主外，黃米主內，一家子被打理得井井有條。

塗華生有什麼都會和黃米商議，他是一點不敢小瞧了自己的媳婦。

黃梨的婚事定下來一年多，原本黃奶奶不病重也會在今年，現在也不算太提前。

晚上黃豆哄著妍姊兒，和趙大山商議，這個最小的妹妹出嫁，他們送什麼東西好？

妍姊兒越來越大，也越來越不愛睡覺，每天晚上都要玩一會兒才肯睡覺。

白天，妍姊兒誰抱都可以；晚上，除了黃豆，她誰都不要。

有時候趙大山故意想把她抱走，那一定哭得不行，直至抱回黃豆懷裡，她才能安定下來。

「小東西，妳是越來越壞了！爹抱一會兒好不好？爹給妍姊兒買了這個喔！」趙大山說著，拿出一個撥浪鼓搖。

撥浪鼓的「咚咚咚」聲，吸引了妍姊兒的目光，她發出只有嬰兒才能懂的話語，控制著手掌，努力地伸向撥浪鼓。

「妍姊兒給爹爹抱，這個就給妳。」趙大山又晃動了一下撥浪鼓。

妍姊兒現在哪裡懂這些？她只努力地伸長手，抓向撥浪鼓。好不容易抓到了，剛剛歡喜地「啊」了一聲，撥浪鼓就掉在了地上。她的小手還沒有那麼好的抓握力，更不能持久。

航哥兒撿起地上的撥浪鼓遞給妹妹，妍姊兒抓住後，又掉落下來。於是兄妹倆一個撿、一個掉，玩得樂此不疲。

「黃梨九月份大婚，我們這次送點什麼好？」黃豆看了看小兄妹倆開心地玩鬧，轉頭望向趙大山，說道：「這是最小的妹妹，又是我從小帶大的，總想送她點不一樣的。」

「要不，買間鋪子送給她？」趙大山試探著說。

黃豆想了想，搖搖頭。「還是先問問大姊跟二姊吧，不然差別太大，姊姊們面子上也過不去。」

「那妳還說給黃梨準備個不一樣的禮物？不等於沒說嘛！」趙大山不由得輕聲笑道。

一旁的妍姊兒聽見趙大山的笑聲，突然轉頭撲了過去。

黃豆沒注意，妍姊兒就一頭從床上栽了下來！

趙大山離得遠，伸手已經來不及；航哥兒蹲在地上陪著妹妹玩，見妹妹跌落下來，忙伸手去接，兄妹倆瞬間跌成一團。

黃豆頓時嚇得心臟都要停了，慌得手腳發涼，動也不敢動。

趙大山的反應最快，一隻手先拎起趴在航哥兒身上的妍姊兒，一隻手去拽航哥兒。

妍姊兒還是跌到了頭，額頭一塊已經微紅。

黃豆接過手，替她吹了吹額頭，妍姊兒吃痛，哭得很厲害。

趙大山的眼睛都泛紅了，除了對黃豆，他沒這麼心疼過誰。

航哥兒直接嚇哭了，他覺得是他沒看好妹妹。

「航哥兒哪裡摔疼了嗎？」黃豆急得伸手去摸航哥兒的胳膊、腿。

趙大山一把抱起航哥兒，把他渾身上下全捏了一遍。「航哥兒有沒有哪裡疼？」趙大山問了航哥兒，見他只哭不回答，又不放心地對黃豆說：「剛才妍姊兒壓在他身上了，別是壓傷了哪裡，我帶他去鎮上看看大夫吧。」

「好。」黃豆抱起妍姊兒，邊在屋裡踱步哄著哭鬧的妍姊兒，邊擔心地看向航哥兒。「哭得這麼厲害，駕車去吧，別騎馬了。」黃豆摸了摸妍姊兒的頭，現在已經隆起了一個包，越發讓人擔心。「要不你自己騎馬去接了大夫來吧，順便給妍姊兒看看。」

趙大山「嗯」了一聲，穿好鞋準備出去。

航哥兒突然間站起身，拉著趙大山的手。「爹……我也去！」因為哭，聲音有點斷斷續續的，卻非常清晰。

「航哥兒在家陪娘和妹妹好不好？爹去找大夫給你和妹妹都檢查一下，看看傷著沒有。」趙大山摸了摸他的小腦袋，蹲下身子，耐心地說道。

黃豆抱著已經停止大哭，但還在抽泣的妍姊兒，也朝他招了招手。「航哥兒過來，讓爹去找大夫，一會兒就回來了，你來陪娘和妹妹好不好？」

航哥兒看看黃豆和她懷裡的妹妹，有些猶豫。

趙大山一把抱起他。「既然沒事，那就和爹去找大夫吧，我們騎馬去，來回很快的。」

黃豆還是不太放心，怕航哥兒剛剛摔了哪裡，等等馬上一顛，會不會更嚴重？見他模樣又不像有事的樣子，才微微放下心來。「那你們快去快回！讓孫武套輛馬車跟著，好接大夫。」

「嗯。」趙大山抱著航哥兒走了出去。

妍姊兒看著爹和哥哥走掉，眼淚還掛在臉上，目光直追著他們走出門外。

夏日的夜晚，涼風送爽，外面比屋裡更舒服。

趙大山翻身上馬，孫武把航哥兒抱起遞給趙大山。

這不是趙大山第一次騎馬帶航哥兒出去，他先固定好航哥兒，讓他在自己的懷裡坐好，然後手一抖韁繩，馬兒「得得得」地開始向大門外走去。

「航哥兒，有沒有地方疼的？要是疼就告訴爹，可不能忍著。」

「爹，我不疼，妹妹疼。」航哥兒靜默了一會兒才繼續說道：「是航哥兒沒保護好妹妹，她才疼的。」

「那你哭也是因為妹妹疼才哭的嗎？」趙大山放慢馬速問道。

「是航哥兒不好，沒照顧好妹妹。」航哥兒仍是這麼說著。

趙大山忍不住搖頭嘆息，這個孩子，心思太重了。他大概覺得是他自己的錯，才會哭成那樣吧！想到航哥兒的自責，趙大山忍不住有些心疼這個孩子。他還是個孩子，卻想到那麼多……他或許是覺得，只有妹妹才是爹娘親生的，而他不是吧！

這些原本也不該是他一個孩子去想的，是自己和黃豆沒做好，有了妍姊兒後，這幾個月可能有點忽略了航哥兒。

「航哥兒，你是哥哥，要保護妹妹沒錯，但你現在還小，應該是爹娘保護你和妹妹，知道嗎？」

航哥兒懵懂地點點頭。

趙大山深深嘆了口氣，回頭還是告訴黃豆，讓她來和航哥兒談吧，他還是不適合和一個孩子交心。

第七十六章　舉家再去東央郡

到了南山鎮，趙大山讓大夫先仔細檢查了航哥兒，確定沒事，才讓孫武駕著馬車送大夫趕回山莊。

到了山莊，妍姊兒已經被黃豆哄睡了。額頭上的紅腫越發明顯，紅中帶著青紫，看上去觸目驚心。

大夫檢查的時候，妍姊兒約莫是感覺到了陌生的觸碰，不適地搖了搖頭，隨即又沈睡了。

「怎麼樣？」黃豆擔心地看向大夫。

「看起來暫時沒有什麼事情，明天醒來後看看有沒有溢奶、嘔吐這些症狀。如果有，你們再去找我；如果一切正常、能吃能玩，那就是沒事。」大夫沈吟了一會兒後，連藥都沒開就起身告辭了。這麼小的孩子，也確實沒辦法開藥。

趙大山起身送大夫出去，封了二兩銀子遞給大夫身邊的小徒弟，又吩咐孫武駕車把大夫師徒倆送回去，然後轉頭看向正盯著妍姊兒額頭的黃豆，輕聲道：「晚上妳陪妍姊兒睡，我去和航哥兒睡吧。」趙大山摸了摸航哥兒的頭，問道：「今晚爹和航哥兒睡好不好？」

「好。」航哥兒有些歡喜，又有些擔心。「娘，妳晚上一個人睡害怕嗎？」

黃豆忍不住被航哥兒逗笑了。「娘不怕呀，娘不是有妹妹陪著嗎？」

「妹妹太小了。要不讓爹陪妹妹，航哥兒陪娘睡覺好不？」航哥兒想了想，認真建議道。

一旁的趙大山聞言，不由得樂了。「好小子，你這是過河拆橋，忘恩負義啊！」說著，彎腰一把抱起航哥兒扛到肩膀上，大步流星地往外走。「我們睡覺去！妹妹醒了會吵著要娘，爹可哄不了她！」

黃豆一夜沒睡好，怕妍姊兒夜裡出現什麼意外狀況。剛睡著，妍姊兒醒了要喝奶；等妍姊兒喝完奶，她好不容易醞釀一會兒要睡著了，妍姊兒又尿了。等再睡著，天已經亮了！

趙大山帶著航哥兒過來，看見吃飽喝足、穿得乾乾淨淨的妍姊兒，再看看精神萎靡的黃豆，不用想也知道她沒睡好。

「要不妳先吃點再繼續睡？」趙大山擔心地說道。

「沒事，等下午妍姊兒睡覺的時候我再睡，現在睡不著。你看她額頭塗了藥，是不是消腫了？」

趙大山接過妍姊兒看了看，額頭確實消了腫，卻顯得更加的青紫。

昨天晚上，大夫走了以後，趙大山想起以前在京中受傷時，皇上賜的藥效果很好，便翻找了出來。

黃豆覺得時間那麼久了，不敢用，後來還是趙大山作主，稍稍在一邊塗抹了一點。現在看著，塗抹過的地方，明顯消腫很多。

航哥兒忙嘟起嘴對著妍姊兒的額頭吹了吹，輕聲哄道：「妹妹不疼，哥哥吹吹！」妍姊兒以為哥哥在和她鬧著玩呢，格格地笑出聲。

「等黃梨結婚後，我們帶兩個孩子去東央郡住幾年吧？」趙大山吃飯的時候突然說道。黃豆奇怪地看向趙大山。「怎麼又想起去東央郡住幾年了？」

「航哥兒可以進私塾了，東央郡那邊到底比南山鎮這邊強太多了。他們小舅舅今年也要秋試了，到時候我們去也好照顧一二。」趙大山給航哥兒挾了一筷子青菜。

航哥兒看看黃豆，又看看趙大山，不情不願地挾了一根放進嘴裡。見妹妹睜大眼睛看著他，他不禁小臉一紅，挾起剩下的青菜塞進嘴裡，嚼也不嚼就嚥了下去。

「航哥兒，你怎麼不嚼啊？」趙大山看向航哥兒問道。

航哥兒越發臉紅了，嘟嘟囔囔的不知道怎麼說。

還是黃豆瞭解他，插言說道：「他喜歡吃肉，不愛吃青菜，要是叫他吃，就是這樣直接吞嚥。」

「我小時候也不愛吃菜，後來你們爺爺去世，那時候家裡飯都沒有，更別說肉和菜了，能有口吃的就不錯了，就把這個壞毛病改過來了。」趙大山轉頭，挾了一個肉包子給航哥兒。「喜歡吃肉可以，不過也要吃青菜，知道嗎？」

「好！」航哥兒狠狠咬了一口包子，笑咪咪地答道。

沒過多久，趙家、黃家都知道趙大山要帶著黃豆和航哥兒他們去東央郡住幾年的事。不但趙大山四口去，張小虎也要去，他說他兒子也要去東央郡讀私塾。最後，連敬哥兒都被趙大川託付給了趙大山，讓他帶著和航哥兒一起去東央郡上私塾。原本趙大川和黃小雨都捨不得，他們覺得孩子還小，在南山鎮啟蒙也是一樣的，是趙大山找時間和趙大川及黃小雨談了一次，兩個人才改變主意。

他們說了什麼，別人不知道。

後來，趙大川在趙大娘面前提了幾句。「航哥兒這次去，進的不是普通私塾，是安康先生安排的，裡頭不是高官家的子孫，就是世家大族的子孫。大哥說，這次不一樣，孩子的起點就和普通人不一樣，以後就會有區別。」

趙大娘還是很憂慮。「我們家不過是個鄉下種地的，孩子和那些人家的孩子在一起，會不會被他們看不起？會不會受欺負？」

趙大娘考慮的，趙大山和黃豆自然也想到過。問了安康先生派來的信差才知道，這是陛下指派太子辦的。換句話說，以後這裡出來的，都是太子的人。

也就是說，在暗地裡，太子已經成為當今聖上心中繼承大位的不二人選。

有風險嗎？當然有。

所謂富貴險中求，要是想求得子孫後代的百年富貴，那麼總要冒一次險的。明面上，這些孩子進的是厚德書院，卻是暗暗分班，年齡從六歲到十六歲不等。文采優秀的繼續進學，去做天子門生；不愛學習的，也有師傅教功夫，以後去軍中效力。

文官有，武官也有。

這是趙大山和黃豆都沒有想到的，當今聖上竟為太子做這麼多，他這是要確保，自己的四子在他百年歸後，能順利登上帝位。他更要為太子準備好一批可用之才，在太子登基之後有人可用。

為什麼當今聖上對太子這麼好？按道理，他應該立皇后所出的皇子才對吧？黃豆曾經好奇地問過趙大山。

皇后娘娘是先皇賜婚。趙大山只說了這麼一句，就不再說了。雖然家裡安全，但有些話他覺得還是不要隨便議論的好。

黃豆也不再追問，不過是真愛和元配的故事。何況這對她來說只有好處，沒有壞處，她也希望太子能順利登上大寶。

黃梨大婚，黃豆三姊妹送給她的是襄陽府相連的三間鋪子。

這樣的大手筆，別說南山鎮，就是襄陽府也沒有。何況，她們還不是親姊妹，只是堂姊妹而已。

眾人越發相信，黃家的幾個姑奶奶確實是有錢的姑奶奶。眾人虎視眈眈，恨不得黃家多出幾個姑奶奶才好。但仔細一打聽，黃家下一輩的小輩中竟然都是小子，一個姑娘都沒有。唯一的姑娘就是黃家三姑奶奶家生的妍姊兒，她還不是黃家的姑娘，她是趙家的！

眾人不由得嘆息道，想要娶到黃家的姑娘，看樣子是太難了，還是想辦法生個閨女做黃家的兒媳婦吧！

黃梨婚後只有半個月，黃奶奶便去世了。

一個月後，趙大山備了兩艘大船，趙大山一家，帶著張小虎一家、趙大川一家及趙大娘，一起前往東央郡。

趙大川一家和趙大娘是臨時決定去東央郡的，主要還是趙大娘和黃小雨實在捨不得敬哥兒。

黃豆直接說了，那就一起去東央郡啊，剛好一家人在一起，不用分開。

趙大娘想了一夜，她既捨不得敬哥兒，也捨不得妍姊兒，乾脆就跟著大兒子走吧，順便還拖上小兒子一家一起。

大船離開黃港碼頭，黃豆站在甲板上看著視線中遠去的黃港和南山鎮。

它們已經融為一體，中間道路寬闊通暢，商鋪雲集。

黃港再也不是一個逃荒者聚集的小村落，再也沒有人敢去輕看它。

「一夢千年……」黃豆低聲呢喃。

趙大山微微側頭看過去。「有憾嗎？」

「沒有，我覺得我已經做到我能做到的了。」黃豆撫了撫被風吹亂的髮絲。「趙大山，我們再買條船好不好？」

「買船做什麼？」趙大山奇怪地看向突發奇想的黃豆。

「買船遠航，帶航哥兒跟妍姊兒去看看不一樣的世界啊！」黃豆笑嘻嘻地道。

她的目光從南山鎮移開，望向遠處。河水生波，雪白的浪花飛濺，幾隻飛鳥從水面飛快地掠過。

「如果只是玩可以，做生意就不想了，太累了。不過也不是很好，因為一條大船總要人操控，如果是我一個人能操控的就好了，不用帶別人上船，想去哪兒就去哪兒！」趙大山說完，看向身後的船艙。妍姊兒睡著了，航哥兒在看守著她。

黃豆想了想，蹙眉道：「這個其實也不難，不過現在應該挺難的……到了東央郡後我們可以試試，造一艘不靠人力就能航行的船。」

如果是別人聽見黃豆這麼說，肯定會覺得她異想天開，但趙大山不會。只要是黃豆說的他都信，他覺得她會說，肯定是可能實現的。即使實現不了，那也只能說，是他們努力的方向不對。「那到了東央郡我們就試試。」

「嗯！」黃豆笑著點頭。

她為什麼喜歡趙大山，選擇趙大山？是因為他無條件地相信她、縱容她。

錢多多不好嗎？也好吧，只是不適合她而已。

兩艘大船順風順水地到了東央郡，這次他們不再住桂花巷了，而是住進了黃豆當初建的別墅區「墨香苑」。

獨立的樓房，有前院後院，後院還建了一排屋子給僕人們居住。它不是很大，卻風景優美，道路寬闊，馬車進出便捷。非常適合那種幾口人家，帶十幾個僕從入住，比如外地來經商的、進京為官的官員。至於幾代同堂的大戶，是不適合的。

黃寶貴也在墨香苑買了一套房子，並沒和黃豆兄弟姊妹的在一起。他隱約有一種被黃豆排斥的感覺，卻又說不出。黃豆還是那個黃豆，對他尊重有禮……是的，太尊重有禮了，也就顯得不夠親熱。然而，任何事情都有因果，這是他種下的因，就應該接受這樣的果。

航哥兒、敬哥兒加上黃桃家的小虎仔，都進了厚德書院。

他們並沒有和那些官宦子弟放在一起，這也讓黃豆少了些許擔心。

有人的地方就有江湖。最初的一、兩個月，航哥兒小兄弟三個常常帶傷回來。慢慢地越來越好，他們還結交了新朋友。許多同窗知道他們住在墨香苑，都十分羨慕。第一批應邀來參觀的同窗回去一說，更多的孩子就跟航哥兒小兄弟三個提出想到他們家做客。

黃豆和趙大山他們都是好客之人，對於一群孩子，自然是竭盡所能地做到賓至如歸。

慢慢地，小兄弟三人也有了一批能稱兄道弟的朋友。

他們一起上書院、學功夫、練騎射，他們學習、打架、玩耍……

這一年，黃德儀考中秀才，驚動黃港。他算是黃港的第一個秀才，也是黃家的第一個秀才。

趙大山和黃豆沒有特意為黃德儀的秀才之事回黃港，只是兄妹四家在東央郡小聚了一次。

神仙醉酒樓，身為酒樓主人的張小虎忙碌了起來。他小舅子中秀才了，這可是大事！得到消息後，他就開始一天十八遍地在兒子們的耳朵邊唸叨著「你們要和小舅舅學學，多出息，等再中進士就可以做官了」！後來，兒子們聽膩了，他又對著黃桃肚子裡的那個唸叨，唸得黃桃都煩了，孕吐嚴重起來，才慌得他安靜了下來。

「小八，好好考。」這是趙大山。

「小八，黃家就指望你了。」這是黃德磊。

「小八，好樣兒的。」這是張小虎。

黃豆看著面前的少年，他穿著繡著竹葉青的長袝，瘦弱文靜、溫文爾雅，一副謙謙君子、氣度不凡的樣子。黃豆伸手替他理了理衣衫，道：「小八，不要有壓力，你還小，想繼續考就繼續考，想再等幾年就再等幾年，這些都隨你心意，知道嗎？」

「知道，三姊。我現在學得還不夠好，明年準備去試試。先生說先去熟悉一下場地，下次去就不慌了。等考完後，先生準備帶我們去遊學呢！」黃德儀說完後，羞澀一笑。

張小虎張嘴要說話，被黃桃拉了一下。「八弟，那你就去看看吧，反正是在東央郡，又不用路上辛苦奔波。」

「我要是真考不好，回來就跟著三哥做生意。」黃德儀笑著側頭看向黃德磊。

「行啊！你要想做生意，姊夫送你一座酒樓！」張小虎咋咋呼呼地喊起來，被黃桃狠狠地白了一眼後，又不好意思地撓撓頭。「姊夫就是開玩笑，我們小八那可是要做狀元的！」

「狀元就不想了，你好好考，不要想著做什麼生意，我們兄妹幾個還供得起你一個讀書的。爭點氣，給你那些姪子、外甥們帶個好頭。」黃德磊到底是哥哥，對黃德儀的期望還是很高的。

第二年春天，黃德儀到底沒有考上，他卻一點頹廢之氣都沒有，而是收拾起行囊，準備跟著師傅去遊學了。

送走黃德儀後，已經滿周歲的妍姊兒會走路了。

想想剛滿周歲就會走路的自己，黃豆覺得這孩子和自己比，就顯得有點笨了。

「哪裡笨了？」趙大山不滿地說道：「妳是八月生的，滿周歲的時候天氣熱，穿得少，動作自然索利。我們妍姊兒可是正月生的，穿那麼厚實，腿都邁不開了，怎麼走？」

黃豆不想和趙大山掰扯，自從有了妍姊兒後，趙大山就成了女兒奴，他閨女永遠是最好的。

但妍姊兒的第一句話，開口叫的既不是娘，也不是爹，而是哥哥。

這讓趙大山很是傷心，他覺得他天天抱著、哄著，怎麼她開口第一個叫的卻是航哥兒呢？

黃豆卻覺得很正常，航哥兒一天要在妍姊兒面前重複八百遍「哥哥」，妍姊兒再笨也能學會了。

春去秋來，一轉眼，三年過去。

黃德儀已金榜題名，黃家終於不再是耕種的農戶之家了。

而敬哥兒則成了一個會跨馬遊街的叛逆小少年。

他最喜歡和他那幫小夥伴幹的事情，就是騎馬去郊外跑，上山去打獵，下河去摸魚，爬樹掏鳥窩，滿大街打抱不平。

趙大山覺得深表憂慮，他這麼大的時候，都能跟著爹進山打獵養家了。

黃豆卻不以為然，才幾歲的少年，正應該是人憎狗嫌的時候，淘氣點好。

有孩子被打了，找到趙家來，敬哥兒就不回家，會先跑到大伯跟大伯娘家避避風頭，等爹娘及奶奶氣消了再回去。

這天，敬哥兒和航哥兒在花園裡給妍姊兒綁秋千，兩個人聊著天。

「航哥兒，我覺得你太幸運了，我都想做我大伯娘的兒子。」

「嗯。」航哥兒綁好了繩子後，先試試看牢不牢，然後低聲道：「我也覺得我很幸運。娘生妹妹的時候，我親娘也來了，她對我說，讓我不要念著她，讓我好好做娘的好兒子。其實她不說，我也會做到的。」

敬哥兒忍不住問：「那你還想你親娘嗎？」

「娘說，懷胎十月是一件很辛苦的事情，讓我永遠也不能忘記親娘的生育之恩。娘還說，等我長大了，一定要好好孝敬親娘。」航哥兒的眼圈微微發紅，抿唇繼續道：「我要孝敬爹娘，也要孝敬親娘。我還要孝敬奶奶，要對妹妹好，他們都是我的親人。」

「你真好，你有兩個娘。一個娘就已經很幸福了，你竟然還有兩個娘，你太幸福了！」敬哥兒羨慕道。

「是啊，我也覺得我太幸福了。」航哥兒破涕為笑，伸手抹去眼角的淚。「如果娘能再生個小弟弟就更好了。」

「你不怕你娘生個小弟弟，以後就不那麼喜歡你了？」敬哥兒壓低聲音問道。

「那你娘已經給你生了兩個小弟弟了，你覺得他們現在還喜歡你嗎？」航哥兒反問他。

敬哥兒想了想。「沒區別，就是覺得自己是大哥了，有責任了，以後要做個好哥哥，不能讓弟弟們比下去。」

「我也想做個好哥哥，讓弟弟、妹妹們為我驕傲。我希望娘和我親娘多給我生幾個小弟弟，我可以帶著他們一起玩。他們若被人欺負了，我就去幫他們打架。」航哥兒仰頭看向藍天，遐想道。

黃豆悄悄從院牆邊退了回去，慢慢走回屋裡，看看正在午睡的妍姊兒。

趙大山去看船了，他聽了她說的，知道有一種大船可以一個人獨立操作，很感興趣，現在天天往船廠跑。據說，他已經協助船廠改良了很多東西，現在的大船跟以前比，有很大的改進。

黃豆躺在妍姊兒身邊，慢慢睡下。

小人兒翻了個身，胖胖的小手放在黃豆的臉上。

黃豆把頭靠在女兒的腦袋旁邊，妍姊兒軟軟的頭髮觸動著她的心弦。

「妍姊兒，娘再給妳生個小弟弟好不好？這樣，妳就和娘一樣，有哥哥也有弟弟了。」

妍姊兒大概是作夢了，竟然格格地笑出聲來，小腳輕輕踩在黃豆的腹部上。

那裡，已經微微隆起。

——全書完

2020年5月出版

醫香情願

文創風 844～845

前世坎坷，她從賢妻良母被逼成下藥毒婦，
今生伊始，她便立志行醫只求能安身立命；
不嫁人，遠離渣夫，不出頭，識破婊女，
一報前仇恩怨，活出快意人生。

妙手繞情絲，心病為相思／南林

若不是外翁為江家小郎治病釀下大禍，
蘇荏不會家破人亡，嫁給渣夫，最終死於非命。
如今得以重活一世，她當然得把握良機逆轉命數，
先是為蘇家趨吉避凶，接著將前世仇人送作堆，
然後看盡互相傷害的戲碼，享受一把快意恩仇！
既報了前仇，也得活好現世，一輩子不嫁人是基本，
再有個行醫濟世的一技傍身，女人何愁不能自立自強？
孰料她聰明反被聰明誤，為了打擊渣夫一家的仕途，
醫治好江家小郎那病秧子，有心助他奪得科舉榜首，
妙手將如意算盤打得叮噹響，竟無意間為自己種下桃花？
眼見那江家小郎總以看病為由到藥堂訴相思，
從秀才一路考到探花郎還宣示了求娶之意，
不得不承認，他年輕有為、才貌兼備，樣樣都好，
可是……遠離情愛誰也不嫁，才是她的本命初衷啊！

2020年4月出版

下堂婦逆轉人生

文創風 841～843

她是與夫和離、帶著女兒的下堂婦；
他是有剋妻之名、姻緣路多舛的正直父母官。
已無心婚配的兩人被月老牽紅線送作堆，
這是天作之合還是亂點鴛鴦譜？

庚子年正緣到 下堂妻好運來／饞饞貓

聶顏娘從未想過自己會被逼和離，可偏偏現實就是如此殘酷——
夫君嫌她體胖貌醜另攀高枝，婆家為了將她趕離淩家竟意圖毒害她親生女，
顏娘只能同意和離，不料回到娘家後亦是猜忌加身，早無容身之處……
但為母則強！她與女相依為命，在外也能自力更生，
因緣際會從做繡活謀生到開鋪子，一款美顏藥膏賣翻了天，連自己都受惠，
臉上痘疤盡消像換了張臉，從此再無人嘲諷她貌若無鹽！
然而小日子也有煩心事，竟有人想為她和虞城父母官姜裕成拉紅線？!
傳聞他有剋妻命，姻緣路多災多難，可確實是位公允正直的好官，
幾次承他相助，她也對這位貴人心存感激，只可惜她本無心再嫁；
何況他和她那無良前夫是同窗好友又同朝為官，何必牽連不休惹人口舌？
哪知直言拒之仍壓不住旁人的熱切，最後連當事人都前來直白相詢？!
這倒令她遲疑了，難道正直不阿的姜大人當真對她這個下堂婦心懷傾慕？

風 文創
863

小黃豆大發家 3 完

國家圖書館出版品預行編目資料

小黃豆大發家 / 雲也著. --
初版. -- 臺北市 : 狗屋, 2020.07
冊 ; 公分. --（文創風）
ISBN 978-986-509-120-0（第3冊：平裝）. --

857.7 109007940

著作者	雲也
編輯	黃淑珍
校對	周貝桂
發行所	狗屋出版社有限公司
地址	台北市104中山區龍江路71巷15號1樓
電話	02-2776-5889～0
發行字號	局版台業字845號
法律顧問	蕭雄淋律師
總經銷	知遠文化事業有限公司
電話	02-2664-8800
初版	2020年07月
國際書碼	ISBN-13　978-986-509-120-0

本著作物由起點中文網（www.qidian.com）授權出版

定價250元
狗屋劃撥帳號：19001626
網址：love.doghouse.com.tw　E-mail：love@doghouse.com.tw